蛛生

第四十三屆時報文學獎得獎作品集

盧美杏　主編

目錄

序

報導文學類

新詩類

散文類

影視小說類

決審會議紀錄

序
以書寫走出生命困局

盧美杏（時報文學獎編輯小組）

數字，上上下下；口罩，拿下又戴上；此刻，全世界的人們都渴望奔向全面解封的時刻，卻又時時被不斷更新的疫情困著。在困局裡的人們唯有透過書寫，才能傳達心中的鬱悶，走出人生困境。做為最有影響力的華文世界文學獎——時報文學獎，適時地讓人們寫出社會百態，寫出人情冷暖，也見證疫情年代的心之所向。

第四十三屆時報文學獎自七月一日起至七月卅一日截止徵件，透過網路報名及掛號報名，共收到一千二百九十九件作品參賽，其中包含影視小說組三百八十七篇、散文組三百七十二篇、新詩組四百八十二首、報導文學組五十八篇，其中來自中國大陸、美洲、東南亞等地方的作品年年增加，顯見透過網路報名的便利性。

有人將時報文學獎形容為華人世界文學獎的喜馬拉雅山，可以想見攀此高峰的作家們都是一代高手，要在這麼多的稿件中爭取少少的名次，誠如多位評審所言，實力以外還要靠一點運氣，今年一如往年競爭激烈，有幾篇寫出疫後困局，展現不同視角的作品，令評審讚賞。中國時報作為在萬華扎根七十三年的新聞媒體，就是希望在這個價值多元的環境中，能透過文學融合社會，產生共識，型塑新價值，開啟新時代。

以今年的報導文學類得獎作品為例，四篇得獎作品提供了四種面向：在華麗高樓平地起的背後，如何正視工殤問題；人類工業化後改變了大草原動物生態，但究竟如何維持生態系的平衡？全世界上千萬無國籍者為何選擇做無國籍者，國籍代表什麼意義？以及漢人牧師深入原民部落教學的心情轉換等等，皆值得讀者讀後深思。

生命的困局百百種，在本屆的散文得獎作品中，有作者透過〈啞光〉色系比喻剛成家女子的內心世界；馴養跳蛛觀察大自然生態的作者寫出〈蛛生〉來隱喻年輕世代面對孕事之不易，所衍伸出「愛」的大命題：如果愛是讓人自由，在各種疫情政策下，想追求〈自由〉的人難道只能「勿響」？而當疫情困住人們腳步時，生活在大陸的「台幹」以〈求投餵〉娓娓道來工作心情，令人點滴在心頭。評審須文蔚特別提及，近幾年因為兩岸情勢，許多人忽略了在中國大陸有幾十萬臺灣人在那裡生活、工作，他們的困境能透過文學獎得獎作品被看到的話，相當有意義。

而在影視小說部分，誠如評審蘇偉貞所言，本屆參賽者「實驗性非常強」，包含顛覆一些既有概念，及針對空間、神怪等等，甚至連寶可夢也進入書寫題材。這些實驗性的筆法、意圖都非常強，為全球華人文學獎做了很好的示範。

詩可以留白也可以飛躍，本屆新詩得獎作品中，不管是準確記錄一個大夜班護理師的護理日常，或是諄諄教誨道出為人師表的心情，亦或為失智外婆描繪出她腦海的風景，甚至是夜讀一本海洋之書，都能讓人認為「詩是把最好的文字放在最好的地方」。

臺灣作為一個華語界可以容納最多種聲音的地方，走過四十三屆的時報文學獎，年年收穫不同面向的題材，年年看見得獎者的笑顏，是身為主辦者最大的成就。我們期許讀者透過四類徵文十六篇精彩得獎作品，儘管面對紛擾的社會、忙亂的生活，也能相信文學有光，向前有路。

報導文學類

★尹雯慧　除了死亡，還剩下什麼？

★廖珮岑　犛牛吃草的地方

★林殷敏　我們的命運，有辦法自己決定嗎？

★羅邢志強　漢人牧師委身部落──從「埋怨」到「甘甜」

首獎 尹雯慧

北藝大文學跨域創作所。
「轉角國際」專欄作者，公視特約記者。
雲門舞集「流浪者計畫」、文化部「台灣詩人流浪計畫」、國家地理雜誌全球攝影大賽得主。
著有報導文學集《謎途——流亡路上的烏托邦》及攝影詩集《無邊之城》。

得獎感言

「書寫他者，從來都是映照自身。」研究所的課堂筆記，正隨著我上山下海來到異國田野。在 331 地震造成的 101 大樓工殤事件重新被述說、被看見的此刻，很多的反省與感觸也在他鄉的旅程中，艱辛地交織。這個世界需要深刻的同理，我戒慎恐懼地期待，自己能不負所托。

除了死亡，還剩下什麼？

走出捷運台北101站四號閘門出口，便可見明淨敞亮的地下廊道牆面，高懸著精品品牌的華美廣告，風姿綽約地提醒往來人流：所謂的生活品質，本應奠基於對質感、美學、知識與高標準的追求，人生應該勇敢築夢。

四號出口與台北101本體建築間隔著一方小廣場，站在此處，抬頭便可見高達五百零九公尺的巨獸，聳立眼前，形貌端正鋒利。她曾經從二〇〇四年十二月到二〇一〇年一月期間，雄踞世界第一高樓的排名寶座，全玻璃外觀倒映著周邊世界的繁華，令人很輕易地陷入某種不自知的目眩神迷。

人類對雄偉建築的迷戀並非晚近才發生的新鮮事。早在西元一世紀時期，羅馬時代的建築師維特魯威（Marcus Vitruvius Pollio）在他的著作《建築十書》（De Architectur）裡便已提出，傑出的建築設計需具備「堅固」、「實用」、「美觀」這些要素。台北 101 大樓是否堅若磐石，耐操實用，對只是經過的路人而言，難以一窺堂奧，至於「美觀」這部分，就更見仁見智。

美不美，很難說，但來此地消費，購買力肯定是有門檻的。

如果想在這裡思索人生的意義，最低消費一杯咖啡加一小塊麵包，要價近兩百台幣。在台北都會汲汲營營討生活的我，平日必須精省花銷，才能勉強度日，於是為這分下午茶費用結帳同時，對荷包消瘦的速度，特別有感。

萬丈高樓平地起，台灣的物價亦如是。然而，建造大樓與抬升消費物價指數（CPI）的人們，是分屬不同階層世界的族群。

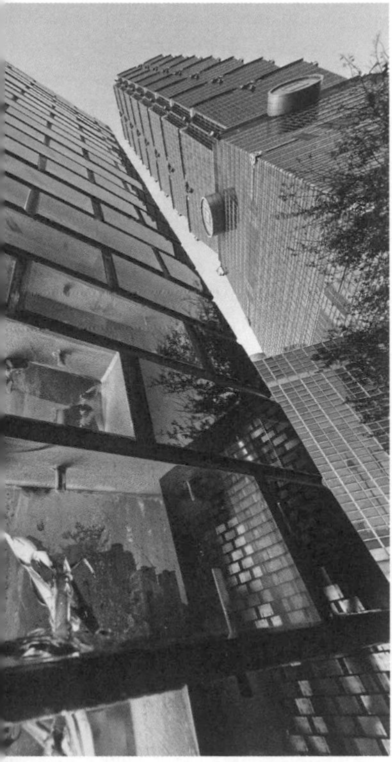

101 大樓與伙伴碑。（尹雯慧提供）

在首都城市潛伏求生的外地人，若想穩當的立足生根，演化出相應的生存技能只是早晚的事，就像一心一意爬上陸地的兩棲類，為了在新環境活下來，可以將自身完全變態成另一種型態的存在。茫茫眾生相裡，比如此刻的自己，比如更遠之前的二〇〇二年，參與建造台北 101 大樓，卻沒機會歡欣慶祝竣工的現場建築工人阿勇（化名）與弟弟阿志（化名）兄弟二人。

與夢想一起墜落

一九九八年進行動土儀式的台北 101，彼時的名稱還叫做「台北國際金融大樓」，為了台灣政府亞太營運中心政策，應運而生的這個龐大建造計畫，當時動用了超過上萬名的營造工人團隊，其中也包含來自高雄大寮的阿志與阿勇。

都市發展進程中，爭相向天空更高處竄長的大樓，也同樣乘載著人們對美好未來的想望。儘管以工計酬的勞動環境，讓肩扛家計的工人們沒有太多選擇，沒有上工等於沒有收入，沒有收入等於直接對全家人宣判死刑。這對從南部北漂到台北打拚的兄弟檔很清楚這個道理，對於這分置身在建造摩天高樓的工地，工安環境經常處在「注重是有注重，但是每個工地有每個工地在趕做什麼的，每個包商都不一樣，他就是要把這個工程完成」[1]的不確定狀態下的工作，他們一開始是滿懷夢想前來淘金；留居鄉下的父母的殷殷期待以及沉重房貸，讓阿志與阿勇奔往異鄉謀職，毫無猶疑。

抵達世界第一高樓的夢幻工程基地後，兄弟倆人一起在同一個工地勞動，一起在信義區賃屋生活，一起在下工後群聚喝酒、放鬆身心，一起在離地數百公尺的鋼梁上，風吹日曬雨淋，一起在電話中與父母閒聊後，繼續擘畫往後人生的種種……。他們計畫趁年輕體力好的時候，努力攢錢奉養父母；他們想著還清家裡的房貸，再盡可能鼓勵自己的孩子們，攻讀更高的學歷；他們希望有一天台北國際金融大樓完工後，能攜家帶眷一起前來參觀旅遊。

夢想使人湧生力量。哪怕當時日薪是新台幣兩千五百至三千元，扣除餐食交通的開銷與其他雜支，實領金額約莫兩千到兩千兩百元左右，哪怕

1 本文全文中，「」引用來源皆出自受訪者不同時期的口述。

每天清晨四點就要起床工作到晚上八九點，熬夜加班連續上工十幾個小時是生活日常，哪怕逢年過節，為了省錢而犧牲返鄉與父母家人團聚的時間……。對於阿勇與阿志而言，在艱難人生中，隱忍苦痛並且持續勞作，是換得幸福的唯一選擇，而尚未完工的台北國際金融大樓，那個只能以想像力抵達的頂點，彷彿閃耀著明天會更好的幻覺。

誰都沒有意料到，這個綺麗的夢，會在半途便攔腰折斷，轟然下墜。

二〇〇二年三月三十一日下午十四點五十二分，台灣花蓮外海發生了規模六點八的強震，在地震斷層帶上的島嶼，劇烈震盪。台北盆地因為地形的場址效應，而出現嚴重災情；城市西區的承德路，一棟公寓大樓倒塌，造成八人受困，東區信義路上，當時已經建造到五十六樓的台北國際金融大樓，因二百多公尺的建築結構體晃動，導致置放在頂樓，正在吊運數噸重量鋼筋的兩支塔吊機具，無法承受一倍角度搖擺所產生的壓力，東、西兩側塔吊的人字臂螺絲因而鬆脫斷裂，隨後直接掉落地面。

依照中央氣象局的地震震度分類標準，地震震度是依照最大加速度來劃分。Gal是加速度的單位，1 Gal代表每秒有秒速一公分速度變化量。震度一級時，最大地動加速度在0.8到2.5Gal之間，是「當人靜止的時候可感覺到微小搖晃」[2]。到震度六級時，最大地動加速度在 250 到 400 Gal 之間，這時已經會出現「站立困難，汽車也難以駕駛，較重的家具翻倒，門窗扭曲變形，可能有部分建築物受損，屋外可能出現噴沙、噴泥的現象」。[3]

三三一地震當下，台北國際金融大樓旁的信義國小測得地表加速度為 193 Gal，落在五級強震的級距。但由於當時正在進行大樓鋼構安裝及假固定等作業，東西兩側固定式起重機的基座「於四十六樓夾梁於五十一樓，高出五十一樓三十二公尺」[4]，且因樓高五十一樓的地震力約為地面的六倍，等於事發時，東西兩側的塔吊機具承受著難以想像的誇張壓力；結構上最弱的塔節螺栓處因此撐不住，應聲斷裂。

目睹死亡從眼前走過，只是短短數秒的事。

那天正值施工期間，兩百名工人在大樓內趕工，沒有任何徵兆，難以預防的地震猛然來襲時，所有人只能憑藉本能逃離現場。有人掉了鞋子，有人奮力緊抓身旁的梁柱，避免被震落，有人不假思索，從二十四樓拔足狂奔往下跑到地面，只花了五分鐘……。那個當下，阿志人剛好

2 資料來源：中央氣象局
3 資料來源：中央氣象局
4《走出陰霾迎向陽光 三三一地震專輯》，台北市政府勞工局勞動檢查處，2003。

在五十六樓，他身上的繩索扣連在副柱的安全母索上，正「以安全帶綑綁吊在半空中做大樓副柱的工程」[5]。阿勇和弟弟是同一組工作人員，「他負責裝料，弟弟負責安裝」。[6]

阿勇在樓層內向弟弟阿志大聲呼號，要他暫停手邊工作，儘速回返大樓內。高空中強勁的風勢打碎了阿勇的憂心如焚，千絲萬縷的殷殷呼喊，無能傳入阿志的耳中，而失控的人字臂旋即擊往阿志所在的方向，身上的安全帶原本應是緊急救命的保障，瞬間卻成為掙脫不了的死亡桎梏。阿志與被擊落的大樓副柱一同墜地，阿勇「眼睜睜看著弟弟一路摔到松智路的馬路上」。[7]

往下看，那是二百多公尺的地面，即使沒有懼高症的人，光是站在高空樓層的邊緣，都能心跳加速，手心滲汗。阿勇狂喊弟弟的名字，「我從五十六樓一直跑下去，電梯什麼的，都停了。結果我下去，我找我弟弟，我找不到。後來是有人去幫我找到，蓋著帆布，捲起來。」

事後到警局採訪的文字記者描述當時阿勇的神情：「至於親眼目睹胞弟慘死的工人，則是一語不發，整個下午均紅著眼眶地坐在警局內，場面令人哀淒。」[8]

要有多大的勇氣，才能走上前並掀開那塊帆布，直視帆布包裹著的親人殘破的屍體？要有多深的親情，才能帶著從小一起長大，一起為分擔家計打拚，如今卻已天人永隔的手足兄弟，一路返回故里？我難以想像。而阿勇多年後，在電話彼端，低沉而蒼涼地回憶著：「還好，是留全屍，一個眼睛不見了。」

這個驚天動地的墜落，砸毀了地面的建物圓頂、停放在松智路上的數輛轎車，以及包含阿志在內，五位工人寶貴的生命，與五個勞工家庭，往後一生的依靠與冀望。

餘震使得大樓不斷有磚石雜物從空中飛落，先前掉落的重型機具在地面揚起層層塵灰；這些金屬巨獸從澳洲進口來台灣，成為營造工地的生力軍，然而澳洲，並非是以防禦震災知名的國度。台北市總共出動兩百五十二人救災，現場嘈雜聲不斷：警車、消防車、救護車、驚惶未定的工人、拿著手機報平安的移工、趕赴現場的媒體、圍觀的路人與觀光客，所有人都籠罩在這場災難的迷霧裡，感

5〈他眼睜睜看弟弟墜落〉，聯合報，2002/04/01
6〈他眼睜睜看弟弟墜落〉，聯合報，2002/04/01
7〈金融中心九霄驚悚〉，中央日報，2002/04/01
8〈金融中心九霄驚悚〉，中央日報，2002/04/01

受著哀傷、哭嚎、驚詫、憤怒、悲痛、茫然與不解。

在荒蕪中尋找希望？

阿志墜落那一年，因工殤事故而短暫停工的台北國際金融中心，在七月十八日，正式更名為「台北 101」。隔年七月，台北 101 舉行了辦公大樓上梁典禮，包含當時的總統陳水扁，以及台北市長馬英九皆受邀出席該盛會，現場冠蓋雲集。同年十月，完成塔尖定位儀式，市長馬英九在媒體注視下，宣布台北 101 成為全世界最高的建築物；這分「世界第一」的「榮耀」，維持了五年多的時間。

台灣的建築躋身全球排行榜，拔得頭籌，有其背後「天時地利人和」的各種盤算。二〇二二年二月出版《從 0 到 101：打造世界天際線的旅程》的宏國集團董事長林鴻明，在新書發表會上提及，當時他為了促成這項史無前例的開發案，透過一番運籌帷幄，讓中信、新光、國泰、中華開發等企業組成「台北國際金融中心企業聯盟」，以兩百零七點五億新台幣，拿下這個標案。這個金額數字對他意義重大，因為「這是母親林謝罕見誠心擲筊而來，彷彿冥冥之中有所注定。」[9]這幢宏偉建築要往上攀升超越100層，也是他的母親「鼓勵團隊不要因為『100』就自滿而停下腳步，於是決定了101層。」[10]

在台灣的道教廟宇中，神像前有一對到數對的筊杯，是台灣人熟悉的日常。我們透過筊杯擲出後，落下的方位來探測神鬼的意念，兩個巴掌大的半月形木片向俗世世界傳遞的訊息，經常同時扮演著解惑和撫慰的功能。宏國集團「頭家媽」林謝罕見為了鼓勵自己的孩子，擲筊問卜，也因為101這個數字，象徵著「好還要更好」，於是成為最後拍板定案選定的吉祥數字。然而，對阿志的家人，特別是哥哥阿勇而言，全程目睹弟弟參與建造台北101而遭受天災致命意外喪生，是一場「比糟還要更糟」的際遇。

「那時候是跟神明講的，擲筊，跟阿嬤，一起住在那邊。」阿勇說，「那個時候在台北，在做那個頭七的時候，問一問，就擲筊，一筊就安置在那裡了。」彷彿歸心似箭似地，阿志透過聖筊告訴家人，他想和阿

9〈台北101紀錄成書！〉，今日新聞 Nownews，2022/02/18
10〈台北101紀錄成書！〉，今日新聞 Nownews，2022/02/18

嬤同眠在燕巢鄉的墓地，

二十四歲的青春年華，於是在此地凝止成永恆的墳塚。

只是，創傷在遭逢親人死亡之後，被狠狠封印在阿勇的意識底處，「我常常做惡夢，夢到他掉下來，連喊都……救他也來不及，也才幾秒鐘啊。唉，五十六樓欸。」面對夢境裡的無能為力，阿勇也只能喟然長嘆，「人一生哦，都有個劫數，三大劫數什麼數，只是那個劫數哦，躲得過躲不過這樣，是大的還是小的這樣。」

不知道阿勇後來還有沒有再去廟裡擲筊，問問阿志在那邊過得好不好？

三三一事件後，阿勇一直過得不太好。

夜晚，他在夢魘裡輾轉反側，白日，他在弟弟工殤意外的陰影中，匍匐求生。當時正值盛年的阿勇在事發之後，好幾年間都無法再登上高樓的工地工作；生死一瞬的恐懼如影隨形。

不過，恐懼固然令人身心煎熬，但深埋心底的歉疚，才是阿勇無處求援的苦痛根源。「他四月二號生日，本來清明之前要載他回來，他說那邊趕工，所以我就沒有把他載回來。」多年來，阿勇深陷在「早知道」的遺憾裡，無能言說，往事深邃彷若一潭不斷下墜的流沙，越掙扎越容易滅頂。

「回憶哦，有甜的有苦的，但我的回憶是比較苦的，不好的那種。」

出身南台灣典型的勞工家庭，阿勇的父母教育程度都不高，原本在化工工廠工作的父親，因長年工作環境影響呼吸道的健康，一九八〇年代前後氣喘病發，自此健康每況愈下。家中三個孩子，年紀最大的長女其時也不過五、六歲，阿勇與阿志，就更年幼了。母親為了承擔經濟支柱，在外奔波各地從事水泥工，但，好運似乎遲遲未曾眷顧這一家人。一九八三年冬天的某日，母親在騎車返回家的途中發生車禍，傷勢嚴重，影響了聽力。

貧寒的家境，使得阿勇姊弟三人很早就體悟了雛鳥離巢、顢頇學飛的人生況味。幾乎是和九年國民義務教育的軸線平行疊合般，阿勇和阿志都在國中畢業後，便離開校園，進入社會職場，開始與薪水日日拚搏的勞工生涯。雖然阿勇曾短暫地在私立國際工商夜間部就讀半年，然而高昂的學費，加上白天大量體力勞動的清潔工作後，導致課堂上只能開啟補眠模式，難以讀書學習，他不得已只能放棄求學，成為全職工人。

阿勇一路從清潔工人做起，洗地毯、打蠟，也會兼差賣菱角、賣水果，後來在擔任監工的親戚介紹下，進入營建工作。他經常掛在嘴邊的幾句話：「沒法度，不得已，沒得選」，是他為年近半百的自己，一生職涯精要的總結，亦彷彿是他看待自己命運藍圖的基本態度。「做工的人都是用時間和命和它拚」，阿勇很早就看透了這個行業的本質，不需要料事如神也能預知一二。

和個性內向的阿勇迴異的弟弟阿志，則選擇從學習汽車修理做起，一直到當兵退役，才決定放棄前景未見明朗的汽車修理行業，跟隨哥哥進入營造業，當起建築工人。

外向健朗的阿志，一向受人喜愛，「他很大方，對每個朋友都很好，不會小氣巴拉，會幫忙。有時候也會買飲料給大家喝，人品好。」阿勇談起早逝的弟弟，不無懷念。而阿志在母親的記憶裡，尤其貼心可人：「當兵都捨不得花用，會把軍中的軍餉省吃儉用把兩千元存下貼補家用，母親節還包紅包給我，連放假都盡量賺錢，是個十分孝順的孩子。」姊姊也說：「他的心願，是幫老闆趕快蓋好台北 101 大樓，工作多存點錢，趕快繳清家裡的房貸，讓父母放心。」

像是擔心描摹阿志的力道不夠，眾人捕捉逝者身影的故事會成為徒勞，母親不停地拋出一個又一個，鮮明地活在她心中的阿志樣貌：「生阿志的時候，突然風雨交加，那天是二月二十五日，再過七天就是農曆年。阿志小時候有一天跟我報明牌，我沒理會，結果鄰居照他報的明牌卻中獎。小時候阿志都跑跑跳跳滿皮的，牙齒常撞傷，長大後卻很懂事，很為家，個性活潑開朗，很孝順。」

顯然，在母親大腦海馬迴的皺褶裡，「孝順」和「阿志」是同義詞。

我當然知道，記憶並不堅固。情感的力量經常比記憶強大，於是記憶極有可能因為強大的情感而被竄改或重組。然而，不需要理解關於時間或者記憶綿延的理論也能深刻感受到，阿志的家人選擇和離世的他共處的方式，其實最原初的出發點，是因為愛；對逝者的愛，對同為被遺留下來，仍然掙扎求生的其他家人的愛。

鮮少出遠門的母親，當年因為失去了孝順的兒子，首次有機會來到台北。在大寮鄉下的家裡看見電視新聞，播放著意外事故的現場時，她心裡掛念兩個也在那裡工作的孩子們，想著要叮囑他們注意安全；直至她接到電話，和先生兩人被安排搭機北上的那一刻，她都沒有真正意識到，死亡的陰影已近迫在眼前。

突如其來的慌亂中，母親謹記在心的其中一件事竟是：在機場時，有乘客因體恤他們夫婦倆人處境，自願讓他們插隊，提前上機。對她而言，那是陌生人的恩情，而恩情就是該仔細放在心上的事。

阿勇總是自責，「我書也讀不多，弟弟出事也是剛做完兵回來，沒工作我才拉進他跟我一起做。然後，沒想到，退伍回來沒幾年就發生這樣啊，也還沒娶老婆⋯⋯。」也正因為懷抱這分情感，阿勇始終感到難以釋懷的愧歉。他帶著弟弟離鄉逐夢，離家前父母一再交代他，「小弟年紀較小，你要好好照顧小弟」[11]。他想起出事前不久，他才因細故和弟弟起了爭執，帶著彆扭的心情一同去工地上工。午睡時，坍塌的夢境讓他反覆心焦；他沒有想到，一覺醒來之後，卻果真從此陷入人生最長的噩夢深淵中，遍尋不著得以喘息的出口。

「我情願是我走不是他走欸。」阿勇的遺憾裡，深植著他對家人最綿長的溫柔。

從身體裡長出紀念碑

就像漁人嚮往大海，阿志也曾想望過立業成家後，被溫情環抱的生活，然而，死神讓他與愛情錯身而過，猝不及防。在不同的工地與工地之間往返謀生的阿勇，透過相親的方式，與來自福建的妻子結婚，組建家庭，有了自己的孩子後，肩上的負擔益顯沉重。

成家立業需要錢。在台灣，勞工的一條命價值多少？

像阿志這樣工殤去世的勞動者，在勞動基準法的職業災害死亡補償條例中，可獲得平均工資四十五個月的補償，若是依他的投保薪資每月一萬六千五百元計算，補償金額不到七十五萬。幸而此事引發外界矚目，因而採用當年他的日薪計算，他的家屬可獲得約四百五十一萬餘的金額。[12]即使這已是相對優厚的職災死亡補償，但仍遠遠落後於生活所需。也難怪，悲慟逾恆的母親說過，「好在阿志沒結婚，否則現在再加上他的孩子，怎麼養得起？」

地震前，阿勇已然結婚了，妻小留在南部，他與弟弟北上工作，最後卻只能捧著弟弟的骨灰獨自返鄉。婚後二十多年來，在百貨業擔任零售員的妻子，靠著賣女性用品的業績抽成，貼補家中開銷。每日工作需

11〈他眼睜睜看弟弟墜落〉，聯合報，2002/04/01

12《走出陰霾迎向陽光 三三一地震專輯》，台北市政府勞工局勞動檢查處，2003。

要長時間站立，經年累月下來，雙腳的靜脈曲張已經嚴重到只能靠打針治療來勉強支撐。阿勇心疼妻子的辛勞，也感激她對自己的不離不棄，他淡淡地說：「沒跑，已經很好了。是我撿來的幸福。」

對於孩子們，「還要看他們自己，喜歡讀就讀，現在我們人還沒走，他們能讀多少，就讓他們多少。」冀望透過教育翻轉階級，是許多勞工家庭為下一代建造美好未來的想望途徑，只不過，面對這個關乎社會結構體制的問題，一生從事粗工換取家人溫飽的阿勇也隱隱明白，他最後其實只是希望孩子們，「不要學壞就好了。」

「人生下來就是帶苦字」，阿勇曾這麼說。

而苦，是一種逐漸麻痺對人生抱持夢想的痛覺。

二〇一五年，阿勇在高雄輕軌工地現場工作時，因為意外而造成左手掌，除了拇指之外的其他四指被機器截斷，雖然及時送醫縫合，但癒後情況不甚理想，神經截短接合處的疼痛，沁入骨髓，這分必須「要忍受到升天，走的那一天才能解脫」的痛楚，讓阿勇體力大不如前，在身體勞動就業市場競爭力原本就處於劣勢的困境，更雪上加霜。

參與高雄輕軌的建造，讓阿勇也成為工傷的受害者，奪走他四指的工地，就位在高雄夢時代廣場附近。加上前兩年父親過世，母親罹癌，家中接二連三面臨曲折困頓，他感受到人生裡，結結實實的惡夢連篇。

仰賴安眠藥入睡多年，他卻不知道自己何時才能從夢魘裡醒來。

阿勇並非好吃懶做之人，妻子應該也都看在眼裡。只要有工作機會，他也總是頂住壓力，設法咬牙撐過。只是境遇太過乖張多舛，就算努力並不保證能夠鹹魚翻身，但霉運之路走得如此徹底，很難不讓人懷疑人生。

阿志名字下方的鐵鏽污漬。（尹雯慧提供）

從小信佛拜觀音，每年會和妻子到廟裡點光明燈，為家人求平安，求福祿；比起弟弟摔落大樓時，只能眼睜睜看著，卻束手無策的心慌，能夠到宮廟裡祈福點燈，是阿勇在時代洪流裡沖刷翻滾後，能夠稍稍感到踏實的幸福。

二〇〇七年，台北101大樓前的廣場，矗立起七座彩色紀念碑，是為了紀念三三一大地震工殤罹難的勞工，以及參與建造這座摩天大樓的所有團隊。彩色琉璃材質透明，阿志的名字，與其他人一同被銘刻在紀念碑上，剛好位在白色區域，相對醒目。仔細探看紀念碑內部，阿志名字下方出現了鏽蝕的黑漬，其他顏色區塊也明顯看出或大或小的龜裂痕跡。

紀念碑裡的紀念碑。（尹雯慧提供）

俯瞰刻著工殤者名單的伙伴碑。（尹雯慧提供）

我的腦海倏忽閃現那些，大幅刊登在101捷運站出口的精品廣告，以華麗澆灌著往來經過人們的潛意識，所謂的生活品質的象徵，是對「質感、美學、知識與高標準的追求」；不知為何，我無法將目光從阿志名字下方的污漬移開，良久良久。

對於這七座繽紛活潑，帶著裝置藝術趣味，看似大型「光明燈」的101伙伴碑，阿勇雖然知悉，但並沒有時間特意造訪，也沒有談論的意念。對他來說，「蓋了紀念碑也沒用啊。」

早在弟弟阿志墜落松智路的那一刻，阿勇身體裡已然長滿了傷痛與想念的荊棘，並且相互纏繞成尖銳無倫的墓誌銘，只要一碰觸，就會無聲地流出血來。

◆評審意見

工殤後，夢想何在？／履彊

「除了死亡，還剩下什麼？」是本文作者以「工殤」為主題，向讀者、社會大眾、乃至誇言「勞工是心中最軟的那一塊」當權者，最沉痛的控訴。

作者以台灣曾經躋身全球最高的101大樓，奢華、壯麗與高消費背後，參與營造、建築的勞工以生命拚搏的血淚，做為本文的主軸，既有知性宏觀的視角，又有血淚交織的感性微觀，真人真事均有所本，且文學張力飽滿，令人動容。

作者描述對象為參與101大樓及高雄市輕軌建設的營造工人阿勇，經由阿勇目睹其弟阿志在二〇〇二年331大地震中，由二五〇公尺高的樓層工地跌落地面致死，如同「與夢想一起墜落」哀慟逾恆，畢生魂牽夢縈的傷痛與思念，感人肺腑。

本文文筆流暢，資料來源準確，作者以訪視者觀點描述勞工遭逢工殤後的處境，充滿人道主義的精神，各段落章節的標題均見精準的文字功力，尤其「在荒蕪中尋找希望？」的鋪陳，令人掩卷深思，結尾的「從身體裡長出紀念碑」充滿詩意的隱喻，與題目相互呼應，使本文的結構更臻完美，實為報導文學不可多得的佳構，允為本屆作品之最。

二獎　廖珮岑

畢業於森林所，研究過遷徙猛禽，誤打誤撞進入人文地理的世界。關注人與環境的互動，期望以人地關係的角度記錄世界。曾獲桃園鍾肇政報導文學獎，文章散見轉角國際、上下游副刊。正在方格子上經營《遊牧過渡帶》專題。

得獎感言

多年後回過頭看，才發現此次高原之行，不但是鳥類生態研究的開端，也是我接觸人文地理的起點，同時也為未來投入寫作埋下種子。感謝四川大學及草原上的人們、野生動物們，感謝我的旅伴，以及在背後支持及鼓勵我的人。

犛牛吃草的地方

熊和大師兄是中國四川大學博士班的學生。每年夏天，黑頸鶴遷徙至四川北部的若爾蓋高原繁殖時，他們也跟著從成都搭乘八個多小時的公交車，來到高原工作站住上幾個月的時間，為了記錄黑頸鶴的繁殖狀況與棲地變化。

濕地 vs. 沙地：若爾蓋草原的流變

從若爾蓋縣城出發，長長直直的 213 公路將草原切穿。公路兩旁有許多騎著馬的遊人，隊伍最後通常都會有一位將頭巾緊緊包住頭部，騎在馬上的藏族男子壓隊。若是仔細看，附近會有許多經幡飄揚，路旁隨時會看到「尼瑪藏庄」、「卡哇奧巴藏家樂」或是「安多牧家樂」等字樣的旗子或招牌，會有幾個柵欄圍起來的營地，裡頭有

工作站上眺望草原。（廖珮岑提供）

幾頂白色藏式帳棚，以及成群的犛牛和綿羊。

公交車師傅放我們在公路右方的若爾蓋濕地自然保護區工作站下車。熱爾壩工作站，是個位於海拔三四七〇公尺的高原工作站，八月可以說是若爾蓋草原最舒適的季節，大白天還得穿著薄外套，夜晚則需要裹著保暖睡袋才能入睡。

熊站在建築物旁的階梯入口處等我們，跟我們揮手。高原空氣稀薄，紫外線強烈。熊一看就是老江湖了，他往頭頂套上黑面罩，只露出兩隻眼睛和嘴巴，再從面罩空隙，插入眼鏡。脖子上圍著咖啡迷彩圍巾，身著灰長袖及黑長褲，可說是沒露出半吋肌膚，將自己包得死死的。聽熊說在高原上待久了，居然開始掉髮了，於是帶上這個土匪面罩，抵擋紫外線造成的掉髮危機。

只見他肩上扛著一個單筒望遠鏡，「難得上一趟高原，到工作站後邊轉轉。」他比出了個大姆指朝向後方，說是要帶我們找找藏區獨特的野生動物們。

高原並非一望無際。它是由一個個草原山丘組成的，因此我們必須爬上一個又一個山丘，架上單筒望遠鏡，靜靜守候行經谷地的動物們。運氣好時，就會看到赤狐悠然漫步；藏羚羊豎起耳朵，頂著長長堅挺的V型角，面向我們這頭張望，接著轉頭快速穿越谷地；有時透過望遠鏡的放大視角，會看到黑影般的草原狼，四五隻集結在對面山頭與我們四目相望，那時的空氣會瞬間凝結幾秒鐘。當我們躺在谷地草坡上時，還能見到鬍兀鷲從我們頭頂飛越。就連熊上來這麼多次，也是第二次看到這種猛禽。只是藏區常見的藏狐，我們總是沒有緣分。

草原不是平的。遍布地面的青草，有長滿刺的，有滿布纖毛的，有的則是平順光滑。高原上的花爭奇鬥艷，各種顏色都有。在這些花與青草蔓生交雜的地面，卻是一顆又一顆凹凸不平的顆粒土壤，與一個又一個連綿不絕的裸露塌陷的洞。那是青藏高原特有種，高原鼠兔挖掘的洞。只要人影晃過，原本前腳直立，鼻頭拚命嗅聞的鼠兔，就會後腳一蹬，消失在洞口處，讓我們撲了個空。偶爾從遠方還能看見較大的洞，旁邊一處堆高的土坡，那是旱獺的巢穴，也就是俗稱的土撥鼠，會三兩隻探出頭，拉長身子警戒四方。然而，這些圓滾滾，毛茸茸，眼睛黑得發亮的高原物種一旦數量太多，便成為沼澤消失的警世物種，為草原沙化的現象帶來警訊。

若爾蓋高原並非一成不變，它位於青藏高原的東北邊緣處，由泥炭沼澤、季節性草甸與草原組成，並且隨著每年春夏雨季時節的水源挹注而變化。因此，有些泥炭沼澤區終年積水，部分地區則是呈現季節系的乾濕變動，時而呈現濕草甸樣貌，時而成為陸生植物群落叢生的草地。也因此，若爾蓋草原不但是中國最大的高原泥炭濕地，也是涵養黃河水源的補給處，有高原之腎的美稱。

近幾十年的研究與觀察顯示，若爾蓋草原正在退化，不僅在沼澤和草原之間來回變化，更是有逐年沙化的趨勢。有些研究認為，沙化是自然現象，青藏高原隨著地形抬升，原本盛行的西南季風受到抬升地形的阻擋，雨量日漸稀少，導致原始地貌的沼

下沼澤。（廖珮岑提供）

澤面積縮小，因而轉變成氣候乾冷的高寒草原。而抬升的高原台地，使得冰川劇烈運動，留下各種大小不一的河道，舊河道沉積之下的流沙，自然地就容易形成沙化地。

從若爾蓋縣城乘坐公交車來工作站的路上，偶爾會看到草原山丘上一片片土黃色或黃褐色等不連續的斷面，與草原的綠色呈現鮮明對比，聽說那便是舊河道沉積的沙經過風力吹拂而搬動上去的結果。

不過，目前政府和許多研究單位更傾向第二個說法，也是高原鼠兔、旱獺及高原鼢鼠等物種開始氾濫的原因。一九六〇年代，隨著人口大量移入，草場漸漸不敷使用，於是人們開始挖掘溝渠，將沼澤的水排除，藉此擴大草原面積，增加放牧面積及牲畜數量。為了顧及經濟發展，填補高原燃料的資源匱乏，人們也開始開採泥炭，作為生活燃料及能源開發之用。

若爾蓋草原的泥炭層本就是水源的蓄水層，少了泥炭，沼澤濕地沒有水後，原本生長在沼澤濕地裡的毛果苔草和木里苔草等水生植物，便逐漸被藏蒿草等草甸型植物取代，喜歡食用這類植物的鼠兔、旱獺及鼢鼠也就逐漸出現在漸趨乾旱的地區，並且在這些物種氾濫的情況下，更容易造成土壤結構及原生植被改變，因而朝向草場沙化的情況邁進。

曾經，屬於嚙齒目的老鼠造成的鼠害，被認為是草地沙化的元凶；即使是兔形目，屬於兔子的高原鼠兔，也因為習性的關聯，被官方列為剷除對象，草原上遍布毒餌。

「最近的研究才開始說不是鼠兔的錯，鼠兔是代人受過。」換句話說，鼠兔及其他鼠類的出現，其實是人為開發造成草原迅速退化的具體結果，不是起因。熊一邊說，一邊收起單筒望遠鏡，我們往工作站移動。

傍晚高原上的陽光，將我們一行的影子斜打在通往工作站的斜坡道上。佇立在道路兩旁警戒的鼠兔，隨著人影逼近，紛紛躍進洞口。

神話之鳥vs.高原旗艦物種：黑頸鶴的保育

翌日清晨，我們換上雨鞋，熊則穿上青蛙裝，揹起調查器具，坐上前往花湖自然保護區的公交車，開始高原上的調查日常。花湖自然保護區是若爾蓋濕地的核心保育區域，也是稀有鳥類——黑頸鶴的繁殖地。

經過棧道，穿越遊人，走入藏綿羊群、馬群、犛牛群，向放牧的藏民們微笑點頭，直到所有的人和牲畜隨著遠方的熱氣成為草原上躍動的黑點，眼前超過四千米的山脈依然沒有半點更貼近我們的跡象。

這段路途並不輕鬆，整片草場有許多肉眼可見，凹凸不平的草甸，高低落差極大，如同被縮小的山丘模型，每走一步就是一個頂峰，再跨出一步便來到低谷。這樣的地貌來自於千百年來，牧民跟著動物逐水草而居，反覆踩踏後，最終留下這凹凸不平的草甸。當雨季來臨，水溢流進入草甸的低處後，就成為沼澤。經過一處為了控制溼地水位而築起的人工小水壩後，我們也終於抵達草甸和沼澤的交界地帶，亦是整個保護區最原始的核心區域。

熊看著手中的GPS，一邊表示：「最近的巢很近的，只不過五百公尺。」根據熊手指的方向，我滿心期待踏入沼澤。沼澤黑色的水宛若黑色的吸盤，雨鞋瞬間被吸附，連鞋帶人往下沉，四面八方的水此刻都快速地匯流進雨鞋中。我感覺自己像是一尾在旱地上乾渴的魚，不同的是我在泥炭裡垂死掙扎。所幸剩下的一隻腳很快地便感覺到渾沌的水中有一處高突堅硬的草甸，我用力踏上那片在水中糾結的草塊，終於成功擺脫那片泥沼。不久後我便明白，要在這片沼澤中快速移動，就得摸索出每一步可以立足的草甸前行。

燕鷗在高空快速飛舞，白冠水雞在沼澤中的河道上優游，赤足鷸站在草甸上發出警戒的鳴聲。彼時，遠處傳來熊的吶喊，猛地一抬頭，只看到他隱沒在極遠的草叢中，露出一顆頭。

隨著水越來越深，雨鞋浸水後，每個步伐都成為沉重的負擔。五百米近在咫尺，遠在天邊。看了手錶，我們已經走了將近一個小時。此時草澤中央出現了比之前踩踏的草甸面積更大且平坦的裸露高地，正當我高興地想上去坐下小憩時，卻被熊制止了。仔細一瞧，上面滿布鳥類絨羽與排泄物，這才發現眼前所見便是此成的目的地——黑頸鶴的巢。

黑頸鶴是全球十五種鶴類中最晚被記錄的種類，棲習於海拔三千公尺以上，是唯一在高原生長繁殖的鶴類。關於牠們的生活習性一直帶有神祕傳說的色彩，研究嚴格來說不算多。藏族人說牠們是格薩爾王的牧馬人，一聲鳴唱便能召喚數百公里外的戰馬。數量僅剩一萬餘隻的黑頸鶴，被國際自然保育聯盟定（IUCN）定義為易危（VU）物種，中國大陸則將黑頸鶴列為國家一級保育類動物。除了少數在印度北部及不丹生長的族群外，大部分分布在中國大陸境內，夏季在青藏高原繁殖，冬季在雲貴高原度冬。

草原的沙化現象自然也與黑頸鶴的存亡脫離不了關係。國際鶴類基金會的研究員

沼澤中黑頸鶴的巢。（廖珮岑提供）

認為若爾蓋草原的過度放牧，會造成沼澤退化，鼠害加劇，並使得沙化面積擴大，這是黑頸鶴在繁殖地所面臨的其中一項威脅。其他的問題還包含濕地開發、旅遊觀光帶來的干擾，以及防止鼠害而施放的毒餌農藥，進入到食物鏈後，間接影響黑頸鶴可能的食物中毒等多項因素；盜獵問題也是時有所聞。若爾蓋濕地自然保護區的成立是為了保護高原脆弱的生態系統，希望能盡量減緩沙化的情形，同時也是為了保護黑頸鶴及其他鳥類繁殖棲地的完整性。

這種頸部和尾羽黑色，其餘體色灰白，頭頂幾撮亮紅色的羽毛點綴，一旦現身於草原上便極為亮眼的大型鳥類，自然而然地成為帶動當地保育的旗艦物種，若爾蓋縣甚至被官方定為中國黑頸鶴之鄉。投入黑頸鶴研究的單位越來越多，除了中國科學院昆明動物研究所及蘭州大學等研究單位外，熊所隸屬的四川大學也是其中之一。他的博士論文主要是研究黑頸鶴的繁殖生態，在找到所有的黑頸鶴巢位之後，便會測量蛋的長寬及重量，接著量測巢位附近的水位及泥炭的深度、草的高度以及巢位本身的長寬高，藉此了解巢位選擇、安全性等黑頸鶴的繁殖策略。

我們抵達的時候，熊已經幾乎測量完成了。

「可惜，你們上來晚，現在雛鳥都離巢嘍。」測量完巢的直徑後，熊拿起望遠鏡往沼澤的遠處觀看。一對黑白相兼的黑頸鶴，正在熱氣氤氳處低頭覓食，頭頂的紅色不時在沼澤挺立的水生植物間若隱若現。熊說幼鳥可能躲在草叢深處，大概是找不著了。

遊牧vs.定居：政府與牧民的治沙策略

這日晚間七點，因為緯度較高的緣故，太陽依舊掛在綿延草原與天際線的交界處。我獨自一人坐在工作站下方不遠處的涼亭邊眺望草原。夕陽柔和的光線將草場染上一片橘紅，散布整片草場的黑色犛牛與白色綿羊，使得草原宛如星羅棋布的棋桌。

附近一名藏族小孩突然一個猛衝，快步向我奔來。他名叫索朗札西。札西在藏語中是吉祥的意思，他說他的名字是喇嘛幫他取的，在藏區十分常見。札西把玩著工作站的單筒望遠鏡，對著草原上很遠很遠的帳篷說：「這是我老師家。」接著，又興奮地轉動望遠鏡，對著另一處更遠的方向，就算用望遠鏡也看不清楚的小點說：「你瞧，

「你看，這是我家！」他一邊拉著我的手，一邊對著望遠鏡，不時轉頭要我跟著他看。「這是我姊姊。」

正在用單筒望遠鏡找他家氂牛的札西。（廖珮岑提供）

四川大學另一位研究員，大師兄，正追著札西而來，看我似乎拿札西不是辦法，前來幫我解圍。札西的爺爺是工作站的管理員，因此札西也就經常出入工作站。大師兄在高原上待久了，跟札西一家自然也就不打不相識，沒事了就陪札西玩耍，看顧札西。

一九八〇年代期間，部分學者認為集體化政策解體後，留下牲畜嚴重過載的問題。這類草原過載的爭論，承擔責任的矛頭最終指向了在草原上生活的牧民們。人們認為遊牧是種落後且生產力極低的生活方式，因為無限制擴大的牲畜數量，最終才導致環境的荒漠化。

為了力挽狂瀾，改善逐年沙化的草原環境，政府啟動土地私有化政策，推動畜草雙承包制度，也就是賦予草場產權，劃定邊界，將大片的草原根據牧草質量、每戶所擁有的家畜數量分級，以一定比例分包到戶，期待透過定居定牧的經濟型態，消弭草場過度利用的問題。

至此，各鄉鎮開始出現一框一框無法連片的草場，與一群一群被圍欄隔離的牲口；草原上可快速拆解搬遷的帳篷，變成一幢一幢的房子。但是，留住了人和牲畜，卻留不住乾旱土地上的雨水及青草。牧民無法跟著水草流動，就像失去與土地對話的能力。牲畜越是飢渴地踩踏草地，草原越是無法給予新生的回應，於是衰敗枯黃，最終退化成沙。

人們開始發現沙化的問題並沒有因為私有化制度而獲得緩解，犛牛及其他牲畜過量的問題依然存在。一九九〇年代末期開始，除了成立若爾蓋國家自然保護區，禁止一切濕地排水工程，執行填溝還濕的政策外，也將轄曼和麥溪鄉訂為「防沙治沙工程示範點」，投入大量資金治沙，並開始一系列的禁牧政策。

治沙工程將草原依照沙害嚴重程度進行分級。沙化嚴重的區域，先將土地固沙，種植高原紅柳並施肥，接著種植多樣牧草，並將該區域以圍欄圍起禁牧，避免人及牲畜進入踐踏。退化的草場則是補植牧草、施肥並限制放牧，以防止草原持續退化。同時，政府也根據禁牧區域的牧民給予一些生態補償，或是安排牧民其他工作做為經濟平衡。札西的爺爺或是工作站其他護管員幾乎都是當地牧民，也就是這個原因。工作站裡的護管員會定期去巡邏，觀察這附近的生態狀況，勸戒遊客不要進入保護區內，同時，取締非法盜獵黑頸鶴及其他鳥類的蛋。

為了更好的維護若爾蓋濕地及草原生態系統，長年在若爾蓋濕地繁殖的黑頸鶴成為一項重要的衡量指標。然而，黑頸鶴研究稀少，就連黑頸鶴的繁殖基礎調查資料都還在建立當中，更不用說黑頸鶴與這些氂牛，甚至是人為活動之間的關係了。

大師兄的博士論文便是研究黑頸鶴與放牧系統之間的關係，除了幫忙調查沼澤區域的黑頸鶴繁殖狀況外，他每日的工作就是撿拾氂牛糞便，分析裡面有哪些種類的昆蟲，進而了解這些以往被認為只吃草莖、水生昆蟲，偶爾吃高原鰍和林蛙的黑頸鶴，究竟在氂牛糞堆裡翻找些什麼。

出發尋找工作站後方的草原野生動物。（廖珮岑提供）

「這裡的牧民會一起放牧，不會分地，冬天在馬路（國道213公路）右邊的草場放牧（工作站後方）；夏天在公路左側。」工作站所在的熱爾鄉[1]剛好位於轄曼鄉和麥溪鄉旁，不算沙化嚴重區域，因此，熱爾鄉繼續維持公有放牧的遊牧傳統，不過依然限制了每戶人家可以豢養的牲畜數量。大師兄望著眼前的草原一邊說：「這裡是附近唯一公有地放牧的地方了。」

札西在工作站旁的階梯上上下下奔跑，自顧自地玩耍，似乎是覺得我們的談話內容很無趣。大師兄拿下頭頂上的漁夫帽，掛在脖子後，喊著要札西不要跑太遠。

治沙實驗進展多年，雖然有些許成效，但還是趕不上沙化的速度。二〇〇〇年後，開始有一些社會公益組織進駐當地，招募外地志工及當地牧民一起治沙。牧民的加入使得治沙方式融入了一些「牧區」元素，激盪出新的火花。例如在沙地上種植當地原生牧草前，先用就地取材的牛羊糞推肥，不但可以固沙，還可以增加沙地土壤肥力、保持土壤水分及養分。也有從大城市讀書返鄉的當地青年投入治沙行列，號召當地牧民在沙地上撒播上牧草種子後，將犛牛趕進播種區域，讓犛牛踐踏後把土壤踩實，使種子能順利發芽，犛牛糞還能順便成為肥料。

這些結合傳統牧民智慧的治沙辦法，後來也獲得了科學家的認可。中國科學院的團隊以麥溪鄉為例，從二〇一〇年開始進行為期六年的實驗，比較圍封禁牧（原本做法，也就是施肥播種後完全禁止放牧）、自然恢復（沒有任何人為措施）與合理放牧（結合牧民傳統的遊牧的輪牧智慧，每

1 二〇一九年十二月，熱爾鄉與鄰近的凍列鄉及崇爾鄉被撤銷，三鄉合併設立鐵布鎮。

年三至四月根據草地恢復狀況，固定放養一定量的氂牛），哪一個草場恢復速度較快且有效。研究成果於二〇一六年發表，並且證明合理放牧有利於沙化草地的快速恢復。

牛羊及牧民從來都不會是草原的敵人，牧民漸漸找回信心，重新拾回以前的生活智慧，築起的圍欄也漸漸被拆除。人們也逐漸理解，若要與脆弱易變的高原環境對話，延續千百年的遊牧智慧，事實上才是最適合的方式。大師兄認為，只要不過度放牧，能保護當地生態環境，遊牧從來都不是問題，問題是整個大環境及市場結構的改變，才會使牛羊過多，因此必須試著透過各種方式來減低氂牛及綿羊的數量。

「其實我們最近（的研究）還發現另一種可能，黑頸鶴其實非常適合牧區。」大師兄露出了微妙的表情，「牠們甚至喜歡吃氂牛糞裡的蟲子。」大師兄推測這可能是因為牧區的草較短，相對沼澤地，草原上的昆蟲更容易被黑頸鶴偵測到，牛糞堆裡的蟲也更容易被抓到，他搔了搔頭，說是不太確定黑頸鶴最近的數量變多是不是跟草場的擴大有關聯，畢竟研究還沒結束。

說著說著，札西似乎是玩膩了，突然一個俯衝，拉著我和大師兄，指著遠方的草原，說要去找他家的犛牛。看著一望無際的草原和全部呈現黑點的犛牛，這大概比尋狼還要困難吧。

草原新動態：重新認識犛牛與黑頸鶴的互動

黑頸鶴是草原上最大型的鳥類，相較起草原上其他食蟲性的小型鳥類，黑頸鶴更容易用牠們的喙搗開乾牛糞，取食裡面的鞘翅目昆蟲。四川大學研究團隊發現，比起沼澤地，黑頸鶴更常出現在植被均勻度低且含有大量犛牛糞的放牧草原上覓食。

團隊推測，犛牛糞便事實上就是一個微小的動物棲地，為生物豐富度比沼澤還低的草原，增添昆蟲及其他無脊椎動物。而黑頸鶴啄食犛牛糞便的覓食行為，有助於幫助糞便的降解，加快施肥的速度，幫助草原上的養分流動與草原植物群落的新生。

研究結果最後於二〇一九年一月底，由大師兄、熊及其他學者一齊刊登於國際期刊《生態與演化》中。

我想起在工作站的涼亭上，大師兄轉動望遠鏡瞄準一隻正在覓食的黑頸鶴讓我一起觀察。望遠鏡的視角將世界縮成一個放大的圓心，我閉起一隻眼睛往裡面看。黑色帳篷旁，一位穿著藏袍的牧民拿著水桶走過一頭只有臉部是白色的黑色犛牛旁，前方一隻黑頸鶴正在用牠的喙左右晃動，似乎正在翻動草地上的某個東西，遠方熱氣讓望遠鏡裡的任何實體都有些扭曲，我不太確定眼前的這隻黑頸鶴正在挖掘些什麼。大師兄說那可能就是犛牛糞便。

我打了通電話給熊，跟他聊起二〇一六年去拜訪若爾蓋工作站，與他們一同走過沼澤尋找黑頸鶴巢位的調查時光。已經拿到博士學位的熊，目前留在四川的一間環保公司上班，似乎時常出差，到處跑。

聽說我們當年住的工作站，在二〇二〇年時成為中國第一個狼生態保護監測站了；花湖的水位變高了，花湖邊上的木棧道被認為容易干擾到沼澤地繁殖的鳥類而被拆除了；若爾蓋於今年初（二〇二二年）被劃入國家公園體系，成為中國第五座國家公園；黑頸鶴的保育工作仍然在向前推進，據說若爾蓋濕地的黑頸鶴數量也在逐年攀升。

自從犛牛被馴化以來，千百年的時光，若爾蓋的牧民們以遊牧的方式，帶著犛

沼澤邊上的氂牛群與馬群。（廖珮岑提供）

牛與綿羊在這片土地上流轉。牛羊多時，植被覆蓋度下降，鼠兔逐漸變多；牛羊少時，加上豐沛水源，水生植物群落便逐年演替成沼澤。人們必須透過身體力行以及長時間的觀察，才能摸索出一套與土地對話的語言，但或許對長年生長在高原上的動物來說，牠們總是先行者，而人們似乎還在嘗試拆解動物遺留在土地上的密碼。

「其實就是提供了一種可能性，黑頸鶴與牧區存在的一種動態可能。」話題再次轉回二〇一九年關於黑頸鶴與放牧區的研究時，熊輕笑了一聲。「十幾年的數據才能比較確切的說一個事兒嘛。」

每年夏天，黑頸鶴會返回若爾蓋濕地繁殖，熊的學弟妹也會搭著公交車上若爾蓋繼續黑頸鶴的研究。若爾蓋草原上依然會有大批犛牛越過公路切換草場，一如藏語中的「若爾蓋」：犛牛吃草的地方。

◆評審意見

知識深厚，不露鋒芒／楊渡

就報導文學的故事性來講，此篇是布局到結構都相當完整的作品。以黑頸鶴的生態保育為主軸，描述若爾蓋草原的沼澤在保育過程中，受到人為政策、動物保育、野生動物復育等的影響，而歷經時間的考驗，各種方法的實驗，最終證明仍是藏族的傳統放牧方式，是達成生態和諧共生的最佳方法。

此文的敘述頗有大將之風，場景環境的描述，生態知識的深度，天地萬物的幽微隱喻，娓娓道來，一步一步，自成一種細緻而溫柔的風格。這幾年來，有不少生態書寫的報導文學，但有時容易流於淺薄的基本教義派文風。此文自有深厚知識基礎，卻不露鋒芒，歷經多重辯證，緩緩回歸藏族的傳統智慧，最終結束於古老的和諧之中。這是它底蘊的所在。

佳作獎　林殷敏

九〇後，畢業於國立政治大學新聞系。
不善交際但喜歡觀察生活中的每個小細節，盼用文字的力量為弱勢發聲。
曾任馬來西亞報社記者。
曾獲二〇二〇年全球華文文學星雲獎報導文學首獎。

得獎感言

感謝評審給予的肯定，無國籍是個相當沉重又難以斷根的議題，這分獎不論是對我，或是對無數的無國籍孩童來說都有著莫大的意義。由衷希望有朝一日，這項難題能夠獲得解決，讓孩童無憂無慮地學習和長大。

我們的命運，有辦法自己決定嗎？

那是五月一個平凡的周三，雪莉應兒子學校校長的要求，帶我們去參觀她的住處，皮卡車從商店區後方的一個小入口開進了住宅區，越開越深入，從原本可雙向通行的柏油路漸漸變成越來越窄小的泥路單行道。行駛在剛下過雨而崎嶇不平的泥路，坐在車裡的我們偶爾會感受到明顯的上下顛簸。

「住在這間的家庭跟我們一樣，左邊這間的小孩也是學校的學生。」雪莉一邊指向兩邊的木屋，一邊用馬來文介紹她所居住的社區。

車子來到一個分岔路口，雪莉說車子沒辦法再開進去了，她下車牽起三歲小兒子的手走進一段泥濘小路。「前面就是我家了」，她時不時回頭確認我們是否有跟上。

不久後，一間高腳木屋映入眼簾，環顧四周，雪莉他們看起來是住在「最內陸」的住戶，周圍都是雜草樹木，附近沒有其他鄰居。有兩名小孩在空地玩耍，一名穿著碎花裙的婦女上前打招呼，她是雪莉的家婆。原以為眼前的高腳屋就是雪莉一家的住處時，雪莉走下了一個小斜坡，對著我們喊道：「這裡！這裡！」這才發現旁邊有個不起眼的小木屋。

雪莉育有五名孩子，身懷六甲的她再過一陣子將迎來家中的第六名孩子。她說，她從二〇一四年開始居住在這座叢林裡，簡陋的木屋正是他們一家大小常年的生活空間。只有大約兩坪大小的小木屋內，沒有床褥、桌椅，狹小到無法劃分出客廳、廚房或睡房。

「我們屋子裡的電是偷來的，水呢是從前面的住家拉了一條水管到我們家，每個月再還他們水費。」雪莉的家婆也向我們解釋了他們如何用「技巧」取得日常所需的能源。

在東馬許許多多過著跟雪莉一家相同境遇的家庭，他們不是馬來西亞公民，從小孩到小孩父母，上至祖父母那一代都是不受政府承認，也不具任意一國國民證件的無國籍人士，連續兩三代人就這樣自行建起非法木屋住了幾十年。

根據聯合國難民署（UNHCR）的定義，無國籍人士是指一個不被任何國家法律

雪莉一家七口居住在一間自己搭建的小木屋，靠著偷電和借用鄰居水管的水度日。（林殷敏提供）

承認其國籍之人士，意味著他們不享有公民權，在一國定居卻沒有合法的居留證件，連最基本的教育和衛生權益都不受保障，更無法以正常管道找工作維持生計，進而延伸出不少棘手的社會問題。

無國籍是一個全球性的問題，世上有一千萬人被指他們不屬於任何地方，其中超過三分之一為兒童。每十分鐘，地球的某個角落就有一名無國籍嬰兒來到世上。

據聯合國難民署的統計，在西馬有至少一萬人是無國籍人士，但由於難民署在東馬沒有設立辦事處，因此無法確定東馬有多少人受無國籍狀態影響。

東馬幅員遼闊，很多內陸偏鄉地區，其中，東馬的沙巴州地理位置鄰近印尼和菲律賓，南面與印尼北加里曼丹相接壤，與菲律賓和印尼蘇拉威西島只有一海之隔，也使得當地的無國籍群體結構和背景複雜，實際人數難以統計，可以肯定的是沙巴是全馬擁有最多無國籍人士的州屬。

他們有的是來自鄰國（印尼、菲律賓等國）的合法移工，也有些是非法入境的無證移工，在馬來西亞落腳並結婚生子，另有難民和沙巴當地人通婚生下的孩子，以及居住在內陸偏遠地區的土著後裔，因為對正常的結婚登記和為孩子辦理戶口的程序缺乏了解，或是無國籍意識，導致孩子即使生於斯長於斯，卻成了身分尷尬的無國籍孩童。

一旦上一代人無國可屬的狀況沒有得到解決，這樣的宿命就會一直跨代繼承。當無國籍的父母誕下孩子時，他們的孩子便自

雪莉家所住的木屋狹小又簡陋，生活條件欠佳。（林殷敏提供）

動繼承無國籍的身分，代代相傳使得這個群體的人數有增無減，像滾雪球一般，越滾越大，大到成了難解，甚至無解的課題。

馬來西亞數十年來一直沒有針對無國籍人士的官方統計數字，沙巴州議員馮晉哲在今年初在一分文告中提到，沙巴無國籍人口可能有十萬到三十萬，然而也有一些人權團體推測的數字遠大於保守估計的數十萬人，有者指出沙巴不具國籍的人士可能達到一百萬人左右，若屬實，這龐大的群體在沙巴三百九十萬總人口中占了超過百分之二十五。

內政部副部長佐納丹雅辛今年三月在國會下議院受詢時就指出，由於馬來西亞國民登記局未登記國家境內的無國籍人士，因此就連政府機關也未能掌握國內到底有多少無國籍兒童。

斗湖（Tawau）是沙巴州的第三大城市，對馬來西亞人甚至外國遊客而言一點也不陌生，距離斗湖市區大約一一〇公里的仙本那（Semporna）離島是潛水者的天堂，清澈的海洋和近十年來持續開發的旅遊度假村，讓仙本那被冠上了「馬來西亞版馬爾地夫」，吸引世界各地的遊客慕名而來。

遊客要到仙本那旅遊度假一般都會選擇搭乘在斗湖國際機場降落的航班，再從機場開車約一個半小時抵達目的地。過去常年都是旅遊旺季的仙本那近兩年受新冠肺炎疫情重創，當地旅遊業停擺了數百個日子，今年隨著防疫措施放寬、國門開放，機場人潮再次熱絡，但人們下機後總是直奔旅遊景點，匆匆路過斗湖市區，腳步從不為斗湖而停留。

即使無國籍人士是一個已知的龐大群體，人權組織或政治人物時不時會將無國籍議題搬上檯面討論尋求解決方案，但事情往往無疾而終，公家機關遲遲無法找到合適的方案解決他們的身分問題，或是想要將問題視而不見，至於不是住在當地的馬來西亞人則對這個問題一知半解、冷漠無感，但無國籍群體不透明，他們隨處可見。

晚上快九時，儘管天色已暗，但斗湖市唯一一間麥當勞外圍仍可看到未成年孩童在蹲守，只要有車子駛進得來速，他們就上前將雙手攤開放在胸前做出乞討動作，有的年齡很小，還不懂的過馬路，貿貿然地從馬路一端跑向另一端，身邊也沒有大人，看了令人膽戰心驚。許多孩童本該到了上學的年紀，應該背著書包走進校園，無憂無慮地在學校學習的孩子，卻在街頭遊蕩。

根據大馬教育部規定，凡報讀小學一年級，必須準備的文件包括能證明小孩出生及國籍的報生紙。雪莉有三個孩子到了就讀小學的年齡，礙於無國界身分無法進入正規學校。

「是羅思老師把學校的資訊告訴了我，要我送孩子到那裡讀書，孩子現在才得以上學。」

雪莉口中的羅思老師是在一所專為無國籍孩童而設的學校任教的老師。雪莉可算是比較幸運的家長，因為遇到有愛心的老師，在老師的積極鼓勵下把小孩送進了學校，但還有很多家長不知道這方面的資訊和入學管道，讓孩子在小學階段錯過了接受教育的機會。

播下種子，只盼帶來一絲曙光

早上十一時，走進恩典訓練中心，當時正好是時上午班的放學時間，身穿黃色、印有校徽的T恤並戴著口罩的學生們背著書包等待父母或校車接送，當孩子們看到來參觀學校的校外人士舉起手機或相機時，都會自然地對鏡頭擺出剪刀手，隔著一層口罩也能感受到那背後是他們最純真的笑容。這裡便是雪莉孩子就讀的無國籍孩童學校。

這所學校位於阿拔士路（Jalan Apas）五英里，就在從斗湖前往仙本那必經的高速公路旁，由加略山教會的鄭永發牧師在二〇一〇年創立。鄭永發回憶起十二年前，草創初期，他們從租用一間商店二樓店面，接收三十餘名菲律賓學童出發，到現在共有五一六名五至十六歲的學生，需要買下三間店面才容納得下所有師生。

恩典訓練中心並非唯一一所開放無國籍孩童就讀的學校，沙巴州內不同的縣市也有不少民辦學校，有的是由大學生組成的志工團，也有慈善團體包括慈濟在無國籍人士居住的木屋區附近設立學習中心，規模有大有小，目的都是為當地無法從正規管道入學的孩童提供基本的英文、馬來文、數學等課程。

談到當初創立的初衷，鄭永發說，他們在設立這所學校以前，主要是資助位在偏鄉地區的政府學校，譬如送文具、上學用品給本地的貧困學生，但隨著政府和越來越多非政府組織也開始關注內陸原住民和低收入家庭，他們決定把援助的對象轉向沒有機會踏進校門的失學兒童。

即便沙巴擁有豐富的天然資源，包括棕油、石油、天然氣、熱帶硬木等，但政治因素導致該州長期以來都面對中央政府資源分配不均，加上州政府、政客的貪腐，使得當地的基礎建設發展落後，一眼望去不見高樓大廈，當地人也說很多柏油路其實是近幾年才逐漸鋪蓋的。

鄭永發提到，沙巴不乏生活和經濟水平低落的家庭，許多學校的軟硬體設備也相當匱乏，州政府或教育部單要幫助本地孩童，改善他們的學習環境就已經是非常吃力及具挑戰的任務，自顧不暇的情況下，根本無力顧及無國籍孩童的教育。

有感教育是可以為無國籍孩童人生帶來

學生放學後排排坐，等待校車或家長接他們回家。（林殷敏提供）

小學生對著鏡頭露出天真可愛的笑容。（林殷敏提供）

改變的重要轉折，恩典訓練中心背負起這項使命，將人力和金錢投入到政府沒有餘力觸及的群體，在沒有得到政府任何的補助的情況下，全靠教會會友的奉獻和社會大眾捐款來維持運作。校方只象徵性地向學生收取三十至五十令吉（約二百至三百四十新台幣）的學費，這一默默耕耘堅持了超過十載，並在二〇一六年得到了教育部頒發的無國籍學校准證，可以持續合法辦學。

他說，十年前一般民眾對在街上遊蕩的無國籍孩童並沒有好感，並存有負面的刻板印象，認為他們就是一群伸手討錢、會惹事、會偷竊的壞孩子，而讓孩子們接受教育，灌輸正確的道德觀就像種下一顆種子，期待有一天會開出一朵花，為社會帶來好的轉化。

不過，辦學本就不是件易事，尤其就學的學生身分較為特別，面對這群家中沒有良好學習環境的孩子，有的會對學習興致缺缺，有的為了賺錢中途停學當起童工，要留住他們完成中學教育也是一大考驗。

而在這個滿街都是大學生的年代，即便無國籍孩童順利完成中學課程，大部分的求學之路只能就此打住，除了是因為他們中學畢業後就得工作幫補家用，另一個原因則是因為他們就讀的不是國立中學，若要成為大馬教育文憑考試（SPM）[1]的考生，就得另外向大馬考試局申請，除非是學業成績非常優異的學生，其他人想到大學的學費更高以及家庭環境使然，很多都打消了繼續升學的念頭。

恩典訓練中心的校長杜悅湘說，新冠肺炎疫情嚴重時，學校停課導致老師們只能透過電話聯繫學生，督促他們的課業，課程進度大受影響，待疫情穩定，學校重新開放後，又會發現部分學生不見蹤影，老師必須透過家訪再把孩子們一個一個拉回來。

一波未平，一波又起，當疫情較為趨緩後，全馬各地的學校卻開始爆發兒童常見的傳染病—手足口症，導致部分學生感染後需在家隔離，老師們在追蹤和了解學生情況方面花費了不少時間和心力。

1 大馬教育文憑考試（SPM）：進入本地大學所需的考試，類似於指考。

上：二〇二二年有超過五百名無國籍孩童在恩典訓練中心就學。（林殷敏提供）
下：雪莉的家婆（左）告訴杜悅湘（右），他們家有小孩感染了手足口症，必須在家裡隔離，無法上學。（林殷敏提供）

杜悅湘回想教學過程中影響最深刻的事情時想起，曾經有一名男孩在班上偷了同學的零用錢被發現，老師後來把偷竊事件轉告學生家長，男孩的母親當下要兒子承認錯誤及道歉，不過事發後男孩連續幾天都沒有到校，杜悅湘到學生的家進行家訪，才得知母親因為感到愧疚而決定讓孩子停學。

「我當時勸母親讓孩子回到學校繼續上學，因為輟學並不是解決問題的最佳方法，重回學校才能糾正錯誤，給他重新開始的機會，否則男孩就失去最後一絲希望，連受教育的權利也被奪走了，」對杜悅湘而言，學生一個也不能少。

「如果平日上課時間，我看到適齡學童跟著媽媽走在街上，大概就可以猜到他們是無國籍家庭，我會上前跟家長介紹我們的學校，希望她可以把孩子送過來。」她說，老師們遊說家長讓孩子去學校學習是其中一個招生管道，不過學生來源主要還是靠家長間的口耳相傳。

另外，鄭永發表示，這些從學校畢業的學生若具有基本聽說讀寫能力，工作態度良好及負責任，將能讓社會大眾改觀，願意雇用無國籍人士當員工的雇主也會增加，工作機會增多勢必能改善無國籍家庭原本的貧困生活，更重要的是免於被欺負或欺壓。

無國籍人士在沙巴的就業問題與社會背景就像齒輪一樣環環相扣。雖然無國籍人士不持有身分證及其他工作准證，在馬來西亞工作算是違法，但他們畢竟需要工作，需要領著日薪才能過活，而沙巴本地的年輕人近年來大量外流，湧入西馬大城市工作，導致當地餐飲營業、需要勞力的行業人力短缺，雇主不得不聘用無證勞工。

除了這裡，還可以去哪裡？

「Kamu ada IC[2] tak?」（你有身分證嗎？）

在沙巴，即使是第一次見面的人，也會以稀鬆平常的口吻問出這句話。

阿里是仙本那一家潛水旅行社的員工，每天跟著遊客出海跳島。他有著一身黝黑的膚色、光著腳在船上來來回回，當船停在海中央，就是他開始工作的時候，他會拿起救生圈跳下海，帶著浮潛的遊客在清澈的海水裡探索海洋生物。

2 IC：身分證英文 Identity card 的縮寫。

他在沙巴土生土長，但當他人問起他是哪裡人時，他會回答：「我是蘇祿族」，還未等人問出那句「你有身分證嗎？」，他已經自行再補一句「Ada IC.」（我有身分證）。

周六下午船隻停靠在軍艦島（Sibuan Island），這是一座面積不大的狹長型小島。沙灘上都是拿著手機瘋狂拍照打卡的遊客。我們上岸後，跟在阿里身後走向島嶼的左方，只走了不到二百米，眼前出現大約五間用木板和香蕉葉搭建的房子，阿里說這裡就住著幾戶無國籍的海巴瑤族[3]（Bajau Laut）。

小村莊裡的男人大多靠出海捕魚自給自足，婦女們悠閒地躺在屋前，小孩有的光著上身，有的光著腳丫在柔軟潔白的幼沙上追逐嬉鬧，他們看起來對外來人士突然闖入他們的生活地盤早已司空見慣。

讓人倍感神奇的是，我們只花不到三分鐘的時間，從岸上走到巴瑤族的居住地，卻彷彿跨過了一條與世隔絕的線，完全聽不到幾百米外遊客的喧囂，只有屬於他們自己的世外桃源，只隔了幾百米卻無人問津，強烈的對比，格外諷刺。

他們的生活大概只想著三餐要怎麼填飽肚子，世上的紛紛擾擾，城市人被工作和課業壓得喘不過氣來的生活永遠不會發生在他們身上。一般人頂著壓力工作賺錢，花錢出海希望把美景盡收眼底，反觀住在這裡的巴瑤族每天一睜開眼，眼前就是美不勝收的海平線，儘管是非法居住在島上，不過基於軍艦島屬於敦沙卡蘭海洋公園（Tun Sakaran Marine Park）諸島之一，當地還有持槍的馬來西亞海軍輪流駐守，但如果可以選擇，這會是他們想要的生活嗎？

住在軍艦島上的巴瑤族婦女慵懶地躺在家門前，看到外人便伸手乞討。（林殷敏提供）

3 海巴瑤族，可分為定居在陸地 / 沿海村莊，有的過著半遊牧或遊牧生活。

雖然蘇祿族和巴瑤族都是源自菲律賓，不過各自有著不同的語言，阿里接受過小學六年的教育，可以暢通無阻地使用馬來文與我們溝通，但巴瑤族的小孩從小居住在這座孤島上，鮮少有機會與外界接觸，只懂得說自己的族語，是完全的文盲，阿里也無法與他們正常溝通。

看著島上的巴瑤族孩子每天漫無目的地過一天算一天，阿里說，他是幸運的因為拿到了馬來西亞的身分證。「我在菲律賓有親戚，但只回去過一次，那裡對我來說是陌生的，我就當是去旅遊。」

對無國籍人士而言，身分認同亦是一大課題。他們出生在這片土地，認為從小長大的地方就是自己的家，但是少了一張證明他們的證件，始終還是被認為是「外來者」。關於這點，鄭永發無奈地表示，無國籍學校內的學生對所謂的「祖籍國」一無所知，甚至連模糊的印象也沒有，因為那是他們從未到過的地方，所以當人們硬要把他們歸為是印尼人或菲律賓人是很奇怪的。

如沙巴州前首席部長沙菲益（Mohd Shafie Apdal）所說：「這些孩子長大了，如果我們要把他們送回去他們想去的地方，到了菲律賓也不知道要送去那個村莊，到印尼又不知道他們的部落在哪。」

十七歲的凱特琳是中四學生[4]，也是恩典訓練中心少數從七歲開始在學校就讀十年的高年級學生。當被問到家庭背景時，她毫不猶豫的說出：「我的家庭來自馬來西亞，爸爸平時工作，媽媽是家庭主婦，我們家有四個孩子，我是老三。」

不過，鄭永發提到學校過去也有一些案例是學生的父母持有原國籍的證件，學生長大後選擇偷渡回父母的國家，申請成為那一國的公民，在那裡定居，但也意味著他們要放下這裡的一切，重新適應全新的生活，有些因此有機會上大學，是比較值得欣慰的結果。

事實上，很多孩子從小就知道本身的處境，深知前途會因身分問題被「綁手綁腳」，但他們仍做著與一般孩子一樣的夢想。凱特琳表示，雖然要取得身分證並不容易，縱使她被動地等待有朝一日會被接納成為公民，她還是抱持一絲希望，希望自己未來能成為一名空姐。

離開巴瑤族的村子前，我們注意到屋子後方堆滿垃圾，想起杜悅湘說

4 中四：相當於高一。

過，在學校，不單是要透過學科教育教會學生識字及降低無國籍群體的文盲率，老師們還有很重要的任務是要嘗試改善學生的衛生意識，包括基本的垃圾該怎麼處理也要從頭教起。

衛生意識低落導致大人小孩習慣了手上有垃圾就隨手往屋外一丟，等到堆滿了垃圾再放一把火燒掉，但是住在沿海一帶的海上村落情況就比較糟糕，不管是塑料袋、食物包裝紙還是各種瓶瓶罐罐統統都丟進海裡，日積月累的垃圾大量囤積在高腳屋底下，造成環境污染，容易滋生疾病。「壯觀」的景象常讓人大吃一驚，但住在那裡的人卻不知道自己做錯了什麼。

缺乏衛生觀念的群體在去年疫情嚴峻期間容易成為防疫破口，所幸衛生部為了遏制疫情惡化，強調不會拒絕任何人接種疫苗，不論對象是公民或非公民都有權利免費接種，這也包括了無國籍人士，也派醫務人員深入偏鄉為人們施打疫苗。全球大流行籠罩之際，大馬政府做出了值得讚賞的決定，保護了無數的弱勢群體。

無國籍是沙巴一個根深蒂固的難解之題，失學兒童的情況至今仍非常普遍，恐怕未來十年還是難以真正剷除。

馬來西亞內政部在關注無國籍人士身分問題前，還得先處理非法移民合法化的問題，這些持有翠鳥卡（Kad Burung-burung）、IMM13 難民證和人口調查卡（Sijil Banci）舊證件的非法移民在沙巴境內就已多達十三萬六千人。

已經扎根在這裡的無國籍人士，該何去何從？

打赤腳的巴瑤族小孩。（林殷敏提供）

◆評審意見

敘事立體，觸目驚心／顧玉玲

敘事極有畫面感，作者充分掌握說故事的魅力，讓結構統計的生冷數據，與現場的動態觀察，交織成好看又立體的報導。本文探討馬來西亞無國籍人士的生存處境，讀者跟隨著作者的腳步，進入東馬叢林中無國籍家庭的簡陋高腳屋，目睹他們缺水偷電的窘迫生活；再實際走訪民間成立的恩典訓練中心，面對文盲、孩童失學的困境；最終來到囤積大量垃圾的海上村落，疾病與污染的環境問題，觸目驚心。

一層層的揭露，夾議夾敘，頗為可觀。可惜結尾太過匆促，喟嘆式的追問只呈現作者的無力感，未能掌握書寫對象的主體生命，彷彿他們只是扁平的受害者，失去當事人的自述與盤算，也相對失去力量。

佳作獎　羅邢志強

來自台東的偏鄉，和父母、妻兒同住在達魯瑪克部落，台東大學教育研究所畢業，現於國立台東大學服務，我只是一位認真生活的人，希望透過鮮為人知的故事，敘說故事的核心與信仰，寫出不一樣的生活與體驗。

得獎感言

首先要感謝主辦單位給予的機會以及評審委員的肯定，台東縣卑南鄉達魯瑪克部落約一千六百餘人擠在狹小的土地上建屋而居，很難想像部落的孩童有人吃不飽、穿不暖，甚至找不到庇護的場所可以棲身。

文中尤宗賢牧師「尤哥」二十二年前被分派至偏遠的台東達魯瑪克部落牧會並成立課輔班，從一開始的「埋怨」到後來「甘甜」服事，當中的轉折，非言語可以道盡，藉此希望喚醒社會大眾對台東偏鄉教育的關心與重視。

漢人牧師委身部落——從「埋怨」到「甘甜」

天色漸漸昏暗，向晚即將輕輕地來到這個小小的部落，山腳下的暮色裡，一位漢人牧師依舊騎著破舊的機車行駛在部落的巷弄，一路喊著孩子的名字，只聽到小毛頭熟悉的應聲，不一會兒抓著書包就跳上車，準備去教會寫功課、吃晚餐。這是在台東達魯瑪克部落街道上每天下午例行上演的劇碼。

小孩們眼中的「尤哥」尤宗賢牧師，二十二年前被分派至偏遠的台東達魯瑪克部落牧會，初到幾年，適應不良，惆悵滿懷，以一個漢人牧師的身分來到部落，歷經了揶揄、責難等不平等的對待，再加上教會經濟來源拮据等困境，曾經懊悔不已，反覆思索，為什麼要被指派來到這個部落呢？但尤宗賢牧師拭著眼角的淚水，向上帝說：「謝謝祢看得起我，讓我來到達魯瑪克部落，看似遭受患難和痛苦，但為的是要磨練我，未來不管天有多黑，不管路有多長，我仍要打起精神繼續向前行，試著為達魯瑪克的族人開一條道路。」

經濟弱勢的台東

台灣台東縣是屬經濟、教育及資訊科技發展較緩慢縣市且長期社會資源匱乏，許許多多部落學生因為外來文化的刺激、家庭經濟能力、家庭環境不利學習等因素常常影響學習意願，和這些孩子們的相處發現：影響這些學生學習成就的原因來自於情緒，因為良好的學習情緒會讓孩子主動且積極的參與各項的活動，然而負面的情緒自然就會影響到個人的學習意願，甚至會以各種怪異的行為來逃避及抵抗學習的機會，而無法有效學習。

在台東許許多多的偏鄉部落會看到許多孩子的無助，原本應該在父母的照顧下成長，然而會發現這些大人常常自顧不暇，面對這樣不友善環境，這些孩子還來不及長大就開始乾涸。部落裡有太多這樣的孩子，但是因為有教會、有課輔班、有牧師及志工老師的陪伴，漸漸有了愛的滋潤，讓這些孩子生命有了新的希望，翅膀也逐漸茁壯。

文化資產豐富，教育卻嚴重落後

台東縣卑南鄉達魯瑪克部落全區屬原住民保留地，除現居民所聚居的狹小河階外，其餘均為崇山峻嶺。一千六百餘人擠在狹小的土地上建屋而居。達魯瑪克部落文化資產豐富，在有心人士的努力保存下，已漸有佳績，各項傳統技藝的工作室及組織已成立，擔負起文化傳承的工作，尤其境內山河交錯景色極為優美，山上河中天然資源豐富，正朝生態旅遊方向努力。

達魯瑪克部落屬原漢相處的社區，原住民就占有九成，走在部落會常常發現失業的家

達魯瑪克部落入口。（羅邢志強提供）

長，喝酒、鬧事、喝醉了索性就躺在水溝邊或路邊，很多家中的女人不堪丈夫長期酗酒而離家出走，問題層出不窮。學生來自單親、隔代教養等弱勢家庭的比例高。尤哥走在部落的街道上最常會問小朋友的一句話：「你吃飽了沒？」，得到的回應往往是搖搖頭。為此，面對這樣不在少數的孩子，尤哥開始興起照料這一群孩子的動念。

興起成立課輔班的念頭

「如果教會成立課輔班，不僅可以協助學業也可以提供晚餐給這一群孩子，至少這些孩子們不用因為到了深夜還餓著肚子而無法入眠。面對發育中的孩子，如果連最起碼的溫飽都沒有，壓根兒就顧不到學業。」——尤哥

基於現實的經濟壓力，台東的工作機會不多，部落的青壯年為了生計都必須離鄉背井遠赴西部都會區工作，處在社會的最底層，這些異鄉遊子在都會生下孩子，為了讓養育和生活得以兼顧，不得不將生下的孩子送返老家，交由在家的老人照顧，而衍

生隔代教養的環境。由此可以推估，這些孩子在成長過程中，因家庭結構不完整，漸漸的會被家庭、學校所忽略，遂自我放逐，偏鄉的教育慢慢的被新世代的洪流無情的推向岸邊，成為社會的邊緣體。

「二十二年前神呼召他們夫婦倆來到達魯瑪克部落時，內心確實曾經抱怨上帝，將他們派至這個部落是在懲罰他們，讓他們一開始無法以感恩的心情坦然的面對眼前所發生的一切。」尤哥坦承。

來到環境純淨的偏鄉部落，尤哥原以為可以單純的傳福音，過著平淡樸實的生活。然而事實並不是這麼一回事，看到部落許許多多不健全的家庭，教育及經濟資源嚴重落後等如此般的景況，奪去這些孩子本該有的童年快樂。縱然這些歷歷在目的景況，讓他很想打退堂鼓，但只要一想到上帝的託付，依舊咬著牙並且開始思考如何陪伴這群被遺忘的孩子們，基於使命，逐漸興起課輔班的念頭，開始踏上陪伴之路。在部落看到這麼多身心受傷的孩子，需要大人的伴護，以避免浮沉在社會的險路中。部落有太多的孩子，行為之所以偏差，其實只是向大人及老師們渴求愛，孩子的心真的不壞，只是受了傷，不知如何宣洩這樣的悲傷，對於這樣的孩子，陪伴是很重要的力量，尤哥一直都沒有放棄，而支持的力量也一直都在！

「我相信愛能使困境有所改變。」尤哥表示：「這些孩子不是給他環境就能成長，而是要有更多人陪他們。」

再則，尤哥實在無法想像，在這

尤哥和孩子們。（羅邢志強提供）

個部落，大人因為工作難尋，長期失業，導致學生繳不出學費，即便原住民學生得到縣政府補助，但是絕大多數的家長仍認為政府應該想辦法讓孩子上學，學生就是繳不出學費。但是另人懊惱的是，這些家長即使有錢，寧願買酒喝，也不願意繳孩子上學讀書的學費，學校只能不斷向孩子催繳，讓孩子左右為難，甚至不敢上學，害怕面對同學和老師。

唯有教育才能改變現況

因此他思考，要改變原童弱勢的光景，必須從教育著手。尤哥先是親自前往學校請求提供單親、隔代及失親的學生名單，再一一登門拜訪，希望孩子的家長、祖父（母）或監護人能答應讓小孩參加教會課輔班。沒想到，迎接他的是在旁看笑話、罵他傻，還有家長大聲咆哮、轟他出門，尤哥不解，明明是做好事，為何落入這般際遇？內心感到無比心酸。但是尤哥仍不放棄，另一方面開始試著和台東大學的大學生合作，協助課輔班輔導孩童課業，更自掏腰包一手包辦學生晚餐、心理輔導，縱使所費不貲，他始終相信愛能改變困境。

「我希望在部落中培育出更多的大學生，他們可以自立養活家人，更希望數年後，看見部落中請中低收入戶的家庭逐漸減少。」——尤哥

儘管尤哥努力付出，但部落許多的家長仍不領情，甚或還向尤哥借錢喝酒，如果不借，就揚言不讓孩子到教會參加課輔班，也因此連帶家人也受到酒後居民的騷擾，迫使他必須將兩個女兒送回高雄讓自己的父母親撫養。諷刺的是，尤哥夫婦盡力守護部落的孩子，卻讓他倆成為失職的父母，師母彭香恩女士在台東馬偕醫院工作，是家中較穩定的收入來源，也同時必須身兼師母角色，分擔尤哥的部分工作。下班之餘，師母還要會教唱、煮飯，同時還要安撫尤宗賢的情緒，三不五時還會偷塞錢給有需要的孩子。

「學校老師對我是又愛又恨，偏偏老師眼中那些壞透了的學生，只聽我的話。」

「學生在外面出了狀況，老師不是先報案，而是先通知我。」「人被支開了，就只剩下一個我。」——尤哥這麼說。

二十幾年下來，尤哥和學校的微妙關係仍舊存在，尤哥認為只要相信是對的、好的、喜歡的事情，就開始去做。孩子們在課輔班裡總有老師陪伴寫功課、聊天、打球，吃完晚飯，年紀小的甚至先洗好澡才回家（課輔班運用教會的空間，搭建簡易的淋浴間）。孩子到課輔班一切完全免費，除了學業的輔導外，課輔班還提供音樂、體育等額外的學習（也因此必須向外募集吉他、烏克麗麗及各類型的球具）。每天，只要願意，附近各級中小學放學後，大小孩子都可以來到課輔班。在課輔班裡，會發現，孩子們會唱歌唱到渾然忘我，忘了學校的拘束、忘記學校成績、忘掉家庭不幸……這是專屬他們的幸福時光，臉上盡是洋溢燦爛笑容，此時此刻的孩子們是最快樂的。

「我來課輔班，尤哥和課輔班給我有家的感覺和溫暖，這裡的大人就像我的家人一樣。我喜歡課輔班，因為表現好，尤哥會帶我們到7-11買東西。」——小四的阿

凱

「我到課輔班來學到很多音樂，這裡很好玩！也有東西可以吃，老師們人都很好。」——小五的小鳳

「我之所以來課輔班，是因為課輔班讓我感覺很幸福，尤哥和這裡的老師都對我們很好。在這裡我很開心，可以學很多東西，體力也變好了。」——小六的志俊

「在孩子眼中『課輔班』就像全年無休的快樂天堂，即使連理應全家團聚的春節假期，也還有十幾個孩子來報到，只要孩子有需要，課輔班就開放。」

然而，正如社會大眾所知，課輔班在草創初期，經費相當困難，一路走來，就好比一場

課輔班上課情形。（羅邢志強提供）

課輔班才藝課。（羅邢志強提供）

馬拉松賽，最後取得勝利的關鍵不在於跑者的爆發力，而在於過程中的那分堅持。縱使有千百種理由讓尤哥想要放棄，但是無論如何，為了目標，也要給自己支持的力量。如上所述，很多時候，成功就是一分的堅持，只要不放棄，相信一定會看到契機的，只是你我都不知道，這個契機什麼時候會出現。水的精神告訴我們：無論是在何時何地，總要為自己不斷尋找出路，即使前方有沙石和障礙物，反而是要從縫中前行，勇往直前，遇到阻擋，試著慢慢蓄積能量，找機會衝破，相信即使再苦再累，燦爛的景色終究有一天會出現。

學校無法全面照顧到孩子

近年來社會變遷快速，家庭功能慢慢式微，社會出現許多功能不彰的家庭，特別是偏鄉及都會區的角落。這些家庭的孩童學業成績低落，缺乏競爭力，希望能藉由補救的途徑，擺脫弱勢的印記，進入正規的教育環境。有鑑於此，民間企業組織陸續發揮了人道的精神，積極奉獻教育輔導的專業知能，藉以增進教學的專業素養，豐富社會關懷及人文精神，提昇弱勢家庭兒童在社會的競爭力。

學校有教學上的壓力。無法全面照顧到孩子的學習進度。也因為現階段的教育過度重視孩子的分數，而忽略了孩子的優點和特質，再加兼顧課程進度與教學方式，讓孩子在無法理解時就必須忍受下一階段的授課，如此惡的循環下去，孩子自然失去了學習的動力。課輔班長期陪伴這些學習低成就的孩子，目的就是依孩子實際的程度施予教學，務必讓孩子學會、懂為止，另外也會充分了解孩子的優點與特質，適性教學，老師教多教少不重要，務必讓孩子懂才是最終目的。

偏鄉的孩子沒有選擇的權力

偏鄉的孩子彷彿就是一群「沒有選擇的孩子」：「沒有自信」、「沒有動力」、還「看不見外面的世界」。不認為自己想要的可以得到，也不知道世界上還有其他的可能，自然就沒有任何動力要去改變。換句話說，「學習的動力和理由」不見了，而不見的原因不是他們想放棄，而是他們從來沒有選擇的機會。

對都市孩子來說，因為有許多外在的刺激與資源，讓他們擁有許多機會在人生的道路上做出選擇，可是對偏鄉的孩子而言，他們從不知道有這些機會。從偏鄉孩子的視角看出去，他們看到的是爸媽不在身邊（或是沒有爸媽），日子一成不變就是務農、做勞動的工作，回家就是閒晃或與電視為伍。孩子們想做的，能做的可能從未得到肯定，也從不知道未來的發展為何。長久下去，他們認為人生就只能如此，他們不知道有「放棄」以外的其他選項。

偏鄉缺的不是物資，也不是社會無止盡的「同情」與「給予」，偏鄉的孩子要的是陪伴，要的是參與其中，從參與的過程中發現真正的缺乏，找到適合的切入點。偏遠地區學生競爭力低落是不爭的事實，即便教育部長期以來大量投注金錢人力以改善偏遠地區教育資源及環境，但對於學力之提升仍然有限。即使教育部推動「教育優先區」、「攜手計畫」與「夜光天使」等課後輔導照顧計畫，皆挹注大量經費及人力，希望學童能透過教育改變弱勢的情形。然而，總是無法全面照顧到，近身觀察這些讓人遺忘的角落，許多課輔機構試著找到足夠的資源，期盼這些角落有一天也能擺脫陰暗，迎向光明，與政府投入的資源相比，民間所投入的比例相對較高，幫助的學童也較多。可見照顧弱勢並施以補償教育的社會福利已是目前各界極力重視的區塊，其影響力更是不容小覷。

也許在外人眼裡看來，課輔班只不過就是一個「課後輔導」機構，而類似的機構和組織在台灣許多偏遠的地區也都有！然而當愈來愈多人願意陪伴及關心這群孩子，更讓人驚訝的是課輔班竟然也會請學歷僅中學肄業的社區媽媽伴護著孩子，一起守護著這座燈塔，這座燈塔也許不怎麼華麗，但是燈塔裡面卻充滿了無限的溫暖與關愛，重要的是來到燈塔的孩子，可以放心在裡面學習和休息，不僅如此，這座燈塔還能屹立不搖，而散發出的光芒，尤其明亮，這絕非一般課輔班所能做到的，而尤哥和課輔班的志工老師們做到了，也正在做。

孩子的悲劇人生也是大人的寫照

孩子們的陪伴者中，生命基調彈奏著「悲愴奏鳴曲」的大有人在；他們那些曾經支離破碎的過往，因為尤哥和課輔班讓他們有機會重來，讓失落的拚圖一塊塊重拚起來。事實發現，當看到這些孩子的悲劇人生，其實就某一個角度，也是某些大人寫照。

每一個孩子本身就沒有問題，問題出現在他們成長的家、和社會出了問題！有愈來愈多的大人，道德標準愈來愈薄弱，傷害了自己的家而不自知。也有愈來愈多的爸爸媽媽，上班時間愈來愈長，孩子回到的家，也只是一間有屋頂的建築物，而不是家。尤哥和課輔班的任務是要教孩子從逆境中成長，走出和父母不一樣的人生路。研究者

老幼共學編織花環。（羅邢志強提供）

發現書屋的大人有幾位有過破碎的過往，因此更能體諒接納寬容孩子的一切。他們在課輔班相遇相知、衝突衝撞，也嘗試自我療癒。

「最起碼還可以用自己的一點價值去幫助需要的孩子。」這是尤哥和課輔班老師們最大的心願。

來到課輔班的孩子，每人背後都有心酸的故事，他們小小年紀就必須經歷人生難關，背負沉重烙印，身體還沒長大，心靈已經老成，看似堅毅的眼神，不經意就會閃過令人心疼的落寞。課輔班成為這些弱勢孩童的避風港，來到課輔班，希望孩子忘掉自己的堅強，只需要安心當一個孩子，一路走來，中間經歷的過程並不容易，這是孩子們編織夢想的集合地，它讓部落的孩子找到適合的場域，可以勇敢而且放肆的活出自己，尤哥以愛澆灌這群孩子，也給了他們一條回歸正常生活的途徑，讓生命有了新契機。

教學生寫作業彷彿是打一場戰

面對學習低成就的學生，這些孩子上學就好比是上戰場一般，寫作業對他們而言是一種折磨，學習已經不是一件有趣的事，更多的是打擊和自信心的消磨。面對這樣的孩子，不難發現，孩子開始奇裝異服、言語不遜，再慢慢地製造衝突、打架鬥毆……。為的就是找到存在感和成就感。

二十多年來，尤哥和課輔班的老師們，親身陪伴許多孩子走過生命中的困境，耐心陪伴孩子、鼓勵孩子，花時間傾聽理解孩子的想法和需要，甚至找資源來幫助孩子的父母及家庭。這些孩子在成長過程中，經歷一般人無法想像的日子，內心累積許多的憤怒和傷痛，礙於現實環境，只能無奈面對來自原生家庭的傷害與困境。然而，只要有人願意付出愛，給予關懷與陪伴，就能讓這些孩子原本幽暗的生命處境，逐漸露出希望的光芒。

課輔班大小孩子們。（羅邢志強提供）

看到孩子們的改變

「尤哥成立的課輔班，讓這些在部落裡遊蕩的孩子有地方去了，伺機鬧事的情況也變少，只不過擔心部分的家長會忽略了自己其實是孩子家長的角色。」現職某國中教務主任的陳老師這麼表示。

「課輔班現年小六的小樂喜歡罵髒話，也愛耍老大，帶班老師從小三帶到小六，現在會笑笑地說：他哦，其實長大很多了哦！」

「小樂情緒暴躁，常和同學打

架，大人常不問原因就責怪，他就讓自己更壞來對抗這世界。」所以，老師試著做了一些改變：「孩子起爭執，試著請雙方解釋當下發生的事，當孩子知道自己是能被理解的，久了就有改變。」「這個孩子，來到課輔班和尤哥相處後已經減少打架次數了。」原來，每一次被「接納和包容」對孩子而言，都會對生命留下痕跡！雖然，小樂還是讓老師頭痛不已的頑劣小子；雖然，讓他從「天天打架」變成「偶爾打架」，再到「不打架講道理」，實在是一段漫漫而艱辛的生命陪伴過程。但老師相信，每個孩子都是上天給予的珍貴禮物，這分禮物收到時，或許燙手，或許不這麼美麗；不過隨著帶領孩子的過程，大人的生命歷程亦可能隨之改變！用愛翻轉下一個世代，孩子就會看見亮光。

偏鄉的教育要加大力道

台灣教育目前面臨的問題，他語重心長地說「教育改革不了，那麼可以預期十年或二十年後的台灣樣態」，台灣三千多所國中及國小，其中六班以下小校一千多所，以此趨勢論，校內學生五十個以下者約六百所，勢必遇到生源短缺問題，加上高齡化，速度只會加快。會把孩子留在偏鄉的狀況，通常是相對弱勢、隔代教養、新住民教養或單親家庭，孩子在這種環境下成長，浮現的問題不只是文化刺激不足，甚至學習興趣也很低落，相對都會區有充足資源、充沛文化刺激，偏鄉只會愈來愈弱，失去競爭力。

偏鄉教育品質不良，學生家庭教育是關鍵，另一主因在於教師動能不足，走遍偏鄉學校可以發現整體問題，還包括師資結構不穩、少子化及老年化。「但政府總在末端投入資源，不如先解決這些前端問題」，政府很有心解決問題，可是切入的重點不對，不但跟不上時代，犯罪問題會增加，很難想像的是這也會使家庭及社會結構開始出現問題。

另外，值得一提的是，偏鄉不少特教的孩子，無法享有正規的學校教育，學校礙於師資難尋，無法針對特教學生施予特殊教學，台東大學為台東縣內唯一的大學學府，期待台東大學能與台東縣政府教育處合作，研擬針對偏鄉持教的施教方法，不致讓這些偏鄉特教的孩子喪失學習的機會。

台灣近年推動小校整併、轉型政策，通過實驗教育三法、偏遠地區學校振興條例等，就法令面來看，雖是法律支持教育，但實際面是思維和行政手腕依舊僵化。有學者指出，教師之於教學，政府應在教學過程中，不給教師太多行政干擾，而是讓他們有往前跨上一步的資源；「解決問題就要打破慣性」，他認為，行政手段需調整，否則即便中央政府有心改革教育，但因各縣市政府執行程序不同調，也很難確保教師熱情與渴望不會因此散盡。「要給孩子一個天賦的舞台不容易，教育必須投入心力」，不該讓瑣碎的東西影響了教育，要讓教師專心把孩子照顧好、把社區照顧好，才能形成偏鄉教育願景。

「甘甜」服事，歡喜收割

尤哥和課輔班已照顧逾百位的原鄉孩童生活，來到教會的父母、青少年超過百位。縱使教會也曾面臨「關門大吉」，直到現在擁有近一千坪的腹地，成為台東偏鄉受輔學生人數較多的課輔機構。平日他一人扛起許多父母的職責，每天清晨、傍晚接送學生上下學。鄰近的大南國小、利嘉國小、豐田國小及豐田國中的師生全都認識他，甚至有班導師跟學生說：「如果有做人處世及課業問題，都可以去找尤哥。」面對這些肯定，尤哥總是謙虛的說：「我只是做我該做的。」回頭看這二十多年，身處在「特殊」環境，雖然眼淚很多，但也大大操練了信心的功課，更經歷到比從前更多的神蹟，「現在看來都是甘甜的。」尤哥說。

雖然尤哥和課輔班有無數走不下去的坎坷，但始終在求「有協助能力的人」和「有能力奉獻的人」。照顧這些偏鄉孩子會有沮喪的時候，會有累的時候，但尤哥和伙伴們一直相信一件事，就是：「當你付出的越多，冥冥當中會看到迴向的人事物，當你看到你為一個孩子付出，然後他改變了，我不會去要求自己應該獲得什麼回報，但會發現，我的家人、生活都很平平安安地，就讓我覺得這些東西都值得了。」偏鄉的種種需要更多願意的心力、人力及物力來協助成就孩子的心志，就如同尤哥和課輔班的老師陪伴守護這一群偏鄉的原住民孩子一般，共同拉這一群孩子一把！未來偏鄉的教育和生活仍有困難的鴻溝需要跨越，選擇堅守這分崗位，是希望有目標達成的一天，那就是台灣的社會不再需要課輔班了。

◆評審意見

溫暖有力的控訴／顧玉玲

行文流暢，論述清晰，在有限的篇幅內深刻探討偏鄉教育問題，誠懇動人。從牧師尤哥在達魯瑪克部落巷弄間，一路「撿」小孩上車至教會寫功課、吃晚餐的例行工作展開序幕，全文聚焦在尤哥牧師「為族人開一條道路」長達二十二年的在地實踐，以課輔班的「陪伴」入手，撕掉主流社會對弱勢家庭的孩童沒動力、低學習成就的問題化標籤，承接孩子們的現實需求。

當受訪學童說出：「課輔班讓我感覺很幸福。」非但肯定了陪伴的重要性，更反向突出教育體制的缺漏與不足，是很溫暖又有力的控訴。「甘甜」的滋味，既是神蹟的恩典，也是對人的改變與發展的祝福。

新詩類

★賴文誠　大夜班的護理紀錄

★馬玉紅　海的詞性

★田煥均　弟子歸

★楊瀅靜　外婆腦海的風景

首獎　賴文誠

國立新竹教育大學碩士，曾獲得多項重要詩獎，及數個地方文學獎首獎，著有「詩房景點」、「詩說新語」、「詩路」、「如果，這裡有海」、「這個城市，有雨」等。

得獎感言

多年來，已經習慣以詩作影印自己，習慣在喧鬧中以文字剪取心緒的寧靜。創作之路，孤獨而深邃，但我仍試圖以專注的眼睛敲擊出每一個閃爍著微光的字。能獲獎，實感榮幸，像是穿越許久的晦暗之後，終於觸及到最清澈的天空！

大夜班的護理紀錄

23時40分，交班。進入一種反覆發作的病
清點剩餘的自己與藥物，體力準備發炎
紀錄了20支抗生素針劑的抗辯過程
時間的迫切指數偏高
終於量好幾個不良睡眠品質的體溫及血壓

1時50分，微冷。穿越稀薄的乾渴
替一個過重的疲憊翻身
差點被一則恐慌呼叫絆倒
重新檢視著隔天可能的請假病因

加班之中的靜脈輸液暫停呼吸
再次，喚醒點滴瓶裡下降的意識

2時45分，喝水。調整口罩的語調鬆緊度
消毒一些擔憂，防護衣裡滂沱的大雨
過度躁鬱的淚腺準備服用安眠藥物
已插管的陪病規則
試著疏通著，鼻胃管裡流質的不安

3時40分，坐穩。用力脫下
醫療器械上可能會傳染的謠言
吞入一顆不想在食道裡逆流的胃藥
突然病危的飢餓感受
確認某種漸癒意識的完整數據

繼續登錄，幾段注射了原子筆墨水的字

4時35分，巡視。更新幾則縫合在白板之上
數篇無法止痛的隔天手術資料
啃一個，有點硬的喘息時間止餓
安撫著護理站裡疑似染疫許久的睡意
依然在意一些無法沖洗乾淨的焦急分泌物

5時20分，彎腰。深深地抽去
重症病房淺淺咳出的悲傷
倒去病人剛排泄的黏稠性液狀呻吟
再度預測血壓與體溫的脾氣
記下，一群放鬆中的輕症鼾聲
再度為虛弱的表情下方，些許的疑慮翻身

6時15分，半蹲。檢視黎明的脈搏呼吸
為幾床態度不開朗的被褥進行衛教
清空胸膛裡不易引流的痛覺
篩檢著，醫病關係的信心殘劑
準備將一場漫長的戰爭送入開刀房

7時40分，回溫。隔離彼此確診的倦怠
收拾好已免疫的猶豫，仍有即將復原的明日

◆評審意見

以大夜況人生，專業準確／陳克華

作者顯然做足了準備工夫，將一位護理師的大夜班工作細節，所有可能用到的專有詞，結結實實地和「詩」做了無比緊密的聯結，教人懷疑作者本身就是從事這方面的工作。

專業的準確是本詩的優點，但也因為意象扣得太緊，缺乏詩本質上應有的留白和自由揮灑，一路讀下來有沉重至沉悶的窒息感，感覺不斷重覆而且可預期，缺乏新意。以大夜的病房況喻人生，至此顯得太過單薄，晦暗，刻意。

二獎　馬玉紅

高雄人，輔仁大學中國文學博士班畢業。
曾獲台中文學獎、教育部文藝創作獎、新北市文學獎、桃城文學獎、葉紅女性詩獎……等獎項。

得獎感言

二〇二二，大疫流行之月；天啊，我竟然入選時報文學獎，這算不算是另類的「天選之人」。謝謝評審們，謝謝主辦單位。

海的詞性

黑夜已經裝不下任何顏色
你的言詞總能說服星星
放閃幾下，繁殖更多的夢

你的海洋，我的生態系
這裡生養著不同的水族
復育每一個泗水的單字

水杯內還有一些想法的餘溫
比一〇〇毫升的文字，還苦

比一首詩的熱量，還多

就寢前讀一冊紙頁波動的海
海掀起白浪把風給攔截
汛期帶來大量的浮游詞彙與想像
不用標點，不用註解
廣袤的水域，我只唸給魚聽

夜的容量比海還要大
我讀夜，讀一〇〇萬加侖的海
水母不用照明海水依然透明
珊瑚做為字的肋骨擁有版權的保護
海葵已經伸出觸手修改歷史
小丑魚有燙金的顏色與印刷精美的插圖

我們都同意使用同一根筆桿
簽下合作共生的協議

我讀每一枚鱗片
讀每一隻蝦蟹嘴上的泡沫
和魚交流換氣的技巧
海膽、螺貝、海藻、招潮蟹……是動詞
是表達，是澎湃

我讀字間的浪聲依照你的導航
讀夜色沉積的海港
馬鞍藤、木麻黃、草海桐、林投樹……
是形容詞，是寂靜的、是抒情的……

海面，是我的書冊
海的敘事裡，浪有不同的詞性
我，與夜，與海，副詞與動詞之間
有你完整的造句

更新段落的外殼，像一隻寄居蟹
順著海岸線，往下，就會來到
今天的最後一頁

◆評審意見

徜徉書海，一切和諧／陳育虹

詩的創作必然要融合語言實驗與生命經驗。詩人憑藉想像、情感、思惟、與技巧，呈現各自對「感／知」與「虛／實」的體悟。

以乾淨的文字，私密的口吻，作者從夜讀（一本海洋生態之書？）寫起，運用想像，活化書頁中的海域生物，將之一一安頓於文書詞藻間。在作者筆下，珊瑚受版權保護，小丑魚身上有精美插圖，海膽、螺貝是澎湃的動詞，海邊的馬鞍藤、林投樹則是形容詞，描寫沿岸的寂靜與抒情。「我們都同意使用同一根筆桿／簽下合作共生的協議」。

徜徉書海，一切和諧。詩是把最好的文字放在最好的地方，誠然。

佳作獎　田煥均

台灣大學物理研究所畢。曾獲林榮三文學獎、台北文學獎、新北文學獎等獎。曾獲文化部「台灣詩人流浪計畫」資助前往蒙古國壯遊。入選《2019台灣詩選》。獲選《2020年優秀青年詩人獎》。

得獎感言

獲知得獎的感覺很微妙，有部分是如釋重負。不知從何時起，我發現單憑自己，根本成就不了大事，若沒有父母賜與靈慧的身心，沒有妻子溫柔的支持與陪伴，我幾乎無法開鑿出那些將黑暗當作背景，熠熠生輝的文字。

弟子歸

下課鐘響之前，每扇門窗
都有不同的眼睛認養
觀察教室內外的動向
不斷隱匿時間的我知道
教室，不能更深的那處
散落著無法冷卻的青春期
有人離席尋找成長的意義
不是在失焦的瞳眸
就是在大氣層外的某顆行星

我提醒自己——至聖先師
就端坐眼角，如針
可以治療痠痛的理想
要堅定的彷彿牆壁，可以聽見
自己授課，說給自己聽
一小段的知識、一小段的人生體悟
如寄居蟹般，終會遇到適合的耳朵
久住下來

我站在講台的一隅注視
好勇鬥狠的少年
如飄忽不定的雲，暗自擔憂自己

即將引來閃電和暴雨
我想告訴你青春無懼
深夜裡也有陽光，需要的僅僅是
足以瞭解自己的時差

眼前有一座大山趴睡
我不願吵醒你，夢裡
請盡情無憂無慮地憨笑
等你到我這年紀，一旦學會了哭
就會發現純真的笑有多不容易
我把筆記留在樹蔭下，等山甦醒
請認真經營一片綠意

我以觀測蒼穹的方式
看待你們，儘管受限於家庭與資質
當你擁有一塊溫軟的心如擁有一床被褥
請好好把握少年窮；有信仰，有使命
便能夠不改其樂地綻放生命
當你有點遲鈍，請對自己
誠懇的眼神放心，以愛作鉤
犯錯可以不斷重新來過
人生無非是將旭日一再鈎起

◆**評審意見**

寫師生之情，絕佳詩篇／陳克華

以佛教「弟子規」的諧音為題，道盡為人師表的心情，內容雖然難免摻雜俗套，但仍有可觀之處。「一小段的知識、一小段的人生體悟／如寄居蟹般／終會遇到適合的耳朵」是「言者諄諄，聽者藐藐」的絕佳現代版，「足以瞭解自己的時差」是同理心教育難得的金句，「請好好把握少年窮」則真真是一位師長贈予學子的肺腑之言，如果再能拿掉一些講台上的陳腔俗調，這會是一篇可以選入教材的描寫師生之情的絕佳詩篇。

佳作獎　楊瀅靜

東華大學中文所博士班畢業，在一些學校任教，得過一些文學獎。著有詩集《對號入座》、《很愛但不能》、《擲地有傷》，以及短篇小說集《沙漏之家》。

得獎感言

兔兔九月底的時候去當小天使了，寫得獎感言的時候，我只能想到他。總是在我的旁邊陪我看書寫稿，而這一次的文學獎作品也是在他的「監督」之下完成的。謝謝皮皮這些年的陪伴，我寫出了不少作品，謝謝皮皮，我很想你。

外婆腦海的風景

衰頹的軀幹有斑駁的黑點，曾有過
鳥語花香的茂盛時光，那時我還小
她頂天立地，濃厚的樹蔭供我乘涼、遮雨
當我逐漸長大，樹還是駝在那裡
逐漸無法庇蔭，我終於高過她

她揮動手，有一陣風吹過
手上的紅白塑膠袋鼓脹，空洞令風呼嘯
裡面的青菜和肉呢，她翻找記憶

遍尋不著今天下午發生的事
但她記得去年物價，肉、蛋與菜物物皆漲
也許因為颱風肆虐？如今好天氣已經棄她而去
各種聲音在樹梢蕩漾，她聽不清楚自己

生活是否讓她失望？我常在想
至少現在她可以忘懷那些失望
樹枝縱橫天空，一格一格切割那些明亮
終於使投射而下的陽光，聚於少數溫熱的地方
我和她坐著一起痛罵，陰影狡猾的抱住記憶
一團糟的隱身於山洞，我們摸黑整理
家庭成員的名字，來訪的客人，發生過的事情
我為她娓娓道來，一一唱名

晴朗灑落，今天仍繼續進行
她愉快的提議：「不如我們曬曬太陽。」
當我是個友善的陌生人，我牽起她
讓熱度暖一下稀疏的頭頂
樹枝被風、鳥、孩子的擁抱輕輕搖晃開
陽光和陰影交換，明暗地磚交錯成軌道延展出來

她反覆的問起每一個家庭成員的名字
包括我，我回答她一再重複的回答
碎碎的音響拚湊出臉，召喚讓我們回來
她的腦海浮現一座車站，又送行我們離開
終於有一天火車不再進站，外面的樹
微微的傾倒，有一支樹杈橫過月台

嶙峋的指骨被這分滄桑包覆
她有預感：「那棵乾枯到近似燒焦的樹，
時間在砍他了。」當閃電劃過
在那個節骨眼，所有的家庭成員排排坐在樹枝上
有胖有瘦，高低錯落，樹枝有斷裂聲響
我們跌落樹外，又變回火車上的旅人
集體通過她的腦海，過多的記憶使她變形
她不在車廂裡，她是孤樹，是山洞

◆評審意見

敘事活潑，細膩帶情／向陽

本詩以罹患失智症的外婆為對象，書寫外婆生活的日常，作者以鮮明的意象、活潑的敘事筆法，勾描出祖孫親情，以及外婆罹病之後的生活點滴、家人的陪伴和不捨，細膩帶情，相當動人。

整首詩分六段，每段均有一個場景，宛如劇場的換場畫面，為整首詩的敘事帶來戲劇效果，場景和畫面交織，寫實和抒情並置，幾句老人獨語穿插其中，更為此詩帶來些許「人生到此轉折」的滄桑。

詩的意象處理也有可觀之處。老樹、車廂和山洞，分別隱喻老人、人生和時間，在不同的段落中交互出現，最後收尾於「過多的記憶使她變形／她不在車廂裡，她是孤樹，是山洞」，寫出人入老境，面對過往人生和無情歲月的孤獨寂寥。

散文類

★黃亭瑀　蛛生

★張笛韻　自由

★黃庭鈺　啞光

★黃胤誠　求投餵

首獎　黃亭瑀

筆名黃郁書。台北人，現居新加坡。倫敦政治經濟學院國際政治碩士，喜愛哲學、人類學，總想在寫作裡融入人文社科知識。目前多寫影評，發表於釀電影等雜誌和網路媒體，經營臉書粉絲專頁：藝文日常。

得獎感言

如果有更多人因此發現跳蛛多麼可愛就太好了！謝謝親愛的老公和家人，陪我度過這幾年的煎熬病況。謝謝評審老師和時報文學獎，在我對寫作若即若離的此刻，這分肯定無比珍貴。

蛛生

沒有孩子的我和 K，在臥室豢養了一隻蜘蛛。

起初是因為陰雨綿延，圍困住這城市。

是梅雨季嗎？那陣子，蟑螂出沒的頻率比往常高了許多。睡前走到廚房倒水服藥的時候，清晨醒來思緒滿溢的時候，開燈瞬間，經常撞見一抹惱人的褐色身影，迅速鑽進櫥櫃縫隙，或傻愣在木桌旁。雖然平時眼不見為淨，但要是正面遇上了，那便是不殺死不罷休。適逢疫情期間，家裡囤著好幾瓶酒精，只要我驚叫一聲，K就會拿著酒精趕來，滅蟑消毒一併搞定。

這是家家戶戶慣性常備酒精、口罩與體溫計的另一年。日子拖得久了，再緊繃的神經也依循生物本能逐漸鬆懈，多數人都恢復了正常外出、社交的生活。不過，患有特殊病症如我仍小心翼翼，時刻窩在家裡，與外界彷彿隔著一層單向玻璃，裡面的人看得出去，外面的人看不進來。

某晚，我又在陽台門檻邊碰見一個黑褐色的小身影。K照例拿著酒精趕到，但他定睛細看後，竟歡快宣布：我們得救了！因為那是一隻跳蛛，會吃食家中蟑螂、螞蟻和小蟲。起初我半信半疑，覺得蜘蛛可沒比蟑螂可愛多少。K卻認真解釋，跳蛛和一般蜘蛛不同，牠們不會在角落結網、被動等待食物上門，而會主動找尋並撲食獵物，如同迷你版的貓科動物，而這是因為牠們的視覺特別敏銳⋯⋯。

「牠剛才抬頭看我呢。」

望著K露出遇見貓咪和小狗那般、興奮中帶著一絲溫柔的神情，我啼笑皆非。雖然我一點也不想與蜘蛛四目相接，對牠的習性也不感興趣，但如果能因此少撞見幾隻蟑螂，那就放牠一條生路吧。

小跳蛛起先躲藏得很好，但過沒多久，我們就發現牠時常出沒在廚房的木桌下，還在那裡織了小吊床似的網、睡在其中，儼然當作自己的家。K探頭靠近牠也不怕，彷彿聽得懂初次見面時，他維護牠生命的那番話。甚至，當他伸出手試圖跟小跳蛛玩耍，牠會跳上來一秒、再跳走。隔天，牠在K手上連跳了兩下、才回到牆上。有時候，牠似乎不太想搭理人，又有時候，願意上手待超過十秒。

這麼微小、簡單的生命，也有自己的記憶和個性嗎？

如此反反覆覆，固定的地點、不變的善意，K和小跳蛛彼此馴養，日益相熟。久而久之，牠竟開始大膽爬行在廚房各面白牆上，那麼赤裸、顯眼、毫無保護色。與此同時，家中蟑螂果真愈來愈少了。我們驚喜萬分，也不在意究竟是因為牠的獵食，或是因為初夏到來、雨季不再，而只是一股腦地將功勞歸給小跳蛛，替牠取名為「跳跳」。

從此，我要是再不巧偶遇蟑螂，第一聲喚K，第二聲就喚跳跳。

「牠聽到會跑出來唷。」

就在我開了這樣的玩笑之後，跳跳連續消失了好幾天，K翻遍家中角落都不見牠蹤影，落寞不已。而我，愧疚地覺得這彷彿是牠的靈性和頑皮，故意躲藏起：我可不是幫妳消滅蟑螂、任妳呼來喚去的東西噢。

我在心底向牠道歉，希望牠回來，當我們的朋友。

然而，牠一失蹤就是好幾周。

*

如果擁有是失去的開始，那麼不曾擁有，如何言說其失去？

跳跳不見了的那段時日，我們正好被醫生告知，以我的身體狀況，懷孕機率極低。這其實在意料之內，畢竟，我和K新婚幾年，就已經病了幾年，相關的、不相關的、醫學尚無法確知是否相關的其他身體問題，從沒少過。這一回，不過是又增添了一項。

儘管K毫不在意，愉快地勾勒只屬於我們倆的未來，但一時之間，我仍內心震盪，一波波並不洶湧、卻難以平復的悵然若失，幾乎讓我丟失繼續寫作的動力——那原是我極少數還能憑藉意志而努力的事情。

然而，不曾懷胎，生病後也早已不再想像能有孩子的我，在聆聽醫生宣判之際，究竟失去了什麼？畢竟，懷孕生產的可能性其實並非在這一刻喪失，而成為一位母親的欲望本身也不會從此消逝。

「每個人都有孕在身。」

多年前讀到的這句話，此刻從記憶深處悄然浮現。柏拉圖《會飲篇》，從前我最喜歡的一篇對話錄，談論愛的本質、愛與美的關聯、以及愛的內在方向性。其中，蘇格拉底援引了女祭司狄奧提瑪關於愛的辯證，她說，愛是渴望永遠擁有美好的事物；愛，會讓人從愛一個特定的、美好的人，提升到愛所有美好的人事物，愛所有美好的知識，最後來到美的本身面前，看見永恆的、絕對的美。她說：

「每個人都有孕在身，精神上和肉體上皆然。人一旦足夠成熟，就會有自然的欲望想要生產，而且只能在美的環繞下生產。這個過程是神聖的；懷孕和生產，是終有一死的生物唯一能觸及永生不朽的方式。」

學生時代懷抱無限熱情的我，曾經著魔似地迷戀那對於美與不朽的追求。而如今再讀，眼中所見卻是自憐，是「創生」的侷限性，是愛與欲的先天與永恆缺陷。

*

初秋陽光灑落的某個早晨，小跳蛛回來了，而且，竟有兩隻。K和我擔心牠們會爭奪地盤、相互吃食，當下決定把「跳跳」豢養起來——K分別對牠們伸出手，一隻後退想逃、一隻抬頭看他，立刻就辨認出誰是跳跳了。

我們很快就發現，跳跳真是極為理想的都市寵物。牠不占空間，只有兩顆小紅豆那麼大，我們買了昆蟲箱，在底部鋪滿碎石，從陽台的長壽花盆栽折下一段枝葉，再擺些小木塊、小公仔，輕鬆布置出豪宅花園般的家。牠安靜，不會發出任何聲響造成干擾；牠乾淨，經常舔舐梳理自己的毛，細沙粒般的白色糞便無臭無味。牠一周只需進食一次，可以餵食蟋蟀或果蠅。牠的作息與我們同步，開燈就醒、關燈就睡，風光明媚的日子，牠特別活蹦亂跳。

最重要的是，牠和所有討人喜歡的寵物一樣，可愛又親人。

家人朋友聽到這樣的形容，全露出不可思議的表情。印象中，蜘蛛是多麼惹人厭的生物；也曾看過科學研究證實，這分懼怕是與生俱來的，因為數百萬年前，當人類祖先還在樹上生活時，毒蜘蛛是極具威脅性的生物。

遠古時代的恐懼，流傳至今早已不合時宜，卻深深刻在我們的基因和潛意識裡。但要超越生物本性、突破心理障礙，需要的也不過伸出手掌、看進對方的眼睛。

正如我第一次鼓起勇氣對跳跳攤開掌心，而牠毫不猶豫地跳上來，抬起頭，張著兩大兩小的眼睛望著我，無辜、信任，彷彿有靈性；我感到彷彿握住初生嬰兒粉嫩的小手、而她輕輕回握，那樣柔軟的心情。

觀察討論跳跳的一舉一動，從此成為我和K樂此不疲的事。K最喜歡看牠進食時熱切滿足的模樣，為此用心替牠養活蟋蟀。牠捕獵時很有耐心，先從高處觀察，慢慢潛近，再快速撲跳到獵物身上，如此重覆幾次。跳跳膽小，萬一獵物回擊，牠會迅速躲回高處，不輕舉妄動。而當牠吸吮進食，小小的身軀會隨之鼓脹，能明顯看出牠吃得多飽，吃愈飽、待會睡愈久，有時甚至懶洋洋地睡上兩三天。

雖然，更久以後我們才知道，跳跳的捕獵習慣，不是身強體壯的跳蛛常見的行動模式。一般情況下，跳蛛可以輕易將獵物一擊斃命；很可能因為跳跳前腳較短、力道不夠強勁，捕獵能力特別差。或許因此，牠打從一開始就對昆蟲箱裡的生活適應良好，看起來安然自得，從未試圖脫逃。

我則喜愛看牠跳躍，看牠認真瞄準方向、預備動作抬起前腳、放出絲線當安全繩，偶爾沒跳準，還會被自己嚇一跳。更喜歡看牠織網，看牠大力搖擺扭動整個身軀，對著空氣反覆繪製「無限」符號，左左右右，節奏感十足。中型的昆蟲箱裡，牠織了一個又一個的窩，好像無論這世界大至天地森林、小至箱內四方，牠需要的只是讓自己在不同的角落都有地方安心躲藏。

看得出神了，我的思緒跟著牠的絲線，凌空跳躍，在狹窄的空間裡創造出彈性和可能性，同時防護我摔得一蹶不振；我的文字跟著牠扭動編織成網，由網成窩，讓我自由穿梭，供我安靜棲身。

我不再厭惡身在昆蟲箱裡的日子。

*

那年冬天，因為有我們仨，窗外淒風冷雨，滲透不進屋裡的溫暖豐盛。

直到有一天，跳跳不知為何躲進昆蟲箱頂的小縫隙裡，織了前所未有厚實的網，天天待在裡頭。K上網搜尋，判斷牠這是在蛻殼，幼年跳蛛在成年以前，都需要經過多次蛻殼，這是牠們的關鍵期，也是危險期。

愛蛛心切的我們把昆蟲箱移進臥室，每日早晚對牠說加油，在牠的窩旁邊抹幾滴水珠，保持最佳溫濕度，希望牠度過成長的難關。同時，我們也欣喜於牠還是個孩子，畢竟跳蛛的壽命僅有一至兩年，牠愈年幼，我們便有愈多時間繼續相伴。

跳跳終於出窩後，原先被養得圓圓胖胖的身軀瘦了一大圈，卻食慾不振。幾天後我們才赫然發現，牠不是蛻殼，而竟是產卵了！圓滾滾的小不點、半透明的跳蛛寶寶從窩裡爬出，一隻接一隻，那麼迷你、那麼脆弱，彷彿風一吹就會消散，卻已經能清晰看見牠們的眼睛。

正當我感動於這些意外的、奇蹟般的小生命，K卻轉頭憂傷地說，懷孕生產過的跳蛛壽命將會縮短，所以跳跳的餘生，應該比原先預估的短得多。牠更早之前的那次失蹤，也很可能是為了生產；跳蛛只需交配過一次，就能多次產卵。

「每個人都有孕在身。」

我忽然很想吹一口氣，讓跳跳的蛛生重來，別成為母親。

＊

那次，跳跳生了六隻寶寶，可是牠們存活率不高，一覺醒來，就有兩隻動也不動了。孩子出窩後，跳蛛媽媽不會繼續照顧牠們，我們也遍尋不著足夠迷你的食物餵寶寶，索性將牠們放生在廚房，適者生存。跳跳對於孩子的離去沒什麼反應，在我們的加倍疼愛下日漸恢復元氣，一如往昔跟我們玩耍，在我們的手指、掌心、手臂之間流輪爬行跳躍。

可是，隔沒多久，跳跳再度產卵，而這一次，那些卵沒能孵化出任何新生命，牠自己卻因此瘦得乾巴巴，似乎耗盡了一生的氣力。

如果懷孕生產能讓終有一死的生物觸及永生不朽，或至少見證有限生命的無限性，那麼，養寵物與生養孩子，確實有本質上的相反。比起生之活力，養寵物更常觸碰到的，反而是生物的脆弱與死亡，是站在自然規律面前，感受無能為力；是看見生物作為群體的生生不息，同時一體兩面地，認識到個體註定與永恆無關。

永恆只屬於人類創造出的信仰。

儘管如此，這不必然指向虛無。相反地，如果愛的內在方向並非狄奧提瑪所言，是上升的階梯、目標朝向最高的美與永恆；如果所有精神或肉體上的懷孕生產，不再是為了留下什麼、使什麼不朽，而只是單純地成為孕育者的生活樣貌，就像跳蛛的跳躍與織網，以及養寵物帶來的歡快時光。

我們的愛與創作，也許從此更自由了。

而跳跳，我們將牠埋在牠喜愛的長壽花盆栽裡，花季將盡之際，枝葉中心開出了一朵拔高挺立、格外嫣紅的小花。後來，每當我和 K 遇到跳蛛、或甚至只是一般蜘蛛，總是欣喜雀躍不已，像跳跳捎來問候，而我們仨的日子從未真正遠去。

◆評審意見

感性沉浸與哲學課題／平路

作者文字穩準，經營與結構見功力，我尤其喜歡布局中的漸層之感。

起頭文字舒緩，由陰雨綿延開始，帶領讀者一步步進入與跳蛛相遇的場景。讀者毫不設防，跟隨作者的敘述，對這小小生物漸漸有了興趣，不自覺產生感情，甚或牽連我們的童心，勾串各人的童年記憶，這感性的部分漸次勻開，摻入的亦是哲學命題的深思，包括什麼是「馴養」？什麼是孕育的慾望？與所謂永恆／不朽之間可有關連？

跳蛛生命結束，讀者跟隨作者的筆觸，亦感知自然規律中自身的無能為力，而艱難的孕育，與生命狀態的永恆或者無關，單純為了體驗吧，體驗感情的溫暖、相處的歡快，亦或是脆弱生命與永恆之間……若有似無的一線連繫。

作者循序漸進，藉流暢的文字與生動的畫面讓讀者亦步亦趨。感性的沉浸加上適量的哲學意涵，這篇〈蛛生〉益發耐人尋味。

二獎　張笛韻

一九九七年生，上海人。本科畢業於美國埃默里大學政治科學系，之前未發表過文學作品。現居上海，是一名商人。

得獎感言

非常感謝評委們的賞識，讓我有機會發表獲獎感言，如願實現兒時夢想之一。寫作於我原本只是自娛自樂，從未想到能被對岸讀者看到。得知獲獎後，我對自己為誰而寫，為何而寫也添了許多新的思考。無論如何，寫作是一條我必須探索的未知之路，感謝時報文學獎適時為我注入的勇氣和肯定。

自由

封城的第三十八天，我養的烏龜離家出走了。我的烏龜安分守己，十五年來從未出逃它那泡菜罈子大的一方世界，卻在這個時間點消失。我不得不認為這是它對我當前生活狀態所擺出的一種嘲諷姿態。我下意識在房間叫了它兩聲，又暗自好笑。烏龜不會說話，我叫它，它可能應嗎？

金宇澄說，上海人最要緊兩個字：勿響。勿響不是犬儒地明哲保身，也不是弱者對危機的應對機制。勿響是因為有些故事太珍貴。若不能如實交代全部，哪怕針扎在指尖也要捂住嘴巴。勿響兩個字如鐵律，從我爺爺奶奶到我的烏龜，我們全家三代人龜都貫徹著這個中心思想。在武康路的露天咖啡，永嘉路的啤酒吧，黑石公寓的義大利家庭餐館出現之前，上海其實一直是個動盪不安的城市。狂熱年代的光芒早已切切實實地灼傷過我的每個長輩，卻沒有一個人和我透露過那些最困難的日子裡他們經歷了什麼。我大概能猜到一些，他們大概能猜到我能猜到，但我們之間保持著勿響的默契和一道翻篇的勇氣。

自從四月一日非自願進入現在的斯多葛生活當中，我也決心儘量遵守這二字真經。波拉尼奧在書裡寫過，道德規範、責任感、愛情、藝術，任何你相信的種種都會背叛你。但是平靜永遠不會。幾代人在這座城市的生活經驗則告訴我，除了平靜，沉默也不會背叛。除了不會背叛自己，沉默更不會出賣他人。於是我自願向不可改變的現實低頭，閉上嘴巴，試圖在高昂的物價系統和失真的大環境裡維持體面的日常生活。我在社區微信群裡和同樣緘默的鄰居接龍團菜，在微博上轉發求助資訊但從不評論。有時半夜我能聽到外面此起彼伏的喊叫和發洩，我下意識地把嘴張開，卻發不出聲音。

在封城的第三十六天我還是不得不親手打破了這分沉默。簡單來說，得益於我在互聯網上提交的反復投訴，街道的工作人員認為我必須開口解釋一下我的行為了。中午，兩個街道辦的工作人員敲開我的門。我靠在門框上，聽他們照著手機念出了我在網上提交的訴狀。

「就是你投訴街道主任抗疫不力是嗎？」

我點頭。

「你有什麼意見，可以直接打電話和我們聯繫。為什麼要上網寫這些東西？」

我想開口，但是也不知道從哪裡說起。要先解釋一下投訴的前因後果嗎？是告訴他們我已經打了一切能找到的聯繫電話，但無一例外遭到了忽視和拒絕嗎？還是告訴他們投訴只是存檔行為，我已經先斬後奏的解決了家裡老人的就醫問題。如果傻傻等他們來找我一切早就來不及了？我要不要背誦一段防疫條例告知他們我投訴的行為是正當權利？

「街道主任很忙，但是他也非常關心你這個狀況，所以特地找我們來和你瞭解情況。這樣子，你先取消投訴好嗎？取消之後我們就幫你解決這個問題。」

想到前幾天刷到的街道主任的擺拍新聞，我花了一些力氣才掩飾住心裡嘲諷的聲音，腦子裡飛快地計算著選擇同意或堅持抵抗我將分別付出什麼代價。

「你要知道，你在網上提交的投訴最後也是轉派到我們街道處理，我這裡可以隨時把你的投訴取消。」我的無所表示激怒了工作人員。「我現在明確告訴你，我們沒有人手上門採樣。我不管你爺爺奶奶年紀多大，是不是能自己走路。後天早上如果看不到他們下樓做核酸我會雙陽上報，叫疾控過來拉人。」

投訴的對象成為了投訴的判定和執行者，這本身是一件極其荒謬的事情。如果不是發生在我身上，我一定會把這段對話包裝成一個蘇聯笑話日後放在飯桌上分享。可惜當時的我身處其中，龐大的現實已經壓倒了我的一切情緒。我腦海裡閃過一個月來高齡老人被強制拉走的新聞和畫面。我甚至來不及細想這句話裡有多少是真多少是假。因為當權力和懲罰機制極度不對等的時候，證據、規則、法理，這些我用來抵抗危險的防禦手段早已全部失效了。我沒有了抵抗的籌碼，只有暫時選擇退縮。

「別說了，我會取消投訴的。」我最後還是開了口。

封城的第三十八天，我像往常一樣，伴隨著樓下的喇叭通知醒來。在這些天裡，我逐漸養成了一套固定的生活作息。早上八點，我起床，在社區微信群裡上傳抗原結果。十點，給烏龜餵食，下樓做核酸。晚上八點，在微信群裡上傳第二次抗原的結果。這天早上，我走到陽臺想要給烏龜餵早飯的時候，發現水缸已經空了。我在各個角落縫隙裡找了好幾遍，卻都沒能找到它的蹤影——它就這麼憑空消失了。烏龜不會說話，也大概對我沒有感情。但在這個特殊的時期，它無聲的陪伴給了我一點力量。每天早上和它的小小互動成為我新生物鐘裡唯一與疫情無關，只屬於我個人的生活秩序。今天，這個生活秩序被撕開了一個小口。

「你看今天下來做核酸不就好了嘛。」負責排隊維持秩序的大白在刷我核酸碼的時候，認出了我的名字。我直視他的眼睛，一言不發。其實我也認出他了，是之前上門的工作人員。晃眼的陽光下我覺得恍惚，有一瞬間好像看到了他在口罩下得逞的笑容。春風抽在我的臉上，結結實實地給我來了一巴掌。四月是最殘酷的月分。那一刻我想我甚至比艾略特本人更理解這句話的意思。

我加入核酸隊伍後，大白示意一輛警車跟上我。車裡坐著一個同樣穿防護服的警官，防護服和醫用口罩下看不出他的任何表情。我隨著隊伍往前挪，他也鬆油門往前。一輛四座小車硬生生隔開了我和後來排隊做核酸的鄰居們，似乎想用這種方式為我貼上某種標籤。背後傳來的細碎的猜測和推理讓我覺得有些滑稽。反抗與否，我們都不過是在成就一種表面秩序。我、鄰居、員警、大白，有些人可以暫時得益，但沒有人會成為永遠的贏家。只是現在沉浸在這場遊戲裡的人，在夢醒時分也會甘願悄無聲息地走入歷史嗎？

做完核酸回到家，我仔細地在家裡搜索了一圈，依然不見烏龜蹤影。我想睡個回籠覺卻又覺得胸口悶，索性換了衣服下樓走走。我的社區是防範區，已經十六天無陽性。因為一些未知原因被升級管理，居民可活動範圍從徐匯區縮小到社區內。我欣然接受了組織上的安排，一路走到社區大門口。社區大門正對著一條寬敞的大馬路，馬路盡頭連接著通向浦東的隧道和南北高架。這條大馬路是運輸物資的重要交通樞紐，因此在這寂靜的時期也依然車來車往——對隔離在家的人來說已經是絕佳的景觀位。走到大門口時看到有個媽媽帶著孩子站在保安亭裡。媽媽和保安閒聊提到，孩子特意挑選了最喜歡的衣服穿下樓。這是他一天當中最期待的時刻。保安為難地告訴她，明天開始不能帶孩子下樓了，剛接到居委通知，將對社區進行再升級管理。孩子聽到不能下樓這幾個字崩潰地大哭，大喊媽媽是騙子。媽媽慌亂地安慰著他，向保安打聽更多的細節。我聽著他們的對話恍了神，直到身體緊貼著封鎖社區的路障了才停下腳步。

「你，往回走！」我順著聲音往外張望，原來是那位臉上看不出任何表情的警官。

核酸結束之後，警車沒有離開，逕直停在了社區大門左邊的人行道上。而現在，他終於對我說出了第一句話。我後退了幾步，他仍不滿意。「你沒事不要下樓亂跑。」我再次讓步，直到我的身體和路障外的世界隔出大約五米。五米，這是我用身體丈量的與自由的距離。

晚春裡的太陽像冷光燈，亮得刺眼卻不發出任何熱量。紅白條的路障被曬得閃閃發光。路上偶爾有已經解封的路人經過，拎著大包小包行色匆匆。我看著他們的購物袋出了神，心裡計算著這個春天我錯過了多少碗刀魚餛飩、蠶豆、野菜和春筍。四五月的上海承載了我對這座城市的所有柔情。往年這個時候，我大概會騎車到吉安路的麵館和朋友接頭。騎車穿梭在路上，能看到躲在綠化帶裡吹薩克斯的爺叔，街頭上打扮時髦的阿姨媽媽互相幫忙拍照。到了店裡和朋友擠在長條的木板凳上，一人吃碗陽春麵，一人喝碗雙檔湯。下午，步行到光明邨排隊兩小時換來兩盒刀魚餛飩，一盒鮮肉月餅。沿著淮海路，我慢悠悠地走回家，順手捎上路邊本地奶奶放在扁擔裡賣的新鮮草頭或蠶豆。那個時候我的心願很小，小到只能裝下明天要吃的一碗蟹黃菠菜麵。我的心願又很大，我許願街頭的梔子花香氣長駐，我的城市像力波啤酒廣告一樣活力、長青。但無論如何我不害怕春天的稍縱即逝，因為我總期盼著下一個春天的來臨。

「沒事不要下樓，叫你回去聽到沒？」警官再次對我施令。但我堅守在我的陣地上，五米是我願意讓渡的全部距離。我透過幾何形的路障空隙呆滯地望著他，他坐在車裡，用同樣呆滯地目光回敬站在路障後面的我，似乎一直在等我給他一個回覆。我感受到一些事物此刻正在離我遠去，就像過季的蠶豆一般飛速地發黃、變硬、乾枯、消失了。我知道我抓不住，可是我總不甘心，想要回頭看。在漫長的僵持裡我終於明白，我有感謝的自由，有堅持的自由，我唯獨沒有勿響的自由。

◆**評審意見**

犀利論證，時代之音／須文蔚

二〇二二年三月當新冠病毒肺炎在上海升高疫情，全市展開大規模封鎖事件，民眾困頓於封城，官方則以「大上海保衛戰」稱之。作者以生活的一個小切面，生動展現出封城期間，面對義大利哲學家阿岡本（Giorgio Agamben）所謂「例外狀態」的高度管制下，上海人搖擺在貫徹「勿響」哲學，在痛苦中保持沉默，或是挺身而出，揭露管控與防疫不力的第一線人員。

全文寓抗議與諷刺於幽默的語言中，以寵物烏龜譬喻自身的退縮，以錯過的春日中，無緣購得的陽春麵、雙檔湯、刀魚餛飩與蠶豆，凸顯「自由」原本如空氣，無從得知珍貴，當作者以充滿張力的與對峙的日常事件中，展現出封城的窒息感，更突顯出自由無比美妙的面貌。在眾多封城文學中，〈自由〉一文不吶喊、不哀傷也不控訴，以文學筆法揭開思維禁區的面紗，深入民族性中的消極與沉默，展現出人們唯有沒有「勿響」的自由，才能獲得真正的自由，犀利的論證實為時代之音。

佳作獎　黃庭鈺

冬至降生於臺南，成長於臺中。政治大學教育學博士。現任教於新竹女中。曾獲吳濁流文學獎、時報文學獎、教育部文藝創作獎、臺中文學獎、舜耕學校建築學術研究獎助等獎項。文章見報紙副刊及雜誌。著有散文集《時光走向女孩》。

得獎感言

在光與影、說與聽之間切換呼吸，學著辨識、平衡和站穩，一直是個艱難的功課。幸而有文字，間或帶來洞穴般安穩的包覆及善意。
謝謝評審老師、主辦單位及為我祝福的人。

啞光

十多年來，住家牆面一直維持著十九世紀末倫敦天空的樣子，霧灰且布滿燃煤粒子。那是當初室內設計師堅持的選色，他慢悠悠指著色卡，食指流利地停在草寫字母「foggy gray」上。飽滿的霧灰色啊，直覺就令人聯想到大英帝國維多利亞時代的迷濛煙霾，因此，乍看下容易誤讀成青蛙霧的 foggy gray，還不如換成 London smog 口音更為朦朧典雅。

只是，典雅不比專業靠譜，當室內設計師信心滿滿地選了霧灰色說：「你家適合這個。」就像醫生判斷了你該服什麼藥，如果不遵循病不會好可不要怪我，信誓旦旦。我便糊里糊塗卻又故作爽利地點頭說聲好。

光線充足理應讓人感到安全而卸下防備，幽暗處則會帶來陰鬱與負擔。統計數字就指出許多長年照不到陽光的國度，憂鬱、自殺比例均偏高。我沒有詢問設計師為何違背學理，營構出哀傷的氛圍？反而認同裝潢後，將幾幀黑白照片嵌進銀色金屬邊框裡，掛在霧灰牆面，拉緊窗簾瞬間昏天暗地，色調比外頭的藍天還要令人安心。

家中客廳的兩面牆原本鑲著大片玻璃窗，一邊面向中庭，另一邊近看有綠帶，平視遠方則是山，當初房仲口沫橫飛地讚嘆景觀有多好。不過，設計師為窗戶選了古銅色不透光窗簾內襯一層薄紗，只消全面闔上，即使是熾烈白天，也能營造出電影院或酒吧的錯覺。

設計師滔滔解釋啞光漆耐髒不眩光，灰色是順從的顏色很萬用，尤其霧灰啞光牆面適合搭配間接光源，層板燈或暈黃都可帶來質感及安全。如果業主更大膽一點，就直接用清水混凝土，素樸的灰色模板搭上啞光非但不會削減空間美感，反而可讓居家更具表情和個性。後來才知道，這位設計師專做餐酒館及庭園餐廳規劃，我這樣的小坪數住宅，很難接受壯闊大器的清水混凝土。倒是，牆面漆色完工後，偶見窗外日光打進室內，真有層層明度不一的灰，像手風琴音箱的摺痕整齊地折射在牆面上。總算有點明白設計師所說的「混凝土的質地和色澤很適合倒映光影」的意思，時尚詩意是當初他想帶進來的，雖然最後被這小坪數的格局給婉拒了。想來，霧灰啞光大抵是他退而求其次的堅持吧。

實則退而求其次的應該是我，明明買了好幾本色系繽紛柔和的鄉村風裝潢書在研讀，怎麼搞到最後住進灰撲撲的地窖裡。也許日光照射後，鄉村的多彩就會褪色駁雜了，但灰色永遠是灰色，髒了也不顯眼，踢腳板的貼條都免了。接受了霧灰後，我如此安慰自己，不算自欺欺人吧。

裝潢完工到入住新家前，約有一個月期間，陸續把之前寄居他人屋室裡的東西搬遷過來。有時我會在上班用餐時間，買個便當繞到新家，一個人坐在沙發茶几都還沒送來的石英磚地板上，空對著尚未接好頻道的電視機，安靜地吃午餐。飯後往臥室走去，安穩地屈身在還沒罩上床單（甚至連塑膠膜都未拆封）的大床上，拉起窗簾小睡片刻。醒來非常滿足，完全沒有置身新交屋的空蕩感。霧灰啞光牆面散出新鮮氣息，新的櫥櫃、新的馬桶、新的床、新的生活、新的自己，多令人期待，即便「新」不等於「美好」。

沒多久小家庭要進駐這裡了，為了嬰孩安全，器物的邊邊角角會用防撞膠條層疊貼起，毫無美感且喧鬧的日子此後沒有停止過。其實早在前一個居所就感受到人聲的擁擠，那是個每逢梅雨季牆壁就會流眼淚的地方，狹隘空間裡塞進過多聲腔不同的人，人心不得不被壓縮得更小更潮濕，音頻稍微牴觸就成雜訊。我幾次試著發音，卻換來不斷被摀住嘴巴的夢魘。最難受的是，不出聲視同無禮和違逆。看似豐沃濕潤的土壤，並沒有根莖發芽的縫隙。

於是，那近把個月偽獨居的午寐時刻，令人格外珍惜。也只有彼時，真正演繹了新居最接近藝術的初衷，那是設計師當初想帶進來的時尚與靜默。有時在天光昏暗的午後，一盞層板燈打上來，真像擎著火把走進洞穴，有種被包覆的安全感，默不作聲也變得理所當然。

說話好累，尤其總要說些讓人快樂的話。在不屬於我的場域，只許唯唯諾諾。即便容得下我，也得瞻前顧後。電話或群組裡則慢慢學會選擇性發聲，跟父母多半是報喜，總覺真心愛你的人通常也會真心跟著一起傷感，如果我也真心愛著他們，怎又忍把悲情毫無節制地傾洩。而朋友是適合酒肉嬉鬧的，有誰真能常聽你說些晦裡晦氣的話呢，有些人承受不起，有些人誓言活成不沾鍋，有些人四兩撥千斤你得識相否則就成了歡聚的程咬金。還遇過這樣的朋友，他認為你宜有信仰，不妨（或必須）虔誠信守他的神。我相信他有他的神，只是說話此刻，我心裡只有對方，你才是我的神，當你轉身試圖帶進別的救世主，倏地你便虛化般碎裂成煙了。還有些朋友聽著聽著就嚷道如果是他就不會如此這般，說著說著你慢慢察覺，他把自己的優越帶進來，把你當成借鏡，反射他一身光芒，甚或得意地以八卦重鎮自居，把這裡那裡的音量收攏成擴音器的電力，而我們最好早點明白在這樣的人面前成為啞子最安全。

我像一團灰，喑啞地發著微光。啞光既正且反，又暗又明亮，每個人總有需要發音的時刻，那是聲帶與生俱來的使命。只是歸類為眾聲喧嘩或離心背反也在一線間，口徑不一稍不慎就會被劃為反方。於是，光與影、說與聽，互為表裡又相依制衡。學著辨識、平衡和站穩，好像也成了艱難的功課。

後來知道可以用錢交換說話的空間，而要勇敢踏入諮商室，則是在看了好萊塢電影《辣媽辣妹》（Freaky Friday）之後的事。劇情轉折有致，單身即將再嫁的母親與青春期女兒衝突不斷，後來因神祕力量彼此交換了軀殼。異體裡的靈魂演出實在太精采了，有陣子我租來影片，不斷重複感受這兩個角色想掙脫軀殼而不得的內心吶喊。重複看片，還有一個因素是，母親（或說母身）在執行心理師工作時表現出令人放心的職業道德，她視個案為客戶而非病人。原來，找一個人聽你說話可以如此坦蕩健康，毋須掩人耳目、搖尾乞憐。

幾次在諮商室忘情大哭，出了門在櫃檯繳一個小時的費用，覺得甘心，自己的眼淚很貴重；也覺得不甘，何苦為了誰或什麼事而如此浪費。當然，下次來還是要為類似的事哭個幾回，而能陪伴我一次又一次因執拗而傷心不已的，也只有諮商室這樣公平交易的所在了。

在不對等的關係或場合裡，說話常是徒勞，發出聲音多半只是發出聲音本身，沒有溝通的效用。生命總會遇上這樣的人，他希望你活成一行啞句，沒辦法你天生走音，與這世界的旋律不合。相處的人若老覺得他人嘔啞嘲哳難為聽，音準總要以他為典範，想圖得清靜，我們能做的是成為鸚鵡，不然就得裝啞。記得學生時代的班際合唱比賽，為了排面好看、音質好聽，竟有條內規是有些同學就負責張口不發音，作為濫竽能夠充數，便是對團隊的貢獻。我們這樣天生音質不好的人，活著就是分母，是在包廂裡唱歌的人頭，上道一點是能主動遞麥克風和點歌單。也只許甘願，否則下次連進包廂的機會都沒有。

後來再度聽到啞光這個詞彙，是在化妝品專櫃的色盤裡。在仔細幫我擦上隔離霜和蜜粉後，櫃姐問我要不要試試初秋新品，她端出色系深邃的雙色眼影和滋潤度高的唇彩，我馬上被各種層次的大地色給吸引了。櫃姐解釋這是啞光系列，相較於珠光、霧面，介於其間的啞光，可以保有低調與潤澤的效果，「很適合妳的氣質和膚色喔」，我彷彿從她身上看見當初那位室內設計師的影子。此後不管又流行光感水潤或大膽色塊的妝彩，我都習慣了啞光。

啞光名之為啞，但終究還是光，勻薄素淨像上了膜，不是剔透的但也不飽滿，灰灰濛濛的。會不會在某些時刻，人們需要將自己安置在這樣有點發光又不太發光、有點存在又不太存在的狀態，在啞與光之間切換呼吸，喧囂過後還是得回到靜默裡探問內在的聲息。毛玻璃態勢像是為自己打了一張安全牌，不求大鳴大放，但求燭火般的氣息能被厚實掌心呵護著。

一次諮商進行冥想時，闔上眼隨著指引看見遠處有兩個在對話的人，面向我的那人笑逐顏開，賣力招呼我。我躊躇不前，只因另副背影看來陰鬱抗拒，像在發射生人勿近的電波。終究，我還是朝他們走過去了，當背對的人緩緩轉身時，驚覺適才對話的兩人竟然都是「我」——過去的悲傷的我，和後來看似明朗的我。背對是出於畏懼世事、心已槁木，但她仍試圖轉過來面對我，縱使低眉閃爍、肩頭侷促、雙手緊緊交握，彷彿隨時帶著歉意。我不斷流淚覺得心疼，想好好擁抱她、謝謝她的努力，不料另一個微笑的我已先一步過來抱住我。

想說話的時候，知道有地方可以容納我、有個人願意聽，這樣就足夠了。即便那地方是自己的掌心，那個人是我。有時，單單是驅車前往諮商室途中，烏雲密布的心頭便已乾燥了一些。或者回家路上，不斷告訴自己只要再撐一下下快要到門口了，就更有前進的動力。

下午的家沒有別人，洞穴般安穩，我拉起窗簾癱往床上，任由層遞灰階鋪天蓋地包覆起自己，彷彿自己本來就住在灰色裡。感覺意識酣甜，四肢末梢漸次暖和起來。有道影子自牆上映現，我知道是我，而且有霧來過。

◆評審意見

以「啞」點出疏離／郝譽翔

作者相當擅長演繹寫作的命題，散文一開始通過女性敘事者的聲音，娓娓道來新居裝潢的「啞光」色系，成功以此打造出「家」的空間隱喻，繼而又進入「我」那幽微又深邃的內心世界，以「啞」點出了人我之間的疏離，即使親如家人朋友，言語不僅溝通無效，反而更形成了隔閡的高牆，於是「光與影，說與聽，互為表裡又相依制衡」，而「我」只能選擇沉默，或是游移在瘖啞和喧嘩的矛盾兩極之中，唯有獨自蜷縮在尚未入住的新居洞穴時，封閉在這似「家」又非「家」的空間裡，才能回歸到真正的自我。

通篇散文也充滿了令人眼睛為之一亮的警句，例如點出現代人必須踏入諮商室，用錢來交換說話的空間，既是一則機巧的反諷，更襯托出城市文明的荒蕪、蒼涼與孤寂。

佳作獎　黃胤誠

一九八五年生，工程師。
曾獲《林榮三文學獎》散文獎、《聯合報》新詩獎。

得獎感言

也是一點一點交換來的——被「餵」的姿態只有一種，而以「投」為首的詞彙與意欲，是那麼多。感謝上海時光、厚待我的人們。

求投餵

從前出差上海多應酬，可感的招待總也連綴表演：高空酒吧混爵士樂隊、烤羊排賞藏羌舞、河豚火鍋搭桌旁魔術……，印象最深的是東方明珠旁一間日式燒烤，店內水族箱養有兩隻三尺水母。

每晚的餵食秀，看黑暗的水族箱中，投餵的浮游生物漂散如細雪，在燈下明明滅滅。轉眼間，蜷臥角落的水母翻騰起來，觸手如捲尺緩緩盪著流波盪著雪屑漫舞糾纏，游絲於捉放間，如呼吸，分秒流竄的敏覺，如此徐徐倒數，直至水下一切都屏息。餘留我們這些觀眾還貼著水族箱壁偵伺動靜，彷彿我們才是食餌的人。

食畢，餐館隨贈每位顧客一只瓶子，瓶內浮著小小的、發光的水母。

儼然最鮮活的廣告，一個個惹眼的小生態系，我揣摩水母的攫食力道，握了握手中贈物，只握住了表層、難掩量產的粗糙感，身處食物鏈的一環，瓶內的活物勢必也量產，才得以應接每日、各種層面的飢餓。

關於廣義的飢餓——有一說是人的五感只消滿足其二，其他感官亦會暫處於飽和態——猶似目擊者的屏息。於我有限的經驗中這感受亦連通：愈是意識、愈難以抵抗，並且疑惑這過飽和的暫態，究竟是因為饜足，抑或是失去吃下其它東西的慾望。

*

後來真正長駐上海，被招待的機會少了。下班後偶與同事聚餐，以為的在地美食，總也不脫商城內的連鎖餐館，起初以為餘興的表演噱頭，我也逐漸體味其充作排場的用意，只是有感眼前選擇紛呈，但全餵成同一種討好樣子，幾次與同事聊起，他們也只是笑，雖說文化講究根源，人的食性其實容易適應與妥協。

在上海工作第一年幽幽過去，我聽同事J建議住在距公司地鐵三站的老小區，打定主意隔年加薪有房補後，換間大一點的。J職等比我高，早我三年入職，給自己取了個外文名字，各方面我都得喊他一聲前輩。J老婆小孩留在台灣，原本固定隔周返台，後因疫情，往來隔離不便，一緩就是一年。

會想家嗎？J只是笑。J領我參加台灣人的聚會，人人以公司名自介，彼此前公司都有淵源。聚會無例外吃吃喝喝：驢肉火燒、陽澄湖大閘蟹、雲南蒸氣石鍋魚……，席間笑談，推杯換盞，J老是副饞樣，我則有些消化不良，耳側不時響起J的話：打好關係，這些可都是往後能賞你飯吃的人。

與這些前輩胡亂吃了幾次飯，聽他們談論公司動態、股票，也是滿嘴前瞻，意在誇顯，心想這或也是陸籍同事看我們這些台幹的感覺。一頓飯換一時觀眾，也像餵食秀，秀場買單也講輩分，我沒有一次搶贏過。如此蹭吃蹭喝，沒習得什麼飲食門道，倒是記住了同桌人食性。如同水母攝食原來徐緩沉著，初聞餵食秀，我原以為是更有形、有勢的吞噬。

吃得多了，也說得油花滿嘴，J對那間水母燒烤店評價平平：龍蝦還行、鮭魚假貨、巡場服務員還不錯正。至於水母，不過就是大隻一點吧，J說，那種東西淘寶也買得到。他指的是水母瓶，瓶式各異，瓶蓋嵌盞燈，打光是為了照清楚水母死活。很easy的寵物。現在的女孩子流行把這玩意掛在包包上當裝飾呢，J朝我眨眨眼。

J無聊也上網約妹。這方面，台灣人很吃香的。也是他告訴我「投餵」在現在年輕人口中有那麼一點討愛意思。

——近年在網上盛行起來的說法，說來親暱，賴在家不想動的日子，朝社群媒體上喊幾聲：求投餵，遠方誰聽見了，手指動一動，差遣外賣小哥上門，投食送暖曬朋友圈，肚子面子顧全，熱絡如B站直播間，給糧給錢給充電。

每一動念，並非廣義的飢餓，倒像是求餌。

求職求財求關懷，台灣人的確被優待，更好的薪水職等合併稅制優惠，人人皆有專家職銜。只是好處占盡，並生的是隔閡。往昔被招待的日子，台幹們食宿另有區隔，堂食亦另開一席。那時的上司在餐桌上亦不諱言：有點區隔也好，大陸人就知道挖東西，讓他們覺得什麼都會了，我們豈不沒飯吃？

只是這兩年疫情影響，有些台幹產業受挫就也順勢退休了，無論自願與否，一律稱榮退。公司派人幫你打包行李寄航空件回家，巴不得你快滾呢，過來人K說，他的行李被寄去美國，卡在海關好陣子，幸虧他馬上找到下家，行李直接退運回上海，前後銜接完美，資遣費加上新公司簽約金，K應眾人起鬨請客。這擺明炫耀嘛，J

對我咬耳朵：他想回去就能回去，不像我們。我瞟了瞟在座所有人，不確定J口中的我們，指的是捨不得、還不能，抑或是已然回不去的人。

與台灣前輩們的飯局依然每月一次。一次赴虹橋吃台式牛肉麵，其味大夥以新豐老兄牛肉麵相擬，然後細數從前常吃的新豐老兄、湖口老皮與竹東莊記，也是各有擁護，人對往昔總是有計較有懷念，我一旁低頭吃著，聽他們始終回味從前工作圈的人事食物，不禁想，何謂「台式」呢。回台灣以後，我也會像這般談論這裡宴飲一切嗎？

在上海工作第二年領到房補，我仍住在原址，將房補宿舍轉租出去，當起二房東，J知道了，笑說有樣學樣囉。

在J眼中我與陸籍同事走得太近，而所謂的陸籍同事，多是年紀小我一輪的校招新人，甫出社會，還餘學生時期的活力與好奇，工作之餘總也投餵我什麼好吃好玩，如友伴之呢喃，同感過勞的日子裡，偶聞他們什麼喜怒憂惶、志願理想，多數時候我亦沒有答案——畢竟是職場，一旦這麼想我心底便半是警覺半也搖動，他們與年輕時的我並無不同。

*

去年冬至，我與大家一起去同事 A 家包水餃。緣起我說台灣冬至吃湯圓，他們竟表驚訝，直說在上海大家冬至都吃餃子的，組內的開心果 A 遂召大家去她家嚐嚐家常味。

拗不過盛情，下班後，我們全組人移步 A 家。迎門的是 A 母，A 率先向母親介紹：這我師父！是台灣人，先前提過的。我忙聲問好。A 母不太會講普通話，只應以生澀的笑。早先知道 A 落戶後便把母親接來同住，許多早婚同事如此，A 預計年後產假，但先生在異地工作——於是 A 母其實是特地從山東老家來陪 A 待產的。A 的家並不比我租處大，客廳與臥室連通，陽台改造廚房，見母女倆忙從桌上床上挪出更多空間，大家急攔住了，包餃子不嫌擠的，小房間內彼此臂肘相抵圍了一圈，我一邊捍餃子皮一邊偷覷在陽台燒水的 A 母，一邊聽大家閒話，聽他們說從前老家吃不完的食物，為了保存，都會包成餃子——即使地域、入餡食材不同，保存的意義卻十分相似——眾人輪番談起各自記憶中的餡料，所有能想到的，以及種種意想不到的。

所有我能想到的——從前作為餡料的懷想，他們談笑模樣，以及A母忙碌的側影，無形中亦填為我記憶的內餡。只同時也意識，相聚如何融洽如何熱切，凡與時地相涉的認知與經驗，縱有萬般體會，我終究是話語的局外人。

許多事這般囫圇過去，頻繁的聚食，更突顯食慾本質的寡淡，獨食時我只求快速消解，一切即食、即期的估量，是對食、對人，也是自忖，自知。

*

J離開上海前，我與他去了一趟野生動物園——J原本約了妹，票買好卻被放鴿子——知道J只是想找人發牢騷。動物園比想像中大，圍欄也拘限得大些，可能久居，動物們無采地待出老態。行前J嚷著必去的猛獸區，沒有開放，聽說有人被吃了，上新聞的，我與J邊走邊聊，聊誰又跳槽、誰去創業、誰又牽了台特斯拉、誰在嘉定買房，沒真正關心圍欄裡的動物。走累了往美食區踱去，滿大街啃鴨脖的人，J咂嘴道：知道那個誰就搞這連鎖嗎，上個月回台灣了，身體長東西，在這看病貴呀而且沒有信心。做太累了吧，我說。想到同事中有人特地把雙親接來上海，稱是考量醫療資源較好，只是久關在大城市，也待出病來，那同事也沒信心。一晌無話，回過神來我們已隨人潮步至露天劇場，每天的例行表演快開始了，J瞄一眼舞台，露出也無不可的表情，說新公司起來了再找你哈。

我笑笑，還想二進宮的話就免了吧，但沒說出口。環顧劇場內都是親子組合，我與J相偕顯得突兀，隨口問J回程要不要帶個紀念品，J似沒聽到，掏出手機準備錄影。表演開始了，我遂也住口，兩眼盯住舞台。首先出場的是馬來熊蹬滑板車，拍拍手繞了兩圈，張嘴接住舞者拋出的食物。

緊接登場的南洋風情舞，扮成椰子樹的人與猴一同搖擺。不知是貪食，抑或表演設計好的一部分，音樂一響，猴子脫了裝扮，群起往舞者身上搶食。

觀眾們笑了。

後來我與J自然地沒再聯絡。

＊

後來再訪水母燒烤店，是部門年終聚餐，例行的餵食秀，此前沒看過的年輕同事們紛紛湊上前去，貼著水族箱壁等待。我留在位上，看著那些搖晃的頭顱，看投食浮游如雪散，恍惚流波的世界外溢，只見燈光一照，雪片探出觸手，即被身後更長的觸手攫住——同事們驚呼，店員是拿小水母去餵那隻三尺水母。

我只說知道。

若是遠觀，遠而不明就裡，我也覺得水母攝食的游姿真美——看著稀稀落落的雪屑，眾食客訥訥轉身，或隨餘波搖盪，或伏入水底。看那些看過水母進食的人們陸續回座，繼續進食。

那是食物，同類，也是噱頭，並聯的普世性。

看水面下的寡與眾、強與弱，掙扎一下就過去了。食餘的打包分送出去，裝飾或紀念品，如此形容生命，直視其為餌的位置，有如潛望，水面上同樣浮沉漂盪之人，也許從社群媒體上聽見了幾聲：求投餵，熟練表演的拋與接；也許伏入水底，從朋友圈熱衷轉發的惹眼故事裡，嗅得了讚、愛心、各形各狀的點閱率。諸如此類的前台投餵，起初關於定時、定點、定量的理解，即使無意，最後也無異於馴化與制約。

*

遞出辭呈那天，上海降了早春的第一場雪，落地前就蒸散。對上司我已擬妥理由，但對相處三年的年輕同事們，我思忖著用詞——不希望他們失望嗎，未必如此自恃。人際的牽引避讓，職場的來去多平常，怎麼開口，我仍想著誠懇。

他們只說知道。知道我想回台灣，他們說他們也很想回家鄉工作，能與家人近一些。

離開不久，上海即因疫情封控，微信朋友圈一片求投餵，不是親暱討喜的那種。問候幾位同事，對於突來的隔離不是毫無準備，只是所有人物資都卡在中途。想起A與她母親，以及她出生不久的孩子，只是隔著海，我也無法再動動手指投給什麼關懷。陪他們數算日子，但日子畢竟一成不變，所有能想到的、以及種種意想不到的，關心的話語翻轉了數回。

曾經談得來的同事們，後來也漸漸噤聲了。一切互動，如同待餵的水族箱，若非出於觀賞的燈光，未必能見彼此動靜，未必能見那些浮游的餌食。黑暗中感覺時間貼面。

掙扎，一下子就過去。

——猶記彼此食性。不以為飢餓，不以為饜足。屏息時，愈發清楚的意緒。

◆**評審意見**

巧妙譬喻，感傷也警世╱須文蔚

在緊張的兩岸關係下，赴中國大陸工作的台商與青年，幾乎如同隱形人，他們的困頓、挑戰與哀愁完全消失在媒體的報導中，成為台灣輿論漠視的邊緣人。〈求投餵〉一文娓娓道出在上海商業周旋與奮鬥的歷程，以應酬與聚餐所見聞的際遇為主題，藉著水族箱中水母的餵食秀隱喻自身的處境，雖有著光彩的住所，日日受到豐足的投餵，就如同台商獲得優渥的政策補貼，實則受到各式各樣隔閡所限制，令人印象深刻，在看似流水帳的生活記事中，作者展現出巧妙的譬喻筆法，先後呼應的篇章結構。

〈求投餵〉一文印證了《文心雕龍．知音》中說：「綴文者情動而辭發」，作者能從台商原本與周遭保持距離，後來拋開禁忌融入上海同事的生活，在猜疑與同理，在求投餵與養套殺，在博奕與合作，種種看似衝突的場景中，作者展現出了現實的多重可能，也點出了當下愈發冷淡的人際互動，每個細節都蘊含著真摯的情意，也讓讀者能更認識時代變遷下，台灣人在中國大陸生存的不易，既感傷，也警世。

影視小說類

★吳道順　蓮花紅

★陳柏煜　愛的藝術

★鄭昀　銃天堂

★吳懷晨　不要讓海忘了你

首獎　吳道順

馬來西亞籍，出生於砂拉越州詩巫鎮，在拉讓江的陪伴下成長，偶爾閱讀或書寫。小說曾獲台灣聯合文學「小說新人獎」，馬來西亞星洲日報「花蹤文學獎」等獎項。

得獎感言

陰曆九月九日夜裡收到得獎通知，窗外正有上弦月明亮地懸掛著。大疫還有呼吸，波濤中的方舟觀望的星辰，宛如昔日的夢。日子依舊偶爾閱讀，或書寫。生活依舊艱難，小說世界偶爾有初生的嫩葉。感謝時報以及所有評審們。

蓮花紅

天，已經亮了。

血一般的紅太陽高掛起來化成光。時間滴答滴答快速旋轉，影子從偏左到正中再偏右，世界在移動，潮起浪拍岸，一隻鯨魚彷彿靜止了卻慢慢地如花開般沉落。血紅色的水中蓮，正緩緩綻放花苞，但沒有人知道。

有流水聲。藍子鯨坐起來辨識了一下，是來自附近的新店溪嗎？但他想到了遠在馬來西亞的伊干江。咕啦咕啦，機械的攪動聲漸漸清晰，然後洗衣機放了水，清脆地宛如動脈被割破，血漫天漫地延伸開去。

童年時，學齡前，爸爸上班姐姐上學他玩玩具，他的母親在家洗碗，唱著兒歌，然後悲慟哭泣。他坐在母親面前，看著紅紅的水自母親手腕流出，很美，他以為花的顏色需要如此點綴。他母親被送院，他靜靜地蹲在醫院外的池塘邊，滿目睡蓮躺著花苞夾雜著點點浮萍似有千言萬語。

有什麼祕訣讓一朵蓮花立即盛開？他想起身，但又躺了下來。

隔壁簡阿姨有很多衣服要洗，手機有訊息進來，叮咚，又一通，叮咚。他看著天花板，吊扇呼呼呼地旋轉，是梅路寧。藍子鯨恍惚地伸手摸了摸床側，手機卻不在那兒。

周日午後。風把百葉窗簾吹得散亂，烈陽溜溜地竊笑，然後嫵媚地回頭看他，活勾勾鑽進了身體，他覺得熱，看著牆上的影子，炎夏的鍋爐正沸騰。

然而電池的性能似乎壞了，再如何充電都無法達到飽滿。他聽到簡阿姨狠狠地踹了踹洗衣機，砰砰砰，像子彈穿過肉體，借過、借過，然後解脫。老洗衣機了，失控地旋轉且大聲咆哮。無以名狀的疲累，水一般地繼續流動著。以前的疲累，睡一覺就沒了。現在不一樣了。他側躺看著牆上的影子不時晃動，伸手在床下找到手機，身軀就掛在床邊滑動螢幕：六時約在安森記得嗎？約在和平東路的入口嗎？還是新生南路？捷運站那邊出來是在信義路對吧？建國南路？這邊好像夏天有蓮花要去看嗎？你的蓮花開了嗎？紅色？每個問號一則簡訊，也把整個大安森林公園走了一圈。他伸手從旁邊的小桌摸出菸，點了，呼了口氣，靠在床頭。

梅路寧，零零碎碎，總有說不完的傷心事，總有不如意的事。他來跟他要了一塊長滿黴菌的過期起司，說是想不開了。他知道那吃不死人，還是鼓勵他一下，然後梅路寧把起士切分的小小塊，說是這樣中毒也會比較小小塊。他看著那些起士，不耐煩了，走過去把全部起司塞進他的嘴裡。梅路寧吐著，哭著：你永遠都不憐惜我，永遠都不。

他捻熄菸，站起來把窗簾拉開，探頭看看，遠方的陽光似乎夾雜了雲塊，傍晚似乎會下雨。倘若如此，就叫梅路寧不用來了，他自己去看蓮花。聽說師大有水池，有蓮花嗎？

他們打從幼兒就知道彼此，梅家與藍家是鄰居。兩人高中讀的也不是同一所學校，畢業後梅路寧堅持跟著他來台灣留學，後兩人都在台工作。梅媽媽唯一孩子：麻煩子鯨照顧了。每週梅路寧至少會找他一次，說著他說不完的話。他掏出手機玩寶可夢，梅路寧冷不防搶手機掃描他的帳號，立即送禮要他開啟，又說：你看，我們立即升等一心好朋友了，等到升等到四心正港好朋友，再繼續互動就有機會亮晶晶，到時候就可以換到好素質的寶可夢囉。藍子鯨托著腮看著他，然後站起來迅速走開，梅路寧在身後喘著氣追著他，盛夏鬼月的十五黃色大滿月掛著，他突然一個轉身，指著梅路寧，別再跟來！轉身繼續走，到達十字街口用餘光瞄一下，梅路寧還在不遠處徘徊。他毫不猶豫，拔腿狂奔。

他們的故鄉在馬來西亞砂拉越州，一個叫做詩巫的小鎮。那個地方靠近拉讓江支流伊干江。馬來文伊干是魚的意思，傳說那條江曾經很多魚，在岸邊隨便撒一些食物屑，都會引來大批的魚擠著躍著。但後來上游伐木業開始興盛造成水流大量汙染，魚後來就消失不見了。梅路寧的外公住在伊干江河畔的順溪美祿，梅路寧跟藍子鯨說他的外公曾經是馬共，順溪美祿是馬共的老巢穴。然後放假他帶藍子鯨偷偷跑去找馬共外公。他會買冰條請小孩吃，再拿出私藏的槍給孩子們把玩。啪啪啪，兩人輪流拿著已被抽掉子彈的槍來玩，梅路寧則偷偷告訴藍子鯨，他家還有上好子彈的槍，他父親會拿去木山打山豬。在梅路寧的想法裡，藍子鯨會很羨慕他們家年終放長假都會去木山度假。木山是伐木區，如果不是員工家屬是無法入內，這就是為何梅路寧央求父親帶藍子鯨一起去，卻遭到拒絕。梅媽媽還說藍子鯨是別人家的孩子，木山不時有意外，萬一去那邊發生什麼事，那責任不是他們負得起。於是，每到年終長假，當藍子鯨在自家陽台看著梅家收拾行李大包小包的往車上搬，他總想著梅路寧去了木山就不會再回來了。不是說樹都被砍到差不多了麼，年末又多風來雨，來個山洪就差不多了。然而，梅路寧總是在跨年前就回來了，還帶了一大麻袋的榴槤給藍子鯨。木山很多榴槤還有紅毛丹喔，梅路寧每一次回來都講一樣的話。他看著曬得一身脫皮的梅路寧，笑了。梅路寧見他笑，就越發殷勤地說起來：你一定很想念我對吧，都沒有人和你作伴呢。

梅路寧總是認為，藍子鯨和他的家人都很封閉。他說藍家的人每天都關在家裡，綠色窗簾長年緊緊地閉著，偶爾傳出來的都是大人的吵架。他出來玩都會想到藍子鯨，就站在圍籬邊，子鯨、子鯨地叫著。那時候藍媽媽還在，總是溫婉地說子鯨在睡午覺，你要來等他麼，他就飛快地去藍家守在熟睡中的藍子鯨身邊。

睡醒的藍子鯨不耐地看著梅路寧，梅路寧則說：我們去騎腳踏車好不好，還是你要去捉魚，還是要去伊干江找外公？

伊干江不時都會漲潮。遇到這種狀況，岸邊的浮橋與接應船靠岸的浮島會比平時漂得高且不穩定。他們看到擺渡小船來了，梅路寧爭先地要上去，結果江水突然起了波，浮島瞬間移動，船往外彈了出去，梅路寧沒有站穩掉進江裡。他會游泳，但那是他第一次接觸江水，想到外公說伊干江有鱷魚出沒過，突然不會游泳似地喊著救命。藍子鯨看著他，然後在船邊坐下，看著水裡的梅路寧掙扎著。子鯨救我！藍子鯨不發一語，體內有一股氣湧了上來，突然笑出了聲。紅紅的夕陽高高掛，他的心撲通撲通，如果梅路寧就此死了。

不曉得什麼人跳入水把梅路寧拉了上來。喝了江水，外公說以後都是太平年。夜裡，藍子鯨躺在睡床上想到白天梅路寧掉進江裡的畫面，然後他彷彿聽到伊干江上的流水聲，水緩緩爬上岸，慢慢靠近，頃刻水淹詩巫鎮。他想像著水蓋過了家的屋頂，褐黃的泥沙水把他牢牢地浸透，不一會兒身體纏滿了初生的水淕草莖，痛苦卻欣慰。然而事情總與他想像不符，水是淹來了，卻只限於路面都是泥水。他在陽台上俯瞰著溝渠裡的蓮葉一撮撮升了起來，漂在平時去不了的地方，然後游來了一隻大鯉魚，緩緩擺動著身軀在水裡來來回回，似乎在找什麼卻又忘了在找什麼。他觀望著牠，想著退潮時牠會不會忘記了自己在陸地上而擱淺？大鯉魚一個躍身，噗通，隱身在蓮葉下，不知去向。他凝視，一朵紅色大蓮花盛開宛如夢。

他家對面住著一家賣馬票為生的婆羅門，不曉得為何喜歡在各家的溝渠裡種蓮花。賣馬票的老先生，不工作時就喜歡把小蓮花移植到長不出蓮花的溝渠裡，日子久了各家的溝渠都長著茂密的蓮花。他的大女兒白天是幼兒園老師，晚上還體力充沛地替住家附近的孩子免費補習，但孩子們都不喜歡她。她的身體有一種玉蘭花香都抑制不住的氛圍，每每出現，那氛圍就如一種黑暗的戲院裡突然有人拿手電筒光照著觀眾。藍子鯨在幼兒園時，她是他的導師。她喜歡排舞，要學生們在極短的時間內記熟她排的舞，然後她覺得差不多了，就會邀請家長週末來觀賞孩子們跳舞。藍子鯨不喜歡跳舞，剛開始會配合她，後來他就不耐了。她坐在鋼琴上彈著音樂，邊唱歌邊指揮，然後一次又一次，藍子鯨站在那裡連身體都不願意動，她怒了，整個人彈了起來，走過去把藍子鯨從隊伍中拉出來，像丟保齡球那般把藍子鯨拎起來甩出去。藍子鯨的頭撞到牆柱，鮮血流了一地。她拿著藤條對著所有孩子說，誰敢把事情說出去，誰就會像藍子鯨那樣。她對藍媽媽說他自己頑皮從樓梯摔下來，藍媽媽相信了，轉過頭對他說：怎麼如此頑皮？藍子鯨沉默地看著她，然後笑了。

她後來嫁了人，沒過多久又搬了回來。她的丈夫是醫生，也是一名激進的反對黨員，常常都在報紙上發表社論，批評執政黨如何揮霍國庫導致國家負債連連。有人說他鬱鬱不得志，講話都沒人理，於是他不時喜歡喝得大醉，然後傳言說他會打老婆。有一晚傳言他和大女兒吵架，說她跟他結婚都不跟他同房，砰一聲甩門出去就沒再回家。後來有人在幼兒園的蓮花塘發現了他，還以為死了什麼魚奇臭無比，校工就拿了魚網去蓮花塘打撈魚屍，突然發現蓮葉下有一對暴凸的眼睛睜著，校工以為有人惡作劇，把人偶丟在蓮花塘嚇人，撥開蓮葉浮屍就彈了起來。

就因為這樣一件事，那蓮花塘後來沒人敢去玩，大家經過那邊都繞路走一圈，唯有藍媽媽會在接藍子鯨放學的時候到那邊去，看看蓮花，或看看什麼。滿滿一水塘的紅蓮花，藍媽媽摘了一些帶回家放在水盆裡，輕輕地撫摸。藍子鯨一旁無聲觀賞著，偶有鳥兒哀鳴。

大女兒出嫁後再回來就不再給小孩們補習。她有了新的習慣，就是成天往附近鄰居家裡串門子，專挑男主人不在家的時間去。後來，只要到了午後，她都會在固定時間出現在藍家。

寂靜無人的午後，藍子鯨從午睡甦醒，看著窗簾擺動著宛如裙襬。他伏在床板上看著窗簾起起落落，隨即會聽到母親與大女兒有一句沒一句的對話，然後竊竊地笑了起來。原來媽媽也有開心的時候。藍媽媽的生活，在藍子鯨的記憶裡沒有一天是不一樣的。她每天都穿著同樣的連身裙，上面都是一樣的褪色碎花。大女兒頻密地來串門子後，她衣服上的滿天星換了紅海棠，絲質裙，蓮花領。藍子鯨站在窗邊往後院窺伺，就會看見母親替大女兒梳理她那長及腰部的秀髮。母親會替她把長髮盤起來，慎重地別上一朵火紅的木槿花，然後她捉住母親的手，身軀靠在母親的臂彎裡。幼年的藍子鯨看在眼裡就定了格。記憶的一角，午後的陽光斜斜地從後院的芭樂樹透進來，風過偶有蒲公英，大女兒不再來他們家，母親穿回碎花布衣，於是，就在藍子鯨六歲時，藍媽媽突然離家出走，一個人從東馬拉讓江流域搬到西馬巴生河流域。簡單的來說，就是從一條不那麼臭的河搬到另外一條非常臭的河。藍媽媽留了信給藍爸爸，藍爸爸也沒去把藍媽媽找回來，只有當天特別到幼兒園接藍子鯨放學。藍媽媽平時都會在早上十一時來等孩子放學。時間一到，藍子鯨只要往蓮花塘那邊張望，就會發現藍媽媽的蹤跡。藍媽媽都會在蓮花塘那邊等他，然而那天她沒來，他就一個人在蓮花塘的涼亭等媽媽。他一個人在那兒看蓮花，紅色的蓮花盡頭是孤兒院，他往裡面張望，有一個阿姨正叼著菸在用手洗衣服，刷刷刷，好多衣服洗不完似的，旁邊還有一架巨型洗衣機轟隆轟隆地正在攪動著，過一會兒，啪一聲，洗衣機停止轉動，水流了出來，緩緩爬到他的腳尖。他遲疑地看著地面上的水流漸漸濕透了鞋子，藍爸爸突然氣呼呼地出現把他抱走。他靠在爸爸的肩膀上，一隻蜻蜓飛到他的跟前，他捉住了牠的尾巴，牠的身體立即彎曲起來服貼在他的手指上。藍爸爸把他抱到車上，良久，緩緩地說：你媽媽走了，你知道麼。又說：你站在孤兒院門口幹嘛，你想住在孤兒院嗎？

藍子鯨不擅長哭泣，他回了家，知道媽媽已經走了，他就一個人靜靜地蹲在門口玩積木，然後，他發現對面婆羅門的大女兒改去別人家串門子。他靜靜地坐在門口看著她來來回回好些年，似乎對她來說，藍媽媽走了，不過就少了一個人住在那一帶，宛如每天有陌生人死了沒有兩樣。後來，他開始常常躲在陽台角落觀察大女兒，過了好一段時間，聽說她患了甲狀腺腫大，夜裡身體發燒，心悸，頻頻盜汗，常常睡不著在住家附近散步乘涼。他們那一帶住家的水源是相連的，每一戶都共用一條塑膠大水管。她習慣坐在那個塑膠大水管下面發呆，眼睛瞇著彷彿在想什麼。藍子鯨拿了彈弓夾了石頭一發射破大女兒家的大水管，冷水毫無防備地倒在她發燙的身軀，她尖叫出聲找東西要擋住炸裂的水管，突然砰一聲，近身處又一處水管爆裂。她立即看了看四周，發現對面住家有一身影正站在那裡看著她。她知道那是誰，就赤腳踩在濕滑的洋灰地上飆罵，一個傾斜身子跌跤，頭磕到旁邊的假山，血從頭沿流到下頷，滴落，蔓延。他被震懾住了，看著她的血滲雜了水，愈來愈擴大，彷彿正有成群款擺而過的嗜血魚類游來，一口接著一口啃蝕她的意識，隨即游向深淵。

天，後來亮了。

血紅的水，流染了四周。她甦醒後從此沒有再說過一句話。

左鄰右舍只關心自己有多少天沒有水用，沒有人在乎那位大女兒的傷勢如何，更無人問起她是怎麼搞到那麼傷的。藍子鯨的姐姐，多天前就知道弟弟的心思，但她什麼都沒說，只有在與母親通電話的時候提醒她要多和藍子鯨說說話。藍媽媽嘗試過約他放假來西馬玩或她來找他一起吃飯，他都一概拒絕。沒辦法了，她就約了姐姐，然後再帶合照或禮物給藍子鯨。

他收過姐姐的訊息。他打開手機，抽一口菸，滑動，找尋。然而，翻到該則簡訊時，他突然往前跳到梅路寧的訊息欄，迅速回他一句：就約在安森七號出口吧。然後梅路寧即時回他，他卻不看他寫了什麼，胡亂地滑著手機，然後迅速地點開姐姐的簡訊。

姐姐帶了外甥和母親吃飯，合照，母親坐在正中央，頭髮沒有燙也沒染，臉皮非常瘦削彷彿那是一顆骷髏頭，嘴巴斜向一邊似乎臉部神經已失控無法牽制。他想起許多經他長照過的老人，一旦面相搞成這個樣子就代表活不久了。然而，這回不是別人是自己的母親。他一直以為母親可以一直在那個地方，無論他在哪裡，母親永遠在那個地方。

他起身，吞了易思坦再來永康緒，然後蹲在門廊邊俯瞰著他種在水缸裡的蓮花。一尾金魚在水缸裡不停地來回游動著，似乎永遠不記得自己游過的地方，每一次擺動身體都是嶄新的體驗。隔壁簡阿姨正替一家老小洗衣服，機器轟隆轟隆地旋轉扭動。生命是你期待一朵花盛放，得到的卻是一朵假花苞。簡阿姨從矮牆探頭過來，抽著菸，拉著沙啞的聲線繼續說：你這花苞春天就來了，現在都炎夏了，它就是不開花。她頓了頓：喔，你都睡到太陽快下山了才捨得起床嗎。她邊說著邊嘻嘻地笑：早上缺人團戰找你一起來打，你門都快被敲下來了，往你窗縫偷看一下，還在睡喔。簡阿姨吐了口菸氣，嘴角牽動一下，又笑了：晚上再一起占塔呀。他嗯一聲，算是聽到了但簡阿姨會認為是答應了。他和簡阿姨認識，除了她是他的房東，再來就是寶友。他們先是一起玩寶可夢手遊，然後藍子鯨要租她的房子，簡阿姨呵呵說這麼舊的房子還有人租當然租啊。位於永春街的老房子，簡阿姨說曾經是眷村的一部分，有些拆掉了，她的兒女們都成家搬到橋的另一邊，她說她不想離開，就每天過橋把兒女孫子們的衣服一包包帶回來洗了曬了，再運回橋的那邊。她有走不完的路，後寶可夢手遊興起，河濱的心心相映、教堂牌樓、金屬樂隊以及較遠的唐吉軻德大戰風車都成了虛擬世界的道館，她就每天叼著菸占道館打團戰。某天夜裡，五個帳號占好道館，就發現飛人來抽底。她緊張地餵金莓果，額度餵完了飛人還不罷休。她氣憤，後發現有人替她餵金莓果，道館停止冒煙。她環視四周，然後發現藍子鯨，問是不是他幫的忙？以後一起來打道館好不好？藍子鯨嗯了一聲，簡阿姨就爽快地來加他的帳號了。

她總以為那是他們第一次見面，殊不知在更早之前，她已經遺忘的，在水源市場的道館，她打完團戰隨手拉住一個路過的男生：幫阿姨捉一下這隻寶可夢，阿姨已經弄跑了四隻。她把手機硬塞在他的手裡，然後緊握住他的手，兩口清澈的井水凝望著他，一點點吊梢透著難言之隱，聲調世故地壓抑著火氣，又似有風聲路過蓮葉邊碎花布衣裙，藍子鯨看著呆了一下，立即低頭研究手機裡的寶可夢，白色捕捉球滑溜溜地推出去，球旋轉了一下，再一下，又一下，順利捕捉。簡阿姨高聲歡呼：你好厲害！然後她接過自己的手機，轉過身，一股白蘭洗衣精的味道不帶走一片雲彩，疾步走遠。她的步伐輕而快，轉個身就隱入街口的巷子裡。

回家後，點點碎花的餘韻仍未褪散。他約略估計她會出現的時間與地點，就騎著腳踏車在那附近兜兜看，然後，他遇到她的次數越來越多。他從來不主動跟她打招呼，總是躲在一邊觀察她，漸漸地，她的樣貌滲透進了他的生活，她的一舉一動不時會浮現在他腦袋。有時候在路上偶遇簡阿姨叼著菸專注地捉寶，他會保持一段距離跟在她身後，靜靜地看著她的背影。

偶爾，他工作時會無端想到簡阿姨。他替老婦人洗澡，擦乾了身軀，替她吹乾頭髮，抱她到床上休息，自己則到陽台關上門抽菸，望著遠方景色，想像簡阿姨大概在打道館。老婦人在房裡喚她丈夫的名字，他聽到了就把菸捻熄，回到房間站在她面前。老婦人總是把他當作已過世的丈夫。她年輕時喜歡和丈夫一起去喜馬拉雅爬山，到馬爾地夫潛水，她說江南可採蓮，蓮葉何田田，然後閉著眼伸出手，指向一角空蕩蕩的水缸，說她想要養蓮花，採蓮南塘秋，蓮花過人頭，日昇又日落，昨日年輕時。她是一名退休老師，總是無來由地回到課堂，又一遍遍地複述那些過往，宛如魚兒水中游，來來又回回。水缸植蓮花，點點拚花瓣，花苞尚未開，人已過橋頭。她過世後，藍子鯨就把水缸與蓮花抱回家。

他撿了一根樹枝，伸進水缸裡逗弄著魚尾，簡阿姨則從隔壁走過來，蹲在缸邊和他一起看蓮花。她呼了口菸，說她的兒女要為她擺壽宴：啊以前都沒這樣孝順啦，那死鬼嗝屁了全部東西歸我，劇情就這樣改了。她說她的丈夫搞外遇很謹慎都瞞得她緊緊的，生活規律幾乎看不出破綻。然而，她說：他有個缺點，就是心臟有問題，每天要在固定時間吃藥，不然會死。她說著，咧嘴一笑，然後狠狠地抽口菸，又呵呵笑起來，手指則不受控地抖動著。

嘟嘟嘟，她的洗衣機停了，藍子鯨站起來走去替她把衣服拿出來晾曬。簡阿姨抽完了一根菸，就又點了一根，然後說：幸好之前找了金魚來，要不然孑孓那麼多蓮花也養不成了。她斜睨了一下藍子鯨，再研究起蓮花來，用手彈了彈花苞：都不開花呀，盡是葉子養得好有什麼用？藍子鯨劈啪劈啪把捲成一團團的衣服散開來，再拉直把衣服晾起來，不一會兒，狹隘的曬衣繩上掛滿了她一家老小的衣服，彷彿這裡住了那麼一大家人。

他回屋裡拿了手機，打開寶可夢手遊，再把夥伴點出來餵飽，伊裴爾塔爾就在虛擬地圖上出現了。簡阿姨走過來站在旁邊看，呵呵地說她不喜歡這紅紅的大鳥：怪麻煩的，以前打完團戰還要麻煩別人捉。

藍子鯨嗯了一聲，算是回應了。然後牽出腳踏車，掛好背包準備啟程帶伊裴爾塔爾到處走走。你都是繞著安森轉圈圈對吧，簡阿姨突然來了一句。他疑惑地嗯了一聲，不確定簡阿姨的問題。簡阿姨叼著菸：我最近去安森捉寶常常都看見你騎腳踏車沿著公園打轉，像是月亮沿著地球轉，還是地球繞著太陽轉，呵呵，我就坐著看你不斷地轉回原來的點，一年四季春夏秋冬就給你轉呀轉。簡阿姨說著，突又話鋒一轉，嘀咕一句：晚上記得回來一起占塔喔，安森的塔是占不住的啦。

陽光被雲朵遮了一下，她抬頭看看，藍子鯨則跨上腳踏車，咻一下就騎走了。他從思源街繞出來，經過汀洲路三段，路上鏗鏗鏘鏘，嗩吶什麼的都來了，原來有神明遊街。他停在路邊等著過去，腦袋想到小時候第一次聽到這種鏗鏗鏘鏘是隔壁梅爸爸的葬禮。彼岸花開見到佛，無邊佛似海，無量花似山，他想到梅路寧戴著孝帽跪在靈堂一側，頭很低，很低，彷彿睡著了。他妹妹那時還在，坐在門口處替糖果綁上紅繩，見著他立即叫出聲子鯨哥哥，他把食指放在嘴上示意她不要叫，然後再看看梅路寧，頭都要嗑到地上了。

一個濟公赤腳走到他的面前打量他，又搖著破扇子走了。他看著濟公巨大的身影，漸行漸遠，然後交通小綠人閃了閃，他下意識地踩動腳踏車，途徑羅斯福路再轉進新生南路，往前直走就會直達大安森林公園。

他以前在台大讀書時，每天的生活都在公館校區轉圈圈，即使出了校門，走來走去就只是那個區塊，彷彿有一堵無形的牆擋著他。後來，他畢業了，順利取得了在台的工作身分，每天都是住家與上班地點來來回回，接著開始玩寶可夢手遊，他騎著腳踏車到處捉寶，日子一久，驀然回首居然也只在大安森林公園兜圈子。他看似習慣躲在適合自己的小水溫裡，但他其實從未融入當中，尤其他在台北市能不講話就不講話，因為總會有人問起他的口音，問起他的來歷，問起他認為不是問題的問題。

那隻鯨魚把安森當做他的魚缸了嗎？簡阿姨私底下都叫藍子鯨為鯨魚，有那麼幾次，幾乎是差點叫溜嘴，但她緊急煞車。藍子鯨總給她一種霧般的說不透，又彷彿那種即將要下大雨卻一滴雨都沒下來的天氣。他常常會無來由地投出奇異的眼神看著她。她想著只有年輕的時候才會有人這樣看待她，怎麼一把年紀了還會遇到？隨即又哈哈笑出聲：怎麼可能啦，我都可以當他母親了。然而，只要他看著她，不時都會像毛衣起靜電，令她不知如何是好。

他那張臉明明就長得很適合戀愛卻從未見他帶女朋友回來過，簡阿姨覺得自己想太多了，就蹲在地上看看水缸裡的蓮花，以及那尾金魚，再拿出手機看看時間，心想藍子鯨應該到達大安森林公園了，卻沒想過他會去師大轉一個從未轉過的補給站。

他抬頭看看天空，一大片一大片的雲，陽光就從樟樹槭樹蔭隙裡透下來，撒在他的身上。伊裴爾塔爾在虛擬地圖上飛得老高，地面上只看得到它的影子。騎到和平東路，前面就是大安森林公園，等待紅綠燈向前時，他突然左轉越過新生南路，大安森林公園立即被拋在身後。師大的校園，去看看吧，他看著那虛擬地圖上的一坨影子自言自語，就在師大前面停下腳踏車看看四周，再逕自騎了進去。假日的師大校園靜靜地，不像台大那邊都變成扶老攜幼的公園。他騎到大門內一個水池繞了一圈：這麼好的一個水池不養蓮花？他悯然若有所失，以為有蓮花，再看看手機，好多補給站都有白色圈圈，證實了他沒有來過此處轉過補給站。他想要選一個好看一些的補給站，突然身後一個聲音傳了過來，校門口的警衛似乎在跟他喊話。

警衛站在校門口的小屋旁，手插在褲袋裡正往他的方向看來。藍子鯨回頭看看那個警衛，不確定他要幹嘛，逕自往水池前面又移動了一些，身後的警衛就被樹擋住見不著了蹤影。他轉了個補給站，然後舉起手機想要替伊裴爾塔爾拍照留念。或許動作太大，那邊剛好有一對情侶，那位男生跳起來指著他：喂！你幹嘛拍我們啊？

他知道那位男生誤會了，但他不覺得有解釋的必要，就牽著腳踏車往外走。那位男生見他沒有任何反應，就衝上來一手捉住他的肩膀把他轉過來，但他還不及反應，藍子鯨已把他的手打掉。他往後退了幾步，驚恐地看著藍子鯨。他的女朋友跑上來拉他離開，他又突然勇猛起來叫她不要拉住他。藍子鯨站在那裡等他上來，後來沒耐心了就轉身牽著車，往大門走去，經過警衛處時，剛才對他喊話的警衛跳出來，說這裡不可以騎腳踏車進來喔！警衛張著口似要繼續說什麼，卻不及他移動的迅速，轉一個彎，師大校門與那警衛都消失了。他看看手機的虛擬地圖，伊菲爾塔爾自顧自地飛，地面的影子轉呀轉。

他騎上腳踏車，調轉車頭緩緩地回到和平東路，再逆流奮行向著大安森林公園前進。

梅路寧已經在大安森林公園裡面的涼亭等他。他看了手機桌面的預覽訊息，梅路寧說他提早到了，不需要特別提早趕過來，他一個人在涼亭放誘餌模組捉寶就好，又說：等你來了給你看個東西。他把腳踏車停在大安森林公園架設在外走道的停車處，走進裡面遠遠地就看見梅路寧。一個星期沒見到他，梅路寧彷彿有什麼地方不一樣了？他在涼亭附近徘徊觀察他，想說可以看出個端倪，卻也沒個結論。他看看天空，沒有要下雨的意思，算了，只能讓梅路寧嘮叨吧，他想著就走了過去，站在梅路寧跟前，梅路寧則緩緩地抬起頭，說：你來了，呵呵。

他們交換了亮晶晶，這一次梅路寧拿到了完美寶可夢。按照過去梅路寧的模式，他應該會跳起來歡呼，但他只是平平地說：咦，完美的耶。隨即咳嗽，緩過來後，他拿出口罩戴上。藍子鯨看著他，什麼都沒說，梅路寧則笑笑說不是新冠啦，呵呵。他頓了頓，又說：但也好不到哪裡去了，家族遺傳。

那四個字，在藍子鯨這裡，似乎很久沒有聽到了，如今重逢，他一時覺得陌生。他姐姐以前跟他說過，梅家有癌症的家族遺傳。梅路寧的父親很早就不在了，然後他的妹妹後來也不在了。梅路寧的奶奶以前總說梅家就是砍太多樹了，結果一個一個排隊去還債。又不見得來拿我這老太婆的命啊，她說。藍子鯨不耐煩聽那些，和姐姐一起去送了白包，就直接走回家。姐姐說他怎麼不去看看梅路寧，藍子鯨回頭看看他，只回了一個嗯。就算天塌下來也不會砸到梅路寧，他永遠都會活得好好的，就算他今天傷心，過幾天就沒事了。他總是認為他永遠都在那裡，他從來沒有想過有一天他也會消失。

時間正在倒數，六個月。他看了梅路寧給他的診斷報告，是很棘手的肝臟，他聽說過這種就算化療，機會也不大。他盯著報告，心裡想著剩六個月，如果一個星期至少要見梅路寧一次，那麼扣掉當日的，還有二十三次見面麼，還有很多啊，然後笑了起來。梅路寧見狀，捶了他一拳，說：沒良心的，這個時候你還笑得出來……說著說著，頭低了下來，就像玩具電量快用完了，緩緩地沒了能量。

藍子鯨迅速地把報告收進自己的背包。梅路寧抬頭看看他，一臉茫然，不曉得藍子鯨這是什麼意思，就說：你拿我報告幹嘛？他伸手邊搶邊喊：藍子鯨，快還我！

藍子鯨大笑起來，然後站起來跑掉。周日的公園，人潮還是有一些，梅路寧在他後面喊叫：你給我回來！路過的人忍不住問他是被打劫麼，需要幫忙報警嗎，他停下來手插腰氣喘吁吁，繼續大喊：藍子鯨，你這個莫名其妙的人，你給我回來！

藍子鯨不顧梅路寧在後追他，跑到公園外跳上腳踏車飛快地騎走，直到交叉路口過了街才停下，然後取出手機，一一列出他工作上合作過的眾醫師，再把腫瘤科的全部抽出來，把診斷報告拍下來傳給他們。還不到三十分鐘，幾乎全部收到的醫生都回了他：勝算雖不大，但依舊可試。

他在路邊一則接著一則閱讀，宛如梅路寧嘮叨人有了生命就要活下來，存好心做好事。他有些頭暈，突然發現街燈都亮了。夏季的天空總是暗得慢，怎麼今天這樣快就晚上了？他騎動腳踏車往公館的方向去，路經台大校門，想到以前梅路寧只認證台大羅斯福前門，一次他帶梅路寧去後門的咖啡館，梅路寧看到校門很疑惑地說：怎麼校門會在這邊？不是應該在羅斯福那邊嗎？於是，他叫梅路寧坐上他的腳踏車後座，穿越椰林大道載他到前門，叫他下車，然後他去後門等他。梅路寧氣得邊走邊撥通手機：你給我回來。

他在綠燈亮後過了馬路。本來還想著把梅路寧一個人丟在大安森林公園會不會怎樣，畢竟他現在生病了，不同往日。然而他還是逕自騎回家。

天色已晚。

隔壁簡阿姨不在家，想必去橋的那邊和兒女一起晚餐未歸。他把門外的燈亮了，夏夜的蚊子嗡嗡嗡。他把置於角落的蚊香點了起來，放好，轉過身看看水缸的睡蓮，怎麼花苞看起來有些往外鼓了起來，難到要綻放了麼。他拿了魚飼料撒了一些在水裡，金魚立即游過來一口一口地吞嚥。他看著有些出神，再從不同的角度看看那花苞，突然決定明天親自去醫院找認識的醫師討論梅路寧的病情。

如果梅路寧即將消失是事實呢。那個從小一直纏著他的人，就快不再來吵他了。他想著又拉出腳踏車騎了出去，心裡恍惚地轉了個彎，就到河濱的步道上了。他在走道上來回騎著，後來在心心相映前方停了下來，架好腳踏車，坐在石椅上望著新店溪。夜裡城市的點點微光，把溪的輪廓帶了出來，他看看天空，沒有星星，但是溪水的味道和故鄉江水的味道瞬間連了起來，他望著新店溪想到了伊干江，船的機械聲頃刻從記憶處復甦，他和梅路寧坐在船頭迎風看著黃昏，夕陽有限好，然後天暗了下來，他們上了岸，坐在伊干江邊看星星。那邊有一個福民碼頭，總有工人在那邊卸貨，他和梅路寧去找馬共外公後，就會在那邊等擺渡的小船過江回家。梅路寧聒噪著指著天空的星星，快看那是獵戶座，那是北極星，然後捉著他的手畫出星座的樣子：子鯨你看那是什麼星呢……子鯨你有沒有在乎過我？他以為他聽錯了，轉頭梅路寧少有的沉默地看著他。

藍子鯨！他彷彿聽到有人在叫他。藍子鯨！你坐在那裡幹嘛呀！快來幫我，我的塔被攻擊了。他站起來看看，發現簡阿姨正拿著三架手機拚命地往手機螢幕上點點點，然後說：你坐在那裡幹什麼呀，你沒看到這邊的道館全部變成紅色的嗎？

他打開手遊，發現道館全部紅色警戒。他欣賞地看著那一片紅。簡阿姨叼著菸，死命地打那隻幸福蛋，瞬間又被補了金莓果轉回紅心。這飛人是想要搶塔了，她說：這樣打不行，必須三扣。她打塔很有經驗，結果那飛人再次見到幸福蛋黑心了才補血已經來不及了。飛人不甘心，簡阿姨的寶可夢才上塔，道館就開始冒煙。簡阿姨遞了一包菸過來，叫藍子鯨自己來，他則拿著菸沒有要抽的意思。喔，有心事喔？簡阿姨說：沒關係，把這一整排的塔打完，什麼心事都會過去了。

道館還在冒煙，他們兩人就坐旁邊的石椅上守護，簡阿姨一顆一顆金莓果慢慢餵。飛人後來失去耐性，棄塔。簡阿姨開心地抽出菸，正要點上，突然拍了一下藍子鯨說：差一點忘記跟你說喔，你養的睡蓮那朵花苞好像有動靜了呀，我下午看它還沒怎樣，剛才看它似乎有點變胖了。藍子鯨回了她一個嗯。簡阿姨覷了他一眼說：你這個人是不會有什麼特殊的大反應嗎，不是應該有什麼開心的反應嗎。

兩人走路回家，簡阿姨就在水缸邊逗留指著睡蓮花苞說：不曉得是什麼顏色咧，你知道是什麼顏色嗎？藍子鯨眼珠往上擺了擺，就聳聳肩。簡阿姨白了他一眼說：啊你都不知道是什麼顏色就拿回來養，搞不好開出來是妖怪怎麼辦？

她坐在一旁繼續說：以前那個莫內就很厲害畫睡蓮啊，你有看過嗎？他畫了一堆同樣的東西，每一幅只有微微的差別，真是耐性十足。他想著莫內有手機會如何處理光與影，相對的一切，快樂與悲哀。

她歪著頭，問他希望是什麼顏色的睡蓮？然後轉過頭似乎很期待的看著他。

藍子鯨正要開口，簡阿姨卻搶先代答：啊你不要跟我說是什麼白色還是粉紅什麼的，是我就會選紫色，但要淡紫色，深紫色有夠俗氣。她頓了頓，又問：所以你到底希望是什麼顏色？

「血紅色」。藍子鯨淡淡地說一聲，然後無聲地看著簡阿姨，彷彿當日的發聲額度已經用完。

有晚風輕輕地擦身，簡阿姨把外套拉了一下，暗忖：又這樣看著我，他到底在想什麼？

他們沉默地彼此看著，過了半晌，她笑笑，說：喔，這樣啊。隨即又陷入無言，過了一會兒，就站起來說：啊很晚了，我先回家了。她走到籬笆間，突然打了一個哆嗦，再回頭看看藍子鯨，他還站在那裡看著她。

夜空中有什麼東西劃了過去，簡阿姨抬頭看看，心想是流星嗎？想叫藍子鯨也出來看看，搞不好還有，隨即又想到流星其實也是掃把星，就無來由地回頭看看他，再看看那水缸的睡蓮，想著：明日或許就會看到它綻放了，啊不然後天或之後的哪一天吧。

炎炎夏夜，一朵睡蓮，在等待著，血紅的等待著。

◆評審意見

兩地對照，題材殊異／林俊頴

紅色的蓮花隱然也儼然是這位馬華來台青年成長創傷的象徵，亦即死亡的威脅，其實更像是嗅覺靈敏的獵狗，緊緊追隨。於是「青梅竹馬」一起來台的同性好友也被死神盯上了。由是，主述者不得不患上憂鬱症？全篇低氣壓籠罩，但更多的是台灣與馬來西亞的兩地對照，題材的殊異，讓這小說突出。

作者營造的壓抑鬱悶氛圍，功過一半一半，其敘事軸線的焦點分散，與好友情感的曖昧，與房東阿姨的相濡以沫，過於輕淺，一再渲染的「血紅色」能否達到戲劇效果，未免是個疑問。

二獎　陳柏煜

台北人，政大英文系畢業。木樓合唱團、木色歌手成員。曾獲林榮三新詩獎、雲門「流浪者計畫」、文化部青年創作獎勵。作品入選《九歌一〇七年小說選》、《九歌一〇八年散文選》等。著有散文與評論、訪談文集《科學家》，詩集《陳柏煜詩集 mini me》，散文集《弄泡泡的人》。譯作《夏季雪》。

得獎感言

〈愛的藝術〉是介於《科學家》與下一本書的過度，更自由地調動記憶與素材，很幸運地，我從採訪插畫家郭鑒予、川貝母的經驗，得到進入它的方法。感謝梓評與翊航的鼓勵。收到得獎通知，驚喜交集，我明白它不是第一眼就顯影的作品。感謝評審選擇了這樣清淡、不規則的小說。

愛的藝術

上

我以為這輩子不會再聽到葛雷的消息。最後一次見面，他騎車載我去車站，我搭上北上的客運，一如既往，貼在窗上和他打著「手語」、揮手，不知道五年內我不會再回到這個地方。可是葛雷已經知道了，我常穿的那件灰色防風外套留在機車車廂裡，他把外套穿起來向南邊騎，邊騎邊掉眼淚。

快抵達中繼的休息站時，我被冷氣冷醒，好像下午在暖呼呼的草地睡著，張開眼睛已經入夜。像是頭頂上打開一盞發黑光的燈。這時人們總會想到某些很實際的事情，比如說「現在幾點了」、「我該收拾一下離開公園」，而我想起了灰色外套。

我傳訊息問葛雷。外套的確在他那裡，葛雷問需不需要郵寄。反正兩週就會見一次，就別浪費郵資了。我當初如果說「好」，事情會有什麼改變嗎？

事情似乎本來就埋著，只待時間一到就會撐破地表，冒出鮮綠的芽。雖然是葛雷先察覺，但把話說開的人，是我。我們的「分手」說是不清不白、莫名其妙一點也不為過。

到現在我仍想不透自己是哪根神經燒壞了，寄出那封輕輕鬆鬆，甚至不乏柔情蜜意的簡訊。我提議：不然，我們來「試分手」看看？字裡行間，彷彿這項提議能有效解決我們關係中的問題。一帖苦口良藥。

剛開始，我和葛雷就像辦家家酒般，玩得很愉快，不以戀人身分相稱後，似乎為密閉的室內打開窗戶。在分手的潛規則之下，我們的話題理應獲得更大的自由度（事實上並沒有）。我們暫時耽溺在一種奇異的親密感中。聽見我們關係產生變化，朋友都嚇壞了。一封簡訊就轉變關係，沒有打個電話好好談過嗎？他們的口氣聽起來，幾近聽見投一粒小石子到起飛跑道上，使一架波音七四七毫不猶豫地轉向。

因為並不是真的分手呀——我統一回覆的說法。這是真的，只有很少的時候，我在心裡考慮，「完全和葛雷一刀兩斷」會是什麼情形……或許這才是我想要的？隨即我譴責自己，居然有這種將感情論斤秤兩的念頭。可是就在我還在內心小劇場時，葛雷已經有了約會對象。

我打電話向葛雷質問。為什麼不呢，葛雷在另一端憤怒地說。我有點被逼急了，脫口就是「因為太快了，而且我們不是真的分手」。那怎樣才算真的分手，葛雷語帶諷刺。規則都給你訂。我不是這個意思，我是說，太快了。葛雷不知道是不是聽出裡面狡詐保留的空間，口氣軟化，但保留自己的底線：可是，為什麼不呢？

在此之後，我們才正式地踏入漫長、消磨身心的「分手期」。會形容它不清不白，就得怪我先訂了個奇怪的特殊條款；事後反悔，又只是不斷從過去抓取快樂的回憶向葛雷回放。有時我說：我知道現在你去轉角那家永和豆漿會點什麼。有時我說：想想那張有杜鵑花和怪異阿姨的搞笑照片。但絕口不提，我們復合好不好。對我來說，他的「太快」正嚴重侵蝕著回憶，回憶軟弱的像一坨沮喪的黏土。一定是不夠快樂才會輕易就不算數。

葛雷說：它們沒有不算，但你是想要我怎麼辦。我沒想到，正是因為回憶太強，強到葛雷無法一個人去對付，他才需要第二個人幫助他。我的邏輯是，他欺騙了我，我在還沒確認自己想不想復合前，不能開口，要不然也是欺騙了他。莫名其妙。葛雷大概也從心疼轉而心煩，再也受不了一晚接一晚的「回放」與哲學辯論，終於毫無預警在某天早上，我發現不僅訊息無法送出，不管在搜尋列上鍵入什麼關鍵字都於事無補。葛雷這個人已經從臉書、Line、IG上徹底消失。

*

大學時代，我立志做一名插畫家。說來其實不是天外冒出的念頭。幼稚園的我，成日瘋狂地在一疊疊影印廢紙上畫畫。不是爸媽不願提供圖畫紙給我，而是我消耗的量與速度實在太快，畫完又幾乎不再回頭檢視，爸媽於是以廢紙應急。補紙的空檔，我雙眼發楞地散熱，身體裡像有一個空轉的腳踏車輪。

我喜歡畫結婚禮服。模特兒的臉不重要，一個草率的、數字0一樣的長橢圓形就足夠了。著色也不重要，除非色塊在整體結構中占有特殊意義，否則幾筆斜線絕對更有效率。

幼稚園的我，並不把我所做的事視為「完成一幅畫」，我心裡熱切渴望的，是「把每一種本來不存在的可能說出來」——當然，小孩子還不會操作抽象的說法，當時的我會做的表達，大概是：「你看，還有這一種呢！」旁人眼裡，小公雞般愛炫耀的我，其實是沉浸於某種目眩神迷。彷彿找到一頂魔術帽。拉出彩帶，後面還有更多的彩帶。

這魔術也等於複製出，小時候的我最喜愛的景象。若不算家裡的地址，中山北路是我第一條認識的路。當時最熱鬧的婚紗街，一幅櫥窗就是一幅畫。只要是晚上開車出門，回家前爸爸就會特地帶我去兜一圈。我趴在後車窗上欣賞，發亮的櫥窗結成綿延不絕的光帶，禮服在其中開舞會，不停交換舞伴，與車窗內的我並行，像總是定點卻又跟著人跑的月亮。

可是這又與插畫有什麼關係？——我成為的可不是服裝設計師呀。

和各位說聲抱歉，前面的說法或許十分誤導。但我想表達的是，當初我也是這麼被自己誤導了。我以為結婚禮服是熱情的中心，殊不知那只是用以施力的跳板。任何跳水選手都不會宣稱，自己喜歡的是跳板，而不是在空中翻騰的圈子與落水的姿勢吧？換句話說，不是禮服，它也會是千百種其他的東西。

另一個容易被忽略的關鍵，是單面的影印廢紙。

誰知道，如果當初爸媽勤跑文具行，沒有拿廢紙作替代品，大學的我會不會改變做一名插畫家的主意呢？但就因為這個動作，使我一頭栽進廢紙的迷宮。半透明、微泛黃，另一面原子筆畫過的痕跡，在這一面造成靜脈曲張。儘管我沒有作出直接的回應，我仍在畫畫的過程中，不斷聽到、感到，隱形的射線從另一個維度直直向我穿過來。

上小學後，情況有所改變，而且是往壞的方向發展。老師在美勞課上發下的白紙，對我造成窒息性的障礙。猛然落在我前方的一道白牆，緊密、安靜，使我動彈不得。長大後我聽別人說，有一種人，非常討厭喝水，一定要加一小撮的糖或鹽——那個量造成的影響是一般人無法嘗出來的。我有種知我者莫若此君的感慨。後來，我發明出一種類似的方法。白紙一發下來，我就在背面，偷偷用鉛筆打上一些小圓圈。

這方法消解了下筆的障礙，卻無法恢復我製造圖像的熱情。國小、國中，我陸續代表班上參加水彩、水墨、素描比賽，獲得不錯的成績，作品被張貼在學校大門的佈告欄展示。可是創造並沒有帶來任何喜悅。我享受的是，表現長才（好像展現身上的某一條肌肉），以及隨之而來的虛榮。

高中某一次美術課，教室前後各放了一花瓶的百合。老師宣布：「下午的兩節課，要完成一幅靜物寫生。」她補充，「畫完的同學就可以提前下課。」她話還沒說完，我已經勾出三朵百合的鉛筆輪廓。甚至沒有炫耀的念頭，我只想把眼前活生生的百合，用力塞進畫紙裡。當我把畫繳到台前，老師先是看了我一眼，然後瞄了一眼畫，就讓我走了。走出教室時所感到的沮喪，讓我一度冒出「再也不要畫畫」的念頭。

要等到大學，我才想清楚，我立志要做的是純粹的插畫家，而不是畫家。不是寫生，也不是憑空發想。必須有另一方存在，並做著和我不一樣的事。剛剛我或許有提過，我很少回頭檢視我設計的禮服——我沒提到，若回頭欣賞它們，我會怎麼做。

我會將紙張舉起，置於我與日光燈之間，印在紙張正面的文字圖表公式與曲線出現了，光會加深它們的墨水，使它們透到另一面，與我的禮服糾纏成一團。現下想起來，我認為這個記憶頗具啟發性。慾望原來不是禮服，也不只是另一物的投影，而是偶然在一瞬間形成，無法解釋的團塊。

*

成為我的男朋友後，葛雷千方百計要幫我介紹插畫工作。他甚至比我自己，更欣賞我的繪畫才華，也比我更常想到畫畫這件事，在做經紀人才華上，葛雷是個天才；但作為男友，無疑是非常糟糕的。葛雷讓我備感壓力。

我常可憐兮兮地看著他，臉上寫滿了「我沒有（天分）」與「我不會（畫畫）」。葛雷雖然熱情不減，可是也因此有點慌亂。畢竟要家裡養的小狗表演握手，小狗卻對指令無動於衷的話，實在是很丟臉。老實說，說不定在工作方面，葛雷與我真的是主人與小狗的關係。在葛雷看來，做藝術家，幾乎是注定的有勇無謀。我認為不盡然如此，卻無法擺脫葛雷隱形的韁繩。在脫逃與交涉的智力上，是的，我是隻小狗。

被葛雷牽著鼻子走的那個時期，我的畫都是非常一般的東西。這麼說並不是批評那些「被動發生」的作品不夠資格，也不是暗示現在的作品更具價值。非常一般，單純只是表示它們對我而言，存在某種偶然的、可有可無的性質。與其說性質，不如說氣味，舉例，食物即將腐敗所散發的氣味。它們是那種讓我想要立刻拿到眼前，然後拋去的東西（我總是如此對付長滿黑斑的香蕉）。悲觀一點，或許每個人心裡都想對它這麼做。

只有葛雷把它們收藏起來，無論是海報、雜誌、廣告傳單或其他更瑣碎的片段。有一次，我替朋友的生日派對做了個古怪的慶祝布條。通常派對結束，這類浮誇的裝飾就會連同披薩盒、啤酒罐壓扁，成為垃圾的一部分。葛雷去和壽星把布條討了過來。

儘管不無尷尬，我該要對葛雷心存感激。至少對他的愛，心存感激。可是事情一扯上畫，我總是變得無比自私。當虛榮感溫暖的光束離開，我會殘酷地認為，他的刻意收藏其實更接近一種痛苦的學習。那是小孩克服紅蘿蔔、芹菜，憋氣吞嚥的表情。

另一個可能是，就像有些情侶，出遊會在日記上蓋戳章、看電影留票根，葛雷把這些畫當作我們感情生活的紀錄。（不同於戳章票根，畫是不公平的。作者與作者以外的人之於那幅畫，擁有截然不同的經驗。）葛雷選擇以一種全然陌生的方式，想像我們的關係。他累積里程的方式，可說是和夢遊沒兩樣。不公平就是不公平。

在他黃色透明的L型夾中，有藍色與粉紅山脈的海報、大樓電梯中擁吻的雜誌、廣告傳單上小學生吃飯糰，嘴角有飯粒。不知道葛雷是否介意過：我從來沒畫過任何一幅他、或是關於他的畫像。

*

如先前所說，和葛雷交往的時期，我的畫都是非常一般的東西——直到出現「畫中物P」。聽起來若有點像外星人出沒之類的情節，我先保證，「畫中物P」不是這類東西。當然也不是又一隻特殊毒性的蜘蛛。

不知道是出於對我的體貼，或是葛雷的囑咐，那次不乾淨的分手後，朋友們有默契地絕口不問、不提我和葛雷的關係。如果我主動提及，他們會露出某種「苦甜巧克力式」的微笑。他們緊閉的嘴裡品嘗著。（關於你的謠言在班上流傳著，如果你還是唯一不知道的人，同學就會露出「苦甜巧克力式」的微笑。）

但或許那個微笑的意思只是：饒了我吧！這陣子已經（因為你，使我）被葛雷煩夠了，你自己看著辦。——朋友們對葛雷的忍耐，大多出於他們跟我的交情。總而言之，自從葛雷對我的「全面消失」後，沒人提供二手資料，沒人更新近況。

這使得「療傷」進展的十分順利。和葛雷相關的記憶，原本有個裂口，想起他，酸酸的風就會從另一邊吹來；如果裂口癒合，長出一層肉膈，再想起他，風就吹不過來了。我想讓我不習慣的，反而是風過不來。有時我會將耳朵靠在肉膈上，期待微微的震動。

之後的幾年，我當了兵、找到第一份工作、離職、成為一般人印象裡，插畫家的我。現在，你能在更多的海報、雜誌、廣告傳單看見我。關於我的「入行」，有些人可能會認為那是作品累積足夠、曝光度提升，在另一些人眼裡，是因為我獲得了某個具指標性的國際獎項。只有我知道，讓我成為插畫家的主因不會是別的，只因為「畫中物P」。

「畫中物P」從來不是畫面的主角。它是深淺不一的線團，幾乎可以辨識為某種四隻腳的動物。那幅拱廊花園的「拱廊」其實是它的腳，它也是霧中的森林、椅子、和主角們百搭的跟班。有時你摸不透它出現在畫中的原因，但它就是出現在畫中了。

某天，一個很久沒聯絡的朋友突然問我說，你是不是養貓了？我十分困惑，問她為什麼這麼問。她說，因為你的畫裡出現了一隻貓！

又有一天，我看見一篇評論，其中有個提到我的小段落，作者認為那個朦朧的記號，代表著我「企圖在繪畫世界找到，如果不是創造——一個屬於自己的、近乎壟斷的詞彙。」

事實上，是在這兩次事件後，我才暗自替它取了「畫中物P」這個暱稱。我和朋友說，對呀，我養貓了。我向養了兩隻貓的她，討教了飲食與照料的問題。如果有機會，我也想告訴那篇評論的作者：他的觀察很有說服力，現在我也認為，他提到的那些嘗試，正是探索「自己的詞彙」。貓女與某評論並沒有猜錯——因為他們「客觀的看見」，才使它漸形具體。不然，只是幻想；不然，只是心理作用。只是我與自己見不得人的小遊戲。

有時候我認為「畫中物P」是葛雷給我的禮物，畢竟它是在「葛雷的消失」此一重大事件後出現的。「畫中物P」並非在一個瞬間顯現，而是像〈烏鴉與水瓶〉裡的水：烏鴉投入一顆小石子，水面才相應地上升。

當然，葛雷並不知情。情況比較接近：我發現了一個尚未被記錄的物種，然後以一個紀念事件將它命名。如果它是青蛙的話，青蛙不會知道葛雷，葛雷不會認出青蛙。

我心裡明白，雖然與葛雷的分開，開啟了我人生的新階段，但「畫中物P」演化的關鍵時刻必然是：當一個小圓圈，從背面跳到了正面。然後是另一個、另一個、直到全數遷移。是的，現在我作畫不再需要，在畫紙背面打圈的事前準備了。

為什麼叫P，似乎已經很明白了。但就讓我多做一些解釋吧。從O到P，是從圓圈中突破了些什麼：從半透的卵殼中，伸出第一隻腳。重點並不在他的離開，重點在那突破。

下

五年的毫無音訊後，我在最意想不到的地方與葛雷重逢。

演算法是那隻把祕密告訴我的小鳥。這實在是糟糕的譬喻，因為演算法不可能存心嚼舌根、它不會啣著某條訊息往返於甲方乙方、更不是以捉弄人為樂的愛神邱比特。儘管數據有其邏輯，但那邏輯絕非意圖使失去交集的舊情人狹路相逢。

雖說最後成功轉達了資訊，想當然，它也不是以開門見山的風格進行。率先跳出的，是內褲的直播。在此之前，我的臉書從未主動推播任何購物頻道。彷彿被指著鼻子說，「同性戀，被我揪出來了哦」，我又氣又惱，當下想到的是：該不會我誤觸了什麼養眼香豔的粉絲專頁？自我檢討了一番，轉而懷疑身邊高調的友人。必然是他們流連於性感廣告、在這個與那個身體間「拈花惹草」地點閱，因此櫥窗「啪」地出現，甚至不用敲一敲門。直播中賣內褲的男孩認為我非常想和他買東西。

接著出現的是海鮮拍賣。表情激動、動作粗魯（但被靜音的）的男人指著我的鼻子謾罵，第一眼我真的這麼以為。然後，冷不防地他向我扔東西。龍蝦，前前後後有十五隻。青紅的活龍蝦在竹篩上爬行，過一陣子就掉出畫面。在我一片經打光、空調的藝術批評或電影上映宣傳的推文中，它出現得甚至比內褲廣告更匪夷所思。就像臭氧層破洞。就像——一隻大老鼠沿對角線竄過廚房。就像——呃，溼答答的龍蝦扔在網頁上。

我驚訝但不無好奇地觀察臉書組成的演化，不試圖干涉，事實上我也無能為力。但除了產生新的排列組合，它還能如何？難不成從螢幕伸出一隻手？我身邊甚至沒有看過《七夜怪談》的同輩了。直播占據頁面的行動持續推進。二手包的直播、調理機的直播、電鍍筆的直播、學步車的直播……在一則不起眼的水晶直播中，閃過葛雷的身影。當下我驚駭無比，不亞於看見螢幕伸出一隻手。

意識還沒有反應過來，身體已經不自主地繃緊。生物性的直覺繃緊，好像尖叫著：他就是「犯人」！就算化成了灰，我也認得出來！直播不會因為我的繃緊而暫停，一閃而過的身影，沒有再次出現在畫面中。但仔細一聽，那介紹商品的聲音，是葛雷沒錯。

我趕緊把網頁關了。我彷彿聽見瓦斯漏氣恐怖的嘶嘶聲。對著無人無聲的電腦桌布，我逐漸冷靜下來。現在是什麼情況？現在是阿里巴巴，意外撞見了強盜的藏寶窟。但情勢對我有利，對方還沒有察覺。另一件事必須花時間想清楚：我想再見到葛雷嗎？我是否該適可而止？

那堆滿彩色水晶的寶窟。

決定下一步之前，我移動到沙發上躺著，享受這一刻。如今葛雷已無法讓我情緒澎湃，可是我仍被奇妙的偶然沖昏了頭。我想起葛雷封鎖我時設下的銅牆鐵壁（找出所有相關的程式，然後逐一設定）。偶然是能打破任何屏障的小槌子，別說是數位的，甚至是不存在的屏障。
我記住了他的頻道。

*

在葛雷之後，我談了一場很不一樣的戀愛。對方小我幾歲，還在唸書，神奇的是，長得和我一模一樣。說來簡單，或許令人咋舌，我認為「長得一模一樣」就是我喜歡他的原因。幾乎是在第一眼，如迎頭撞上擦得太乾淨的玻璃門：我愛上他了。

我們是出於好奇才見面。那陣子我和森都和朋友M走得近，卻始終沒有碰上彼此；在M的客廳裡，我們屢次被錯認為同一個人。實際上，森比我高得多，臉型與唇形也有明顯的差異，單看照片的話，你不會說那是根據同一個石膏像刻出來的。似乎，離開現實情境就能脫離「幻覺」，因此看著照片的他或她，總是對我不解地搖頭：一點也不像。

M安排了我們的見面。在星巴克門口見到我的那刻，森應該直接地看見了那個相像的部分。儘管親切的表情很快地趕上，我清楚記得，他的第一個反應是拉開審慎的距離——像保護自己不被併吞；他看見的，與其說是外表的相像，不如說是「需求」的相像。

在一陣強光似的驚異中，我們放棄了咖啡，在還沒意識到這代表什麼意思之前，我們已經在開往烏來的路上。在涼亭躲雨，小火車經過，森說，只要火車經過，就要親他一個。但不知道為什麼，這天火車的班次特別的少。我奇怪地想起葛雷，但他完全無法干擾涼亭中等待火車的森。

但我們還是陷入熱戀了。約會、通電話，找更多的時間約會、通電話，可是熱度停留在表面，底下有種空踩腳踏車的徒勞感。森說，那是因為M，你對中間的M懷抱愧疚感。我想有愧疚感的人是他，不過既然他和我有如雙胞胎，責任互換應該沒什麼大不了的。我原諒了他。森沒說出口的是，他逐漸對「一模一樣」的想像感到厭惡。他認為我巴著這個想像不放。

一天，森和我要了葛雷的手機號碼。我不疑有他，以為只是鬧著玩。因此當森離開房間去陽台，關上紗門，也沒放在心上。事後按照森的說法，葛雷真的接了電話。

葛雷又閃現在我眼前，以一種較淡的色彩、較缺乏自信的表情。森露出神祕莫測的笑。我感到一股酸楚與甜蜜捻成的線，一枚項鍊墜沉在中央。我不知道他們說了些什麼。他們是有什麼好說？

我和森最後一個堪稱愉快的記憶，是在旗津旅行。旗后砲臺的遺跡宛如迷宮，幾度我和森走散了，在紅磚色的通道中，白堊色的天台上找著他。一個人也沒有，遠處是模糊的高雄港。森就在我的上方或下方某處。砲臺入口的兩邊門牆上，磚砌成樣式不同的「囍」字。磚牆前森提議為彼此拍一張相同的照片，我提不起勁。森說是他先找到我的。好吧。

我挺喜歡森為我做的一件事，那就是送我畫筆。喜歡的原因是它很不實用，森對我的創作有很大的誤解。不免俗的那天要結束在西子灣絕美的夕陽，當時我就想，我一定要用那支令我發笑的畫筆，畫一張畫回送他。森為眼前的景象大受感動。像乒乓球，森說。

後來這深橘色的球成為森的封面照片；再後來也沒有換下。我想他大概對自己的攝影技術十分得意。

那天晚上我發現了改變一切的重要事實。森心裡也有一個葛雷。這不是問題，問題是，我和森之間存在的時差。我的葛雷已經落到海平面之下，而他的葛雷還很燙，甚至顯得比平常更大。紅色的「葛雷」憤怒地要求森的回應。森遲遲不能結束屬於他們的那一天。

*

塗紅指甲油，戴耳環時嘴巴閉不起來；阿黛兒照鏡子，選了藍色洋裝。（藍色會讓她想起什麼嗎？）她收到艾瑪寄來的邀請函。「我不敢相信她來了，都過了這麼久。」艾瑪身邊的女人說。女人離開後，阿黛兒嘗試對眼前的作品發表感想，卻只能吐出「那幅畫很棒。很美。真的。這一切。」

她以前就不擅長這些，評論藝術、藝術界的社交。某人打岔想詢問艾瑪作品的細節。畫裡是個另一個女人，阿黛爾看著畫。這時畫裡的女人，艾瑪的現任，走來表達歡迎。她說：「而且你看，你還在那兒。」是她沒錯。牆上掛著藍色水花下裸身的阿黛兒。

我喜歡《藍色是最溫暖的顏色》。走出戲院時，一個問題在我的腦海中浮現：如果是葛雷呢？假如在我的展覽上看見了自己。過去的自己。過去他應得的一張畫像。當然，假如他最後決定出席。

我和陪我去看電影的M討論這個問題。儘管M非常喜歡我，他不介意、甚至鼓勵我提起葛雷，M對葛雷似乎有特別的感應與興趣。（他聰明地發現，從來就不是、將來也不會是葛雷——而是葛雷沾黏在我身上的殘像，與我糾纏，就像飛機雲。）

那讓我們來弄清楚飛機雲寫了些什麼。首先，葛雷會不會來？

會，他會來的。M說。

葛雷會盛裝出席嗎？

雖然兩段關係（電影的與你們的）有各種方面的差異，我想，是的，葛雷會盛裝出席。

看見葛雷，我該做些什麼？

看情況，但拍一張合照總是無傷大雅。

關鍵來了：葛雷會認出他自己嗎？我的意思是，如果在畫中，他不是以很寫實的方式出現？

與它相遇時，或許他會感受到微微的不確定與彆扭。你期待什麼？某種毫無邏輯的共鳴？不，我不認為他會認出來。你可以選擇自己告訴他。

好，如果我告訴他，他會怎麼評價？

「那幅畫很棒。很美。真的。這一切。」

別這麼尖酸刻薄，我是說，他心裡會怎麼想？

好難的問題。肖像與靜物畫在一點上很不一樣，那就是，肖像會隨位置改變，而靜物畫則否。（「是嗎？」我說）入畫的模特兒，比畫家更能敏感地察覺差別。舉例，畫展上不是有許多阿黛兒當年的舊識嗎？他們就像移動的肖像，看起來很像，但關係一旦改變，在阿黛兒眼裡，一切就不復從前。

我不明白。

當然，因為我是隨口呼攏你的。M說，我又不是他，怎麼可能知道。

*

半夢半醒間，手機響了。響了一聲就切斷，像一顆水珠滑過窗戶玻璃；我分不大清楚它是不是夢。我爬出被窩小便，然後察看手機。一通來自葛雷的未接來電。我渾身發熱。或許是要撥給別人，但誤觸了我的號碼？誰會沒事在早上六點撥電話？不關我的事。

第二天電話又來了。同樣響一聲就掛斷。那就不是誤觸了？葛雷的確有意聯繫我——不對，有意引起我的注意（或好奇）。就在我開始帶著分不清是期待還是恐懼的亢奮，等著隔天早晨的來電時，他卻沒有再播來。兩通未接來電，留下兩道刮痕又潛回水面下。我很後悔沒及時接起電話——如此，就輪到他煩惱如何收拾了。

葛雷想幹嘛？網路封鎖並沒有解除，我查過。電話是地道、一種臨時途徑，他可以看我一眼（聽見我說「喂」）就掩埋它；他也可以選擇在任何階段斷然脫身。真是如此，我大可當作沒這件事情發生。可是又有些擔心。為了確認葛雷是否安然無恙，我決定打開他的直播。

直式影像9：16，兩旁是大片的漆黑，打開全螢幕後，它就完整地置於中央。這是哪裡？葛雷現在的住處，還是工作室？紫紅色絨布的桌面，寶可夢的小公仔，保險公司贈送的年曆。香水瓶。受漏水所苦的壁紙。亮晃晃的魚缸是主要光源，看不清楚裡面養了什麼。

後來聽別人說我才知道，一般而言，水晶直播主是不露臉的，商品才是主角。當時的我抱著期待，像在銀幕前等待布萊德彼特在下一秒鐘闖入畫面；他的特寫如此巨大，我如此渺小，甚至比他的鼻子還小。

葛雷不是特例。他沒有露臉，聲音在畫面外出現時，嚇了我一跳。聽起來，他就像坐在我旁邊，跟我一起望著那9：16的房間。葛雷的手出現，在畫面裡放置木頭轉盤。進來就不要出去了，葛雷說。

這是陷阱。彷彿聽見拉繩簌簌作響，緊緊地拉起來，然而一種甜蜜的飄浮感，使我有些麻醉。手心冒汗，睪丸收縮。比捕蠅紙上的蒼蠅好不到哪去，但蒼蠅應該不會同時有兩種感受（是嗎）：同一時間，我明白葛雷正與一群隱形的觀眾說話，就像觀光船上的廣播導覽；我也感覺每一句話都是對著我一個人說。

「現在看向窗外，這將會是趟愉快的旅程，我保證。」或者「我把最好的介紹給你。最划算的價錢。」諸如此類。

是嗎，葛雷？我挑起眉毛。葛雷的手端出白水晶。

「這個送你，」他說。

好像一束花，謝謝。

滑溜的小伎倆總是很管用，商場同情場。我能做的就是一面投入劇情，一面保持警戒。注意：你需要魔法，但你可不想被魔法困住。

葛雷當然不知情。他不可能知道那通電話會讓我來到這裡，對吧？

面對他，就像……面對風景區入口處的抽籤機。破爛機台、十元一次，誰能嚴肅以待。滿是刮痕的壓克力箱中：朱紅欄杆，牌樓，小廟，平面山水景（上有毛筆題句）。

當它啟動，古裝仙女雙腳併攏，單軌移動不甚順暢，替你取籤。你又怎能不認真。超假、超簡陋、超淒涼。在那個極端的點上它說服了你。請對我說真話，仙女，因為你不會在這裡，因為我不會在這裡。

葛雷輪番拿出不同水晶，一一解釋，和我安靜地規劃接下來的三年、五年、未來的人生。他會陪著我。

因為金星、木星、土星。

這個為了事業、那個為了健康。

就像上量販店挑選日用品。想要與需要。

他很知道我。彷彿那個人一直都是他。

*

那晚的我充滿迷惑，留下的痕跡更使我不解。我記不得直播是怎麼結束、我有沒有看完直播。我睡著了。

夢中的我站在一張巨大的畫紙上，周遭環繞著蜂群一般的白噪音（幸好並不太擾人），我向前走，發現地上的紙是頭尾封閉的捲軸。無視地心引力，我走上牆，倒掛走過天花板，再次回到原地。玩了幾次就膩了，當時我想，如果要出去，就得畫一扇門。於是我動手。

再次回到意識時，我正在畫一幅巨大的紫水晶（大概就像《谿山行旅圖》中的山那樣大吧，總之十分壯觀）。比起真的水晶，它更溫暖，像一張塑膠椅，坐在上面的人才剛剛離開。至於我為什麼能知道畫中世界的溫度，就別那麼計較了。

我摸它，也用牙齒咬咬看。紫水晶又不是圖像了，我判斷它應該是壓克力材質

（啊，大概就是先前提到，抽籤機的那種透明壓克力）。水晶反射出我的臉，幸好，和現實中的我並沒有什麼不同。我期待在夢中能夠有特權，能用想像力美化五官，但並沒有成功。這時我想起它本來應該要是扇門。

完了！如此一來我不就被困在水晶裡了嗎！當時的我這麼想。就在這時，水晶裡面，或是外面，反正就是和我相反的另一面，出現了一個小點。小點像一根軸，對我伸來。一隻握緊的拳頭。

伸到我面前。它打開。

啪！像折疊床一樣高高的架起來，搖搖欲墜。那是一個前所未見的「畫中物P」，不僅是在它的尺寸上、也在它的具體度上。

那是森。

我的臉還映照在水晶上。紫色的臉已經佈滿了淚痕，鼻青臉腫的。為什麼是森。一直以來，我把它當成葛雷。

因為知道這是自己的夢，責無旁貸，強烈的羞恥感一波波襲來。我的臉映在森那張和我長得十分相似的臉上。這使一切更糟。我厭惡我的臉。

臉書更新的照片裡，森長得和我越來越不像。真要說哪裡不一樣……其實那不一樣的地方也曾是我的一部分。在我眼裡，森將那缺點培養的十分茁壯。

＊

雖然把森的好友刪了，我三不五時還是會察看森的臉書。

我告訴自己，我對於森的不舒服感，來自於他的無賴、他對關係定下的種種遊戲規則，你不得不讚嘆，森真是發明關係的大師。可是，我心底不時對森懷抱歉疚。我知道那是場殘酷的勝利。

不只是《藍色是最溫暖的顏色》，在這段期間，M陪我看了許多許多的電影，散場後陪我細細的討論，有時陪我吃簡單的晚餐。我要感謝了解、但並不涉入我感情邏輯的M。對M來說，不管是葛雷還是森與被搞得一團亂的我，都像銀幕裡的劇情。即使發光、聲響、表情誇張，他能輕易的分辨現實。

與我看什麼電影才是M會插手的事。對於要在什麼時間看怎樣的電影，M自有主張。春天不能看的電影。穿羽絨外套的晴天適合看的電影。星期三首映的電影，看完要吃星期三才開的可麗餅，並散長長的步。這是門藝術，真的，如果這種搭配能力能發揮在畫紙上，M絕對是我見過最不可思議的畫家。

我不能肯定葛雷後來的動向。沒有新線索，臉書帳號沒有解除封鎖。那些電話，或許是真的巧合。

後來的葛雷在直播上賣水晶，這是事實。

後來的葛雷忘了曾經封鎖我，這是我得到最好的結論。

換作是我，我也很可能忘了。有時候不是會這樣嗎——把重要的東西收得太好，甚至連它的存在都一併忘了——這樣想想也十分合理。

他的畫像就這樣定稿吧。

◆評審意見

既取徑又擬古／蘇偉貞

〈愛的藝術〉既取徑又擬古王爾德《葛雷的畫像》，葛雷如鏡像，是不斷演練情感「試」的極致對象，小說用了一個很棒的概念，「試」。我的情人葛雷消失了，所以，試分手，試記憶，試回放，然後帶出一切愛的辨證所本：試畫畫。這樣的擬古，同時也是一種試寫作。弔詭的是，試寫試畫葛雷，卻是「我從來沒畫過任何一幅他、或是關於他的畫像。」幸好，透過好友M，和葛雷長得一模一樣的「森」出現了，我有了畫葛雷的可能，真的是畫葛雷嗎？尋找多年後，我在虛擬水晶魔法直播間重逢葛雷，我的臉映在水晶上，那是真正的葛雷？小說表面畫葛雷，或者，其實是一幅自畫像。

佳作獎　鄭昀

一九八八年生，軍械士退伍，台大中文所博班待退弟兄。熱愛重訓、手沖咖啡、生存遊戲、天竺鼠車車、卯咪還有極火蝦。擅長用寫小說來逃避論文。

得獎感言

接獲通知時，正忙亂地跑 CQB drill。回家重播了伍佰與茄子蛋，然後痛哭了一場。

謝謝 M，謝謝家朗、芝、維、儀、母親，還有故事集散地的 HD 義勇兵，以及結晶出這篇小說的每個人。謝謝評審們青睞。我會繼續寫下去。

他騎著那台破爛GT125，在去工廠的路上，天氣很熱，熱到他濕到內褲底去了。但最衰的還是那噗一聲，爛機車又熄火。

「哭夭啊。」他一直按著電閘，火星塞有氣無力，「吱……吱吱」幾聲，就是點不起來。原本那些騎在他旁邊，一起跟著跑的八家將們，全部圍上來。

「啊歹啊。」其中一個叼著菸，味道聞起來像紅萬寶路。「熄火喔？」

「對啊。」他說，聲音有點顫抖，一直狂催電鈕，但像跟他作對怎樣都發不動。

領隊老大穿著吊裨仔，看起來十七八一頭漂染金髮，整手刺青延伸到背上，那些倒吊眼青面皮鬼神拿著刀槍劍戟，火紅鬃毛的龍、吊眼老虎以及紅白鯉魚，皆瞪大眼睛打量他。

老大後座的妹仔問他是不是要去板橋，他想了一下，報了大概的地址。

「我們幫你踢車，你等一下。」

於是一群沒戴安全帽，頭髮藍綠黃橙紅，人人一雙花臂，後座載著個金髮布丁頭妹仔的八家將們，就這樣一邊狂按喇叭，一邊包著他用腳撐著他的車。

哇塞，那個技術真的不是普通的好，就連車速太快時，他忍不住恐懼而急煞，這群家將都能夠快速反應一起煞車。於是他就被一群八家將，團團包圍，用腳保駕護航狂按喇叭排成V字型，把他護在正中間，妥妥的。

他們就這樣，不管大客車小客車機車還是腳踏車，一路逼車給他們讓路。他暗自覺得這場景簡直媽祖出巡，到底是他積了什麼德才有這樣的待遇？到地點後，他只能一直道謝，想說請他們喝杯飲料再走。

但在領頭帥氣的吆喝中，家將們一起催油門離去。他們邊按著喇叭，讓拔掉消音管的引擎開始炸街，嘻笑怒罵逐漸遠去。

留下他一人，慢慢牽著車。

「欸哭爸。」浩哥突然罵了一聲。

「安怎？」他拉了椅子，靠過去。

「欸這根歪掉了啦幹。」浩哥把撞針往垃圾桶一扔。「幹咧，又是爛東西。」

「哭夭喔，第幾根了？」

「就阿原那邊的爛東西啊，媽的。」浩哥點起一根菸。「跟我說要在一個月內給他改五把，啊不知道他要衝啥，搶銀行喔？還是尋仇？」

「……。」

「但這真的是大單啦。」浩哥猛吸一大口紅萬寶路。「做完這單就可以收啦。」

「啊你上次做完新竹那單說要收也沒收啊。」他回嗆。

「那不一樣啦。」浩哥熄掉煙頭。「那單是還人情啦，沒賺沒賺。」

「你每次都嘛說沒賺，手腕上那塊綠水鬼哪來的？」

「哭夭喔，拎北存錢買的啦！」浩哥手肘呈現不自然角度彎折，像投棒球對他扔出一塊油黑抹布，他笑著閃過去。

「你手怎麼了？」他問。

「沒啊……就，跟人打架。」

「有人敢跟你相打？」

「嘿啦，一群屁孩家將啦。」

「你打贏了嗎？」

浩哥嘿嘿冷笑，沒有說話。黃色燈光下，浩哥的眼睛有點浮腫瘀青，爬滿血絲，像熬夜狂灌紅牛加伯朗咖啡那樣，通常是趕工才會這樣。破舊的電風扇攪和著工廠的熱氣，敷滿全身毛孔，從裡到外，從上到下，他們兩個衣服黏在身上，但還是繼續工作。

離開工廠後，他先花了幾千塊從深夜營業修車行贖回車子，小心翼翼地騎回家。那家機車行老闆一看就知道沒良心，價碼抬很高，還會偷賣二手零件，這些他都瞭，但別無他法，那是附近唯一一家。

車子停妥了，關上門，衣服沒脫就躺平。又忙到快半夜，整棟樓怪安靜的，除了上面乒乒碰碰床架撞牆壁。那個越南妹八成還在接客，他隱約聽到女人輕柔的哼唧以及男人粗重的呼吸，一切結束前還會有一陣長長的吐息。

他見過那個越南妹幾次，都是巷口等垃圾車的時候。挺正的有點像某個最近很紅的某個抖音奶妹，拍些沒營養的露奶走擦邊球影片，然後嗲聲奶氣地要大家去Onlyfans斗內解鎖大尺影片。越南妹皮膚白又大奶，說話細聲細氣，中文會聽會說，最近總是穿著細肩帶小可愛、超短愛迪達真理褲，腳踏拖鞋，跟他一起在街口等垃圾車。

戰況激烈時，他會一邊聽越南妹辦事，一邊打手槍。也不是沒想過要直接上去找越南妹來一發，但總是提不起勇氣。笑死，北台灣最大手銃師的關門弟子，竟然沒有膽開查某，這真的好笑，他自己都要笑死。

笑死，哈哈。

他起來，脫掉那件破爛襯衫，抖出一大堆銀色的粉末。整個房間像是被某種RPG遊戲角色的神聖光輝加持，HP、MP全部補滿。閃閃發亮，電風扇一吹，滿室輝煌。

他決定先去洗澡，樓上的碰撞更大了。還有女人急促的呻吟。

「嗯哼——喔喔喔喔。」然後一片寂靜，大概是客人射了。

「○○市街頭發生一起槍擊案，警方正循線追緝改造槍枝來源……。」

大概又是哪個智障客人用他們家的銃噴人了，他這樣想。

「啊呦，真夭壽咧。」便當店老闆娘在幫他打菜一邊罵，口水像花灑，噴滿整鍋油豆腐。「現在大街上大家都有銃，嚇死嚇死。」

「阿姨沒啦……。」

「啊你看新聞。到處都是銃，乒乒乓乓欸……。」

「真的沒有啦，銃不好買啦。」他越說越小聲，顯得很沒說服力。「你看啊我就沒有啊。」

「好啦好啦，小帥哥你每天來捧場，阿姨招待你一顆滷蛋。」阿姨一邊噴口水一邊在他的便當裡面塞了一粒滷卵。

「謝啦！」他決定把那盒便當給浩哥吃。

……。

「所以你到底有交過女朋友啊？」浩哥邊噴飯粒邊問他，電風扇轟隆隆左右扭擺著頭。「看你從來沒講過喜歡什麼樣的查某囝。」

「蛤？沒有啦。」他慢慢咬著滷肉，看浩哥津津有味的咀嚼那顆被阿姨口水沐浴過的滷卵。

「靠，你該不會是處男吧？」浩哥表演了一個誇張的綜藝摔，筷子差點掉地上，桌下幾隻巨大蟑螂飛速逃命。

「是又怎樣啦？」他低頭扒飯，裝作不知道。

「欸好歹要見見世面，不要留遺憾啦。」浩哥咕嘟一聲吞下去。「說真的，混這行啊，難講明天怎樣啦。」

「我吃飽啦！」他裝作沒聽到浩哥的碎念，把空便當盒往桌上一扔。「啊是哪支銃要測試的？」

「吶，桌上那把銀色M9。」浩哥筷子一指。

碰碰，喀——。

「啊現在是什麼情形？」浩哥從鐵門後面嘆出頭來。

「欸不知道，大概卡彈了。」他拿下護目鏡。

「幹欸，護目鏡戴著啦！」浩哥抓起護目鏡扔向他。「你不知道喔？蘆洲那邊的阿雄就是沒戴護目鏡，目睭被打穿欸。」

「啊這種工業用護目鏡是有淵用喔？」他嘴巴上雖然碎念，但還是戴上。「我就不信擋得住囝啦！」

「有戴有保庇啦！」浩哥又開始碎碎念。「也可能什麼東西噴飛啊，有戴有保庇啦！」

「好啦。」他走過去拿起那把銃，還有點燙。「欸幹浩哥你過來一下。」

「哭夭喔，銃空別黑白指啦！」

「好啦！你看這個。」他拿起那把銃。「幹超屌的，整個滑套都變形了欸。」

「操勒。」浩哥衝過來，抓起來看。「媽蛋，又要換滑套了幹。」

「這怎麼辦？」

「什麼怎麼辦？打電話給阿原，告訴他要遲交了，另外要加錢，媽蛋。」

「喔好。」他放下銃，拿起手機。

既然東西都出問題了，浩哥索性叫他回家，破爛 GT125 在他騎進車格的那瞬間，又熄火了。

「幹咧……。」他拍打儀表板，但顯然沒用，今天是衰爆的一天。

「你還好嗎？」越南妹突然從鐵門後冒出來，穿著一件很短，露出肚子的小可愛，兩顆爆乳掛在前面，晃呀晃呀。

「欸？還可以。」他來不及反應，靦腆地回答。「謝謝你啦。」

「看你的車不會動了，是不是要修？」口音有點重，有股甜膩的味道與感覺，讓他酥酥麻麻。

「上次修過啦！」他說，克制自己的視線。「但它媽又……阿歹勢。」

越南妹噗哧一笑，濃厚的眼妝下的表情像個單純的女孩子。晚上的風突然吹起來，一陣女孩特有的香皂氣息撲向他。他感覺到耳根深處撲通撲通的心跳，一陣血氣延伸到耳朵、脖子，後腦勺，發麻起來。

「我有沒有見過你？」越南妹瞇起眼睛，狐疑地問。

「我住在樓下啦。」

「是喔！所以是鄰居捏。」越南妹眨眨眼，一種水流濕潤的感覺。「那有空上來

我家喝杯茶呀，我很會按摩喔。」雙手抓抓做出按摩的樣子

「啊，好啊。」他臉面的熱紅還沒退去。

越南妹在笑，但眼眶似乎浮腫，還有血絲，以及像浩哥那樣奇怪的陰影。

交貨那天，浩哥要他陪著去。

「喔好啊。」他穿上外套，抓起那包紙袋。

那天很熱，熱到新聞都在報導是什麼五十年來最熱的幾天。他們跟阿原約在外縣市一座隱蔽的小山上，沿著產業道路往上，經過一大片私人竹林以及廢棄農舍，沿途有蟬在大叫，偶爾還有豬的哼唧，輪胎在年久失修的私人柏油路上摩擦，嘎吱嘎吱。

下午三點，日頭開始偏斜，卻是暑氣蒸騰最甚的時辰。阿原那夥已經在產業道路盡頭的廢棄鐵皮屋前等著他們了。他瞥到鐵皮屋裡有幾輛BMW還有賓士，沒有掛車牌。

「那些是贓車啊，你別亂看。」浩哥提醒他，他點點頭，紙袋越抓越緊。

「欸阿浩，東西帶來了？」阿原走近，拍拍車窗。「快點我趕時間。」

「好啦好啦這不就來了？」浩哥不耐煩說，他的指節泛白，像卡榫一樣箍著紙袋口。

……。

「對著竹林開。」浩哥指向竹林深處。

他點點頭，手上感覺到銃的重量。他的手有點抖，手心不知道是汗水還是，朝著竹林扣下板機。

碰，碰碰。

幾隻斑鳩被驚到，撲騰飛起。

阿原吹了聲口哨，浩哥鬆了口氣。

他也練過幾次，但今天的銃不知為啥，後座力比較大。他回頭看了看浩哥，浩哥點點頭。阿原對他招招手，讓他把銃拿過去

「哎呦，這次做工不錯。」阿原把玩銀色M9，卸彈匣，拉滑套清槍動作熟練而順暢，完畢用空槍指了指他跟浩哥，咻咻兩聲，對他們媚笑，但那笑容像是把五官扭在一起，像鑽歪的槍管膛線，或是扭曲變形的滑套、彈簧零件。

「好啦，你K仔呷多頭殼歹去了是？嚇囡仔好玩？」浩哥拍拍阿原，把紙袋塞進他懷裡。「吶，五把都在這裡，我不管你要去衝三小朋友，都不關我的事。」

「好啦。」阿原皮笑肉不笑的。「下次請你喝幾杯啦，一定喔。」

臨走時，他從後照鏡看到阿原還掛著詭異的微笑。

「一，定，喔。」離開時，他們看到阿原用唇語對他們說，附帶一個嫵媚詭異的微笑。

「幹伊娘咧。」浩哥低聲罵，怕被外面聽到。「這人又在起痟。」

那天晚上，他用樓上辦事聲當配菜打完手槍，卻難以入睡，隱隱約約聽到有如耳語般的細柔說話聲。好不容易睡著了，夢見浩哥倒在水溝裡，頭上破空，有三個彈孔，眼睛死瞪無光像菜市場冰塊上的吳郭魚還是肉鯽仔。而他被一群人壓在地上，看著浩哥的四肢呈現不自然的扭曲。

他冷汗驚醒，再也睡不著。遠處野狗嚎叫，還有救護車的鳴笛。

「為您報導最新消息，今天下午〇〇市發生槍擊案件，所幸無人傷亡。」

天氣涼下來了，浩哥終於有胃口吃爌肉飯。他買爌肉便當時，新聞又在報導槍擊案。

「啊呦，現在大家都有銃喔。」打菜阿姨又開始噴口水。「就我沒有。」

「阿姨我也沒有啦。」他只能苦笑。

「啊到處都是啊！」阿姨又一邊噴口水，一邊打菜。「阿弟仔你每天都來，再多給你一顆滷蛋。」

他只是微笑點頭，拎走兩個便當。

工廠沒有人，只有浩哥的紅萬寶路氣味還殘留著，菸屁股還在煙灰缸裡冒著淡淡的煙。桌上安靜躺著那塊綠水鬼，貼著一張紙條「給你了」。滿室金屬粉塵味道、火藥味、菸味，還有紅牛加咖啡的氣味，像是浩哥還在的樣子。

他起先是困惑，接著是生氣，最後是悲傷，彷彿被浩哥在他背後開了幾銃一樣。那天他一樣做著自己的工作，接單、打電話、叫料，檢查車床、鑽床有沒有上好油料，做一些零碎的打磨工作、用銼刀磨平金屬疙瘩。銃管的工作一直都是浩哥的責任，他沒有動，就放在那裡。

一天下來，空氣越來越滯悶，剩下的那個便當開始飄出淡淡餿味，幾隻巨大蟑螂在桌邊探頭探腦，肖想那盒便當。他做完手上工作，開始發呆，空氣中飄浮著金屬粉塵，在夕陽照射下一閃一閃，像電玩裡角色大招的聖光，所有敵人給的負面狀態全數去除，還有神聖加持。

他感覺自己知道了什麼，於是把綠水鬼戴上，給機台上了膛線刀，打開電源。

警察來了。

不是抄工廠，是抄他家樓上。

警車的鳴笛聲，皮鞋靴子踩踏樓梯聲，大聲斥喝以及手銬的喀嗒聲，男人的咆哮聲以及女人的啜泣聲，把他從午睡中吵醒。

他躡手躡腳跑到樓梯間，看樓上發生什麼事。滿身割線的極瘦吃藥仔被好幾個警察壓在地上，手臂上的線條紊亂，他能看見就只有幾頭不清楚的鯉魚搖頭擺尾掙扎、蓮花在燃燒，不動明王面容扭曲，像在哭又像在笑——那個吃藥仔的表情也是又哭又笑的。

吃藥仔旁邊是穿著小可愛與超短熱褲的越南妹，啜泣著被女警上手銬。越南妹的大E奶快掉出來了，深色挺立的乳頭，如兩粒豐熟的果子，他咽了口水，蹲在那裡，看著越南妹屁股肉抖動，晃著奶子被帶走。

嗚笛遠去，他回家又打了一次手槍，配菜是越南妹最後的奶子。

神奇的是，幾天後他隔壁房老在酗酒的阿伯突然死掉了。接下來一個月，來來去去好幾個法師和尚誦經作法，還有好幾家清潔公司人員。不管看得見還是看不見的，那個禿頭矮小的又愛碎碎念的神經病房東，都試著要洗掉。

隔壁沒空多久，搬來一頭黑長直髮的二十幾歲妹妹，五官像是越南來的，但跟樓上越南妹仔有著微妙的差異，額頭比較高，眼睛比較大，皮膚小麥色。沒幾天，又開始床板撞牆，女人的呻吟，以及男人在射精前的低沉喉音。

笑死，他又有配菜可以用了。

笑死，哈哈。

有時候打完手槍進入聖人模式，他會想起第一次從浩哥手上接過手銃的感覺。第一次拿手銃的人，都會說「啊好重！」——他也一樣：沉重的鐵塊，剛硬的線條，以及一種滿滿當當的實感。那種扎實可以貫穿一個人，不論是肌肉骨頭還是靈魂，撕裂碾碎的那種貫穿。

這讓他感到一股血液往上也往下流，潮紅與熱感，他勃起了。

「很重齁。」浩哥笑了，點起一根菸。「我第一次拿也是這樣感覺。」

那時的他看著桌上成排完成的銃，覺得新奇。

「這些傢伙喔，都是打一打就扔的消耗品啦。」浩哥側著臉，吐一口煙，像在惋惜。

「欸？為啥？」

「打完一匣差不多就報廢了啦。制式真鐵仔黑市都要二三十萬，又不好找料跟囝，道上兄弟哪那麼多錢？當然買改的啊。」

「但是齁，這些傢伙就這樣被扔掉，可惜啊。」

「是喔。」他吸了一口珍奶，那是浩哥請的。

浩哥邊說，一邊給膛線刀口抹上油，準備壓入實心管內，鑿出膛線。他在一旁看著，像是某種竹編陶瓷金工首飾的手藝師傅與他的學徒一樣。打磨、車削、沖壓……，慢工出細活，浩哥老是說，通管要對準管心，壓歪了整根都報廢，管子的錢要他用屁眼賠。

現在都他一人在做，再也沒有人罵他屁眼不值錢，沒有。

鐵皮工廠就是這款不舒服，夏天熱得要死，冬天又冷得要命。

這幾天寒流剛來，他哆嗦著拉破竹筷塑膠袋，正打開口水阿姨的滷肉便當，幾個穿著黑色羽絨衣壯漢像拎小雞一樣，抓著個瘦瘦小小營養不良，年齡大概十五六歲的囡仔來到工廠。

「這猴死囡仔交給你了。」阿原的人邊擰著小鬼的耳朵，粗聲講。「阿原老大也拿這小子沒辦法，說你要個人手，就給你了。」

「喔好。」他說。

人走後，囡仔一直縮在牆邊，頭埋在雙臂中間，透過縫隙偷看他。他看了看手上的便當，又看了看這個囡仔，也沒說什麼，把便當放在桌上。

「緊呷。」然後走到工作台，準備做組裝。他聽到橡皮筋鬆開的便當盒，竹筷刺破塑膠套，還有扒飯與咀嚼。

……。

臭小子不吵也不鬧，學得也很快，沒多久就會大部分解，一些簡單的切削，一些砂紙打磨的工作，手腳俐落，不惹麻煩。

浩哥剛收他時，曾來來去去幾個學徒，但不是偷吸K仔後飆車把自己摔死，就是學一學跑掉不見蹤影，被發現時死在某個水溝或山坳竹林裡。最後只剩下他跟著浩哥。

反正這小子沒家人也沒地方住。他在工廠一角擺了他搞來的床墊、枕頭、羽絨被，還有一兩個登山睡袋。

「後面有熱水器，會開駒？」他問，順手丟了一罐熱的伯朗咖啡給小子。

小子點點頭，搗著咖啡爬回床墊上，用被子捲起自己，像國小學生養在牛奶盒裡的的蠶寶寶那樣吐絲結繭。他沒說什麼，打開電視。那是他新買的，裝在工廠，怕小子晚上一個人無聊。

「為您帶來最新的新聞報導，警方破獲暴力討債集團，擁有強大火力，起出長短槍數把……。」

那把銀色M9出現在新聞畫面上，跟其他一看就知道粗製濫造的土炮銃，以及濫竽充數的BB槍擺在同一列。不知道是打光太重了還怎樣，唯獨M9發著光，像是在說我跟旁邊這些爛貨不同，不要放一起好嗎？他腦中閃過阿原的臉，那張接過M9後狂喜扭曲的表情。阿原現在的臉，還是像鑽歪歪的槍管嗎？或是斷掉變形的彈簧？歪折的滑套？或是早已跳上某艘往大陸的漁船去了？或是躲在山上那棟塞滿贓車的貨櫃鐵皮屋裡？

「該集團，擁有做工精良之強大火力，不排除，該集團，與菲律賓軍火集團，有密切的合作……。」肥胖的條子發言人表情嚴肅，義正辭嚴，但總是在奇怪的地方斷句。

他嘿嘿冷笑，那把M9是他跟浩哥一起做的——滑套是他拋光電鍍的，零件他組的，槍管浩哥鑽的，竟然被說是菲律賓阿山的手筆，哈哈，笑死人。反正也不關他的事，他只要按時交貨就可以了，像浩哥一樣就好。

……。

幾個月後，他注意到臭小子看銃的眼神開始不一樣了。

「這些都是打完一匣就扔。」他說。「不是玩具，但也沒什麼價值啦。」

小子點點頭，但眼睛還是死死盯著那些銃。

「你好臭，有沒有好好洗澡？」他捏了捏鼻子。

「我以後有錢，可不可以買一把？」小子突然很認真。他嗅到一絲硝煙味，像試槍時手工 9mm 發射後的焦臭味，其中夾帶著男女的尖叫聲，以及床板撞牆的聲音。

「幹什麼？」

「拿去殺那些欺負我的人。」講得很慢很平淡，他在小子的眼中看到火光，像阿原的眼睛裡，像那個被警察抓走的打線吃藥仔，有時候油用不夠的膛線刀也會鑽出這種火花。

「我們做銃的，不可以用。」浩哥跟他說。

「我們做銃的，不可以用。」他跟臭小子說。

「為什麼？」他們同時問。

他們只是笑笑。

「你以後就懂了。」他們同時回答。

他停妥車，點起一根菸。梅雨季使鄰近路燈擠滿紛飛的大水螞蟻，猛撞路燈光源，然後爭先恐後地跌落在地。

不知道何時開始，他也抽起了紅萬寶路。大概熟悉那個味道，像那些角頭大哥給關公點香一樣，沒聞到味道就心神不寧。

公寓鐵門打開，黑長直髮越南妹穿著蕾絲黑睡衣奔出來，有點踉蹌，好像在啜泣又好像在生氣，沒走幾步就蹲下來，把臉埋進雙掌，開始哭。

他靜靜抽菸，越南妹越哭越大聲。

越哭越大聲。

他靠近，遞了一根菸過去。

越南妹抽噎伸手接過，正要找火他也遞過來了。越南妹睫毛膏跟眼線花成一片，剝落的黑顏料外溢眼角，像槍油或積碳清除劑用過的樣子，沿著臉頰滴呀滴。一股香皂味直衝他的鼻腔，跟那個被帶走的越南妹的味道很像，都是那種辛香料的調調，像地下街或後站那種外勞商店裡的味道，什麼薑黃、香菜籽、香茅啥鬼的。

她沒說話，邊吸著鼻涕邊抽菸，窸窸窣窣有點像豬叫，產業道路上那種紅磚砌起的豬圈，裡面的黑豬仔總是哼哼唧唧地討食。

他站旁邊，點起第二根。遠處吹狗螺，還有救護聲或消防車鳴笛。

越南妹呼出最後一口煙圈，丟掉煙屁股，他遞出第二根，她搖搖手，不要。他沒說什麼，把菸默默收回盒裡。

公寓門又開了，穿吊神仔的瘦平頭倚在門邊，手臂上滿是牡丹花跟灰黑浪淘，花紋油亮，似乎剛完工。平頭仔緊盯越南妹，越南妹也回瞪平頭仔。他在一旁，看著平頭仔，平頭仔也看著他。他們就這樣互相看，但誰也沒先說話。

路燈灰黃，大水螞蟻紛飛。有幾隻飛到那幾朵巨大白紅牡丹上，像要啃食。牡丹花鮮豔欲滴，在灰黑色的浪裡翻騰。颱風夜的海，會把人吃乾抹淨的那種灰黑色，不管你多大尾，扔進去都會像這些巨大花朵一樣在海裡浮浮沉沉。

越南妹又蹲了一陣，才起身走了進去，鐵門咿咿呀呀地關上，平頭仔關門前又瞪了他一眼，表情能有多兇就有多兇。他聳聳肩，轉向手上的綠水鬼，時間還早，還可以抽一根。

一隻大水螞蟻飛到他手臂上，他用手指彈掉。

「這種工業護目鏡是有㴰用喔？」工廠又變得爆幹熱了。細漢欸穿著吊神仔，一臉嫌惡地拿著工業護目鏡碎念。「我就不信擋得住囝啦！」

「你還是戴上喔。」他正在吃便當，噴出了些飯粒。「蘆洲那邊的阿雄就是沒戴護目鏡，目睭被零件噴穿一個空。」

「是喔。」細漢欸乖乖戴上，不再抗議。

「細漢欸。」他現在都這樣叫這個臭小子。「測完就把那些銀色M9滑套拿去機台上抛光一下，保險記得要關。」

「喔好。」細漢欸放下那把銀色M9，把料件拿過去。「大欸，賣手銃好賺嗎？」

「沒賺沒賺。」他說，把煙屁股熄掉，那動作像極了浩哥。

「你手上那塊綠水鬼哪來的？」細漢欸一副挑釁臉。

他狡獪地笑了，突然想起浩哥也是這樣笑的。

「我慢慢存的啊。」

細漢欽自討沒趣，臭著臉繼續工作，金屬粉塵被電風扇氣流到處亂噴，好像有個成語「蓬蓽生輝」就是在說這個吧，破爛工廠閃閃發光。他突然想，自己其實頗幸運的，車子故障有人幫踢，警察抄樓上的賣淫個人工作室而不是抄他家，浩哥消失後單子不減反增，現在還有個小弟。

或許，他就是適合這種地方，像蟑螂般的生存方式，在這一方小工廠，一個小弟兼助手徒弟，每日兩餐便當飲料紅萬寶路紅牛加咖啡的，只要繼續做銃就好。

對，每天這樣就好。

桌子下又有幾隻大蟑螂竄來竄去，他跺腳，驅趕牠們，然後側耳聽著細漢欽機具打磨金屬的聲音。

便當店噴口水阿姨趕外送單，店外停了一堆吳伯毅跟傅邦達，每個外送員都結屎面，無奈煩躁偷偷幹譙，但沒一個敢大聲催促便當阿姨。他看著這些粉紅色和黑色行頭仔來來去去，就在旁邊瞪著，因為這些單子害阿姨漏掉他的兩個便當。

「歹勢啦阿弟仔，多送你兩塊肉齁。」阿姨一直跟他道歉。「真歹勢真歹勢。」

他點點頭。都好幾年了阿姨還是叫他阿弟仔，他覺得今天除了便當店出包外，算是個不錯的開始？破爛 GT125 的心情也意外好，沒有罷工，沒有噴黑煙，沒有奇怪的抖動，順順利利帶他到了工廠。

難道是那家機車行老闆良心發現，還是老機車的迴光返照？他不知道。總之今天是幸運的……。

他剛停好機車，發現不對勁。

警察終究還是來抄工廠了。附近停了兩輛警車，還有幾輛自以為不會被發現的便衣刑警的車。

工廠門大開，原來早就攻堅了，裡面還有人在吆喝。細漢欸衝出大門，後面撲上一個壯碩刑警，試著壓住細漢欸，還在掙扎過程壯漢刑警給了細漢欸一巴掌，準備上銬。但細漢欸不放棄，像一條滑溜的鰻魚、泥鰍或鱔魚之類，三扭兩扭就掙脫刑警的壓制。

跑！快跑！他暗自祈禱。快跑！

細漢欸跑沒幾步，一閃銀色的光從他褲頭跌落地上。那是把銀滑套M9，他們一起做的M9，撞針他車、槍管他通之外，滑套、機件、板機組、火控都是細漢欸自己弄的。

那把他們的M9，在灰黑柏油路上，反射著正午的陽光，迷人且刺眼。

拜託，不要。

三四個警察大吼，手放腰間。

拜託，不要。

細漢欸把手伸了過去。

……。

「吱……吱吱……」

「吱吱……吱吱。」

燠熱的夜晚，GT125又熄火了，再也發不動。他渾身被汗水浸透，呆看著這台破車，無助地推到路邊便放手不管。摩托車傾頽轟隆一聲，摔落在深草中。半夜的環河道，沒有其他車輛，只有淒冷的路燈高懸在上邊，月亮像剛剪下的指甲屑，遺棄在空中，不亮也不暗。

遠處吹狗螺聲，還有消防車、救護車鳴笛。

河堤上有些吵鬧，除了拔掉消音管的機車引擎聲、閃著超亮的LED的改裝燈，還有嘻嘻哈哈男女笑聲混雜。他彷彿能看到，河堤上有著好幾個染著紅綠金色頭髮，一雙花臂的八家將們，正在喝啤酒抽煙拉K仔。

「幹你娘膣屄！」他喊出不是自己的聲音，卻格外爽。「操你媽操你妹的膣屄死全家！」

「幹！啥潲？」幾個紅黃綠藍頭毛從河堤上冒出來，還有幾個女的，面容熟悉，像是在哪裡見過。其中兩三個家將兄翻過河堤，朝他大聲叫罵奔來。路燈下家將手臂上刺著神佛菩薩怒目金剛。觀音菩薩摩訶薩，還留著小鬍子，在微笑，但那微笑慘然驚悚。

他也冷笑回去。

佛陀拈花微笑，臉上露著獠牙，青紅面皮。

家將越聚越多，下來大約五六個人，越來越近。表情像拉壞的槍膛線歪七扭八，槌彎的撞針歪歪扭扭、爆炸變形的彈簧，還有爛七八糟的零件通通扭曲糾纏在一起。

金剛怒目，質問他在這裡衝啥潲。

河堤上幾個金毛綠毛紅毛妹仔冷眼旁觀，他看到菸頭火光在搖曳，像大哥們的線香，在供桌上一閃一滅。

那些年輕家將的臉讓他想起了細漢欸，他不知道那臭小子叫什麼名字，就像他一直不知道浩哥叫什麼。

那他自己又叫啥？他從來沒想過這個問題。

鮮豔的紅白鯉魚正在躍龍門，有的已經化成龍頭，有的還是留著可笑鬍鬚的魚頭。但奮力掙扎的終點是跳到哪裡？天堂？

他又想到浩哥，手腕上那支綠水鬼反射路燈，變成青綠色像在哭夭的光，像鬼在笑，像家將手上臂上背上身的那些神鬼畜生人物在笑他，哈哈，笑死。難怪浩哥要把這塊綠水鬼送他，原來是個帶屎的衰鬼玩意。

哈哈，笑死。但他沒有笑。

他知道這些人要幹什麼，而他不打算抵抗。他看見這些家將會用拳頭揍他，用球棒K他，有個甚至會從口袋掏出指虎，往他臉上狂砸。其中一個瘦皮猴家將，會發現他手腕上的綠水鬼，一定笑著搶去，順便多踹他幾腳。他身上的那些金屬粉末，會飛揚起來，在路燈車燈的聚焦下，熠熠發光，像星星，像銃火硝煙，像遊戲裡的什麼聖光術或魔法陣，幫他補血，讓他活下去。

他會低調且閃閃發光地活下去。

這次之後，他會去敲隔壁長髮越南妹的門，好好清銃然後發射一次，邊做邊告訴她有人是喜歡她的，然後一起洗澡，一起入眠。

他打定主意，一定。

◆評審意見

人物鮮活，對話張力十足／鍾文音

銃，槍。小說集中書寫在黑暗中摸索光的一群邊緣人，偷偷製銃的人，偷偷賣春的人，種種交會成社會百態縮影，小說語言活潑，對話張力十足，人物鮮活，彷佛就是無數生活在諸多街頭暗巷的浮世繪，他們的江湖就是擱淺，帶著傷害，在擱淺中，他們必須自我提煉自己的防護能力，即使現實是地獄卻可能是他們的假想天堂。作者偶爾會跳下來說話，一些哲思的觀點有點破壞了小說人物的爆發力，顯得文青了起來，這一點有些可惜。小說有很細節的描繪，也有不錯的現實觀察能力。銃的世界彷佛就是生活的暗語，邊緣人相濡以沫，蟄伏隱藏其中的是說不出口的無奈，台客與越南妹，流竄著沒有發生甚麼卻又十足曖昧飽滿的感官吸引，使得這篇小說充滿了動感，瀰漫著生活沉淪的無奈與諸多艱難，作者一路寫來十分真切，到位。

佳作獎　吳懷晨

縱浪人、山行者。詩人。
去年五月大疫蔓延全島禁閉，蝸居到心眼荒蕪時，意外寫起小說……。

得獎感言

這些年我常跟南島語族的朋友上山下海。他們多半（對外）守藏少言，那是一種世事了然卻用樸拙幽默以對應外在世界的胸襟。啟發我甚多。尤其，一起一起的歡唱比一個人的獨酌來得更美好這樣。這是一篇南島民族的衝浪小說。

不要讓海忘了你

我們生長的海島很小，居住的村子更小，有人住在地面下，有人住在政府幫我們亂蓋的海砂國宅裡。我最好的朋友叫米潘潘，他超會跑步。蘭嶼的孩子從小就很會游泳，但米潘潘不只肺活量驚人，他的小腿肚比木瓜還要胖，他跑太快了，每次他一起跑，就同時跑過了地下的房子與地上的房子。房的前方是海，後面是山。山是起點，海成終點，米潘潘最喜歡從禱告山的山腳預備備，一起跑，一路往下衝刺，跑過國宅，奔過地下屋，山羊的眼瞼都還沒眨完，珠光鳳蝶才正要渦旋拍翅，我們就已飛到港灣，太空船噴射器加速度下，一躍，我們縱身入海。

碰！波光炸開，如鯨撞入海底，鹹水直插鼻腔，這是達悟小孩最暢快的時刻。湛藍海水緊緊擁抱我。海底望上去，景緻是聖光暈成一片柔軟蕩漾。海底有睜大眼的鸚哥魚，有美到屏息的西班牙舞娘海蛞蝓，更有霓虹橘帶的小丑魚在海葵叢林間賊頭探腦。

縱海竄起時，神父總笑呵呵坐港邊涼台上看我們；長大後，每回想「家」我就想起這一刻。麥神父在這島上住二十多年了，涼台更是他講道的祭壇，那是同老人家蹲坐與海談天的地方。神父跟耶穌一樣留把大鬍子，他喜抽煙斗，我愛看他倚欄吞雲吐霧的模樣。

有記憶以來，米潘潘就住在這座小島。神父把三歲孤兒從台灣帶來，那年二月，他才搖搖晃晃學會走路，神父替他穿上傳統禮服。馬力歌歌阿公手抓一隻雞，在部落港灣殺了，雞血點石，從此他就成了海島一分子，達悟的孩子。

神父是瀟灑的煙斗客，他吃穿完全仰賴天上阿爸的旨意，每次族人問神父的需要，他總答：「soso，都好。」一開始族人聽了都哈哈大笑，達悟語的乳房就叫soso。我從小就愛黏在神父身邊，吃神父的口水長大，繼承了他的口頭禪；我從小外號就叫小奶奶。叫久了，連神父也喜歡取笑我這個達悟孩子，他說：「小奶奶，我知道你喜歡吃奶奶粒（sosoli／芋頭），也喜歡吃奶奶嗯（sosoen／白鰭飛魚）。」

米潘潘跟我一樣，他爸爸死了，媽媽好像去了日本。來到島上，夏本馬力歌歌也是他的阿公了。麥神父也是家族親人，二十年前，軍人、犯人強占族人的土地時，神父就領頭跟那些穿制服的周旋，馬力歌歌的家族林地就是這樣才保存下來的。

「民族自決，」神父是這樣跟幼時的我們說的。麥神父來到島上後，不斷呼籲達悟人要島嶼自治，捍衛自己的文化。吐出一口菸，神父說：「要勇敢對抗外邦人。」

我其實搞不清楚民族自決、解放跟外邦人這種複雜的詞彙。我只知道，登島那麼多年後，神父已不折不扣成為老達悟。他嘴巴總紅紅，那是mabcik（貝灰）幫檳榔打造出的魔法，神父常說：「檳榔、荖藤、貝灰，不一樣的三客體，嚼入嘴巴咬一咬，就變出紅色的汁液，」他順口吐出檳榔渣，神情享受又補上一口菸的呼吸：「這就是三位一體了。」

的確，馬力歌歌家族的人胃裡裝什麼，神父的胃裡就裝什麼。神父吃芋頭糕，吃硨磲貝跟白肋蜑螺。他也習慣吃現流的漁獲，尤其魚眼。魚兒上鉤的第一件事，達悟人就愛吸進牠們的眼睛。早春之夜，用鋁盆裝上滿滿一大盆活生生的飛魚眼，每一隻鮮亮通透躺在鋁盆裡望天空。這時候，一名碧眼金髮的歪國人就會湊上去，就著昏藍慘白的日光燈，竹籤插上魚眼就一溜煙吞入肚。

外來遊客常看得心驚膽跳，神父再插進下一隻眼，示意觀光客「嘗一口？」卻常常換來扭曲的表情。神父一本正經：「這才是達悟正宗sashimi，」他呵呵笑，「生食（mataen）就是進行一個生吃眼睛（mata）的動作，讓魚眼在身體深處望著我。」

等不及外地人的反應，米潘潘就會飛毛腿一把搶走，把魚眼吃了。

國小以來，米潘潘都是縣運百米冠軍，國中後則維持著一二名的實力。「是不是一直跑下去，我就能保送好大學，代表台灣出國比賽？」他從前一直重複同樣的問題。

從小，米潘潘就要幫天主堂放養羊群，小小牧羊人是他日常的工作。說也奇怪，米潘潘的確彈跳像山羊。每次比賽時，他都不是贏在起點。而是贏在衝線前的五六步，那瞬間，米潘潘馳騁出一種奇怪的旋風節奏。好像終點處正站著一頭發情的公羊，迎著海崖濤聲，鬥角張揚著。於是，瞬間爆發力讓米潘潘拳擊手般躍出，像要把終點線狠狠扯斷一般。發育中的其他選手，哪贏得過這種獸發之力。

每日，米潘潘都有他固定的跑程訓練。慢慢熱身走上山，俯瞰美麗的汪洋。靜心後，緩步加速往前衝。

米潘潘是我最好的朋友，我總喜歡追著他跑。

從禱告山山腰開始，繞過馬力歌歌家族的林地，壯麗的番龍眼樹，巨大葉脈的麵包樹，跑過氣根纏繞的榕樹，跑出了山腳，他腳程飛快。

米潘潘，等等我。

但米潘潘美麗的睫毛往前飛，水源地的泉水汩汩流，沿坡地灌入四方溝渠，注入水芋田，水芋綠葉隨清風拂，拂過人類的臂膀，芋頭，是島上餵養達悟人最重要的食物，是珍藏地底生命的果實，而五節芒起舞在更遠的視線外。

米潘潘，等我。

邊跑，邊看見阿嬷們把月桃、白樹仔等植栽插進土裡，祝禱田間作物抗風耐鹽霧。邊跑，邊望見夜光螺、鳳凰螺等貝類就掛在樹枝上，以驅除惡靈。

米潘潘不停，他躍過小木板橋。水源流進村落了，流過了我們的家，教堂白色十架映在黑氈屋頂的後方，流過國小與雜貨店，最終進入了大海。春天，萬物勃發，白鰭飛魚紛騰而來。

「你看，遠方大島那最高的山上，白白的。」

越過眼前一望無邊際的海，望向最後視線的島的尾端最高峰。

「是雪。北大武山頂，雲豹的故鄉，」按下碼錶，麥神父坐在涼台，「二十七分半，米潘潘，鍛鍊出更好的體力，才能有所突破。有一天你會跑到那山峰之上。」來自瑞士山區的麥神父，是米潘潘最好的跑程教練。他總期盼有天分的米潘潘能到本島的百岳基地訓練，高地低氧環境可以增加肺泡氧分壓，使肌肉生成更多的攜氧紅血球。那條每日既定的訓練路線是麥神父訂的，由山至海，隱含從芋田到部落灘頭的達悟生命路線。

那時，一群長者總坐涼台上，傍晚時分，鹽沫愛染他們額面皺摺。他們默默凝望遠方。無垠海面上，右方有著錯落不一的柱狀雨，視線最末端，老人們都知道那裡正水天相接，雨珠無聲落。但靠近大島的左方，天涯之處，不斷變化著紅橘黃橙的霞光水色。

我永記夏本馬力歌歌的叮嚀：「海是 kowyowyod（摯友），也是 vongkow（巨靈）。」因此，海是那濃得化不開的多愁的好友，海會牢記你的形貌，察覺你的性格，人要經常親近海，跟海說話，夏本馬力歌歌說：「不要讓海忘了你。」

十五歲高一暑假，有生人靈魂隨白鰭飛魚來訪。

部落搬來一位辣妹姊姊。島上炎陽，姊姊穿著比基尼就出門。老人家遮一塊叫丁字褲，姊姊圍兩塊叫比基尼。島上阿公們看得遮遮掩掩，夏本馬力歌歌說：「她穿得跟我們一樣少。」說完彼此咧嘴笑。

一開學，才發現姊姊原來是學校新任的美術代課老師。姊姊進教室時，坐我後座的米潘潘難得賊賊主動推了我後背：「她就是那個借住席．索莉布家的長腿姊姊。」老師看了我們一眼。

第一堂課的主題是蠟筆，老師要我們只選一種顏色，只大膽畫出蘭嶼的一種物件。我畫了紅色的絢麗小丑魚，老師稱讚我用色跟造型都華麗寫意，真開心，從來沒有美術老師願意讓我亂塗鴉。米潘潘則是用黑色畫了黑夜的東清灣，說實在，我看不出來他的海跟夜晚差別在哪。

一周只代課四小時的姊姊讓人好奇極了。米潘潘被我慫恿調整路線，好去一探究竟。第一天，追著米潘潘，從禱告山的山腰開始，繞過番龍眼樹，繞經原始的裡白翅子木；躍過小木板橋，跑過黑氈屋前頭的白色十架，跑上部落的最邊緣，就見到辣妹姊姊暫住的高屋。米潘潘往家門跑去，但一眨眼他就跑到上方芋田；我扭扭捏捏跟屁蟲，只看見曝曬的比基尼。

第二天，跑程繼續。米潘潘美麗的睫毛往前飛揚，拂過水芋綠葉，輕觸越橘葉蔓榕，水源地的泉水汩汩流。跑過姊姊的高屋時，我見到窗戶後面好長好長快撞上屋頂的板子。

「你看到了嗎？長板？飛毛腿。」我把選手又推出去。幾秒內，米潘潘又來回奔一圈。

彆彆扭扭推擠時，長腿姊姊推開木門。

門邊陳列了五六張長板，比 tatala（雙人拚板舟）還要長，光澤明亮懾人，讓我不敢伸出手。

「衝浪長板，」老師把每張板子都抽出，擺地上讓我們欣賞，「九呎二，燕尾，single fin，玻璃纖維材質。」拗口的專業術語，整排兵器亮相。

夏本馬力歌歌也在主屋裡架滿了山羊角，說是ikarowey（展現）對獻出身體的靈的誠摯敬意。姊姊慎重陳列衝浪板，一定也是為了持續有masasagaz（好手氣）的保證。

「帶我們去衝浪！」我迫不及待問。

姊姊淡然道：「時候還沒到。」神情有鬼頭刀躍海捕食的樣態。

往後大部分日子裡，姊姊常坐在panadnadngan（靠背石）上，視線望向遠方，她好像有著達悟人的老靈魂，日日習性向海。

但我已萬分期待站上衝浪板的神氣模樣。我早就是潛水好手了。海洋簡直是卡通版的陸地，有硬枝狀五顏六色的動物樹，魚兒在水裡飛翔但翅膀都很短。有看過海蛇噴射嗎？每回牠要呼吸時就會一飛沖天，從底礁往上直竄，瞬間射上海面。

幾年前，我為追逐一隻好價錢的牛港鰺，下潛到耳膜破掉，進階與部落爸爸同等級，講話只能「遠傳」。我還是最喜歡潛入十公尺的深度去拜訪小丑魚，環島的每一窩小丑魚群我都認識，霓虹橘帶的小可愛總在海葵叢林間賊頭探腦。

姊姊的第二堂課竟是到聖堂實地教學。

至聖所正中央的壁畫，我從小看到大：那是一艘十人拚板大船，船艙立著巨大十字架，十架兩旁一邊掛金箔，一邊垂瑪瑙；掌舵撒網的達悟人，正撈到幾尾好吃的白毛，那是族人最愛的女人魚之一，獻給上主真是好。

但我不知道這幅畫還能教什麼？

「這幅畫是海上的視角？還是岸上的視角？」老師第一道提問就讓同學傷腦筋到頭歪。

米潘潘卻答：「岸上。」

「為什麼？」

「可以清楚看見艙中人的坐姿，島望向海，才是俯角。」

回答帥極了，我見米潘潘的喉結已性感長大。

老師說，聖堂壁畫是宗教藝術中的典型三角構圖，視線由大船首尾兩尖端延伸匯集到十字架頂，三角之間平衡穩定。而十字架上的金箔掛線和船首雞毛所造成的自然曲線，顯示一股清風正從部落山邊往海吹拂過來。

解說完畢。老師要我們現場開始彩繪圖騰。這真是老掉牙的學校把戲，國小以來我大概畫過一千隻飛魚，雕過一百艘拼板舟；好像沒有政府教育，族人就無法認識自己的文化。但辣妹老師說，要天馬行空運用達悟圖騰，但場景絕不能在蘭嶼。

我很開心畫了一艘小丑魚造型的太空船，機身繪製了船眼及十字架，正往銀河系第五象限飛去，奮力游過幾千億顆眨來眨去的星星。

米潘潘超沒想像力，只瞄一眼，我就知道圖畫紙上的他正在跑步。東京大巨蛋，滿場歡呼的觀眾，聖火臺的拼板舟造型是唯一的達悟意象。我不知道他有沒有跑贏，紙上每名差距不到零點一秒的選手都背對著我。米潘潘不喜歡讓人看到他的正面。

「好厲害的短跑健將，」神父竟悄悄現身了。

神父說：「米潘潘有一天會到日本比賽，站上東京鐵塔，」巧妙詮釋了揚威日本的作品。

辣妹姊姊趕忙自我介紹，她是新來的美術老師黃欣雅之類的。

寒暄完，黃老師卻遙指我的大作：「馬力歌歌畫了船眼與十字架，為何島上都是這樣的眼睛？」

神父頓了一下，思緒緩慢流瀉：「十架是天主替世人擔的苦勞，船眼指引航行，兩者共成一體，是達悟精神領航小島的體現。」

神父不太說話的，但他有一雙善於聆聽的眼，常常我看著大船之眼時也有這種感覺。真的，人的祕密好像都寫在眼睛裡。米潘潘只有講到賽跑時，瞳孔才會充滿鬥志。而老師有一雙埋藏一切的眼。

「黃老師，您有聽過達悟人星星（mata no angit）的神話嗎？」

老師搖搖頭。

很奇妙，神父竟然在美術課上進入到部落沉鬱的吟唱語境：

從前的從前，達悟祖先離世後飛天成星，一閃一閃無數眼睛鑲成夜裡的思念。飛魚季來了，星眼映水，指引著船眼（mata no tatala），划大船的子孫眼望著。但，一年一年過去，有些眼睛實在太想念划大船的子孫了，映在水面上浮著，就突然如金幣沉海，化身完美比例的鸚鵡螺（mata no angit），浮游於海。直到有一天，英勇男人深潛，環抱祖靈，攜回陸地後，把深海的眼睛雕刻成愛人身上的串串項鍊——那是將來女人回返夜空的憑證貝串。

故事講完，差不多也下課了。

臨走前，神父彎下腰用鼻子碰我的鼻，霎時我聞到一股溫暖羊群的味道。神父轉過身又對老師說：「黃老師，達悟的眼睛，從天空到海洋，有宇宙論的深度。」

語畢，神父回到後堂。

老師恍惚間，竟也學神父以鼻禮，點一下米潘潘的鼻子：「下課了。」

也點了一下我的鼻子，說：「小奶奶，再見。」姊姊也知道我的綽號了。

「老師，你也要在衝浪板畫上魚眼嗎？」米潘潘問。

偶爾，也見浪人來拜訪姊姊。他們僱用機動船航向遙遠的小蘭嶼外海，聽說那裡的海浪是直接撞擊礁岩噴射而起，銳浪如刃。有次他們傍晚船回，一個叫綾野的日本姊姊走上沙灘，我看見她雙肘膚傷，片片像刨刀刮過。

姊姊他們這群浪行者簡直是海上龐克，浪人的髮色是海上直曬成金黃染，浪人的肌膚不是蘭嶼人2B鉛筆式的樸素黑，他們的黝黑，是一種滄桑直曝日陽下行受浸禮。從綾野與姊姊的對話中，才知道姊姊原是知名衝浪選手。國際運動品牌贊助下，她常前往海外比賽。之前也短居日本參加巡迴賽，前日籍男友仍在東京。

終於，當白樹仔發芽，白腹鰹鳥成群飛到小蘭嶼棲息，也就是東北季風來襲，漢人說的冬天到了。海面無時無刻不翻起白花點點。姊姊說：「是時候了。」她穿上防寒衣，收齊裝備。終於等到寶劍出鞘那一刻。

我永遠也忘不了第一次見姊姊馳騁海上的神氣。

那天，外海翻騰，波濤澎湃的浪拱入東清灣後，一條條整齊襲來。浪高雖才兩三公尺，但看在少年的我眼中已如山高。群浪如章魚伸長吸盤，準備一把將人吞噬。姊姊從幾百公尺遠處追到浪後，浪板大幅度甩動，一道銀白曲線劃破波峰波谷間。

天啊，蘭嶼人從沒看過人類能徒手存活在這樣瘋狂的海面。做完一連串極限動作後，姊姊瘦長雙腿淩波浪上，所有人爆出歡呼聲。神父喃喃道，這場面好像名畫「維納斯的誕生」，女神如謎由泡沫浪花幻化而成，立足貝殼上冉冉迎向海面。

「帶我們去衝浪！」那之後，我不斷纏著姊姊。

「可以。」

肯定的答覆讓我們欣喜若狂。

於是，那一年 kaneman 月（製貝灰月），吹起 kanmonmowan（啞巴風），啞巴風很害羞，轉變時間短，讓海人措手不及，但就是來了這樣要人命的風浪後，我們開始迎向衝浪殿堂。

下水第一步，看浪。海浪有她的脾性，蘭嶼人說，海洋是一頭愛撒嬌的貓，好的海人該知道如何替她理毛。從前我只在海面下留意湧升流的走向，從來不好好欣賞海浪的各種姿態。這時才領悟，當東北季風持續席捲太平洋，會從外面岬角拐一個大彎側身入內親吻東清灣。

最初，米潘潘跟我只是海上漂流木。但沒多久，我們就能清楚區分出海浪推進時崩潰的浪頭點，一邊化成白花，一邊浪壁仍推展而生。當兩根漂流木終於找到方向，米潘潘第一次成功追到浪頭，站上浪板那一刻，一個半月過去了。

接著就進入了 kaowan 月，最冷的月，小島吹起了全然的 rakwa ilawod 風，強勁寒流為東清灣帶來巨浪。

rakwa ilawod，脾氣倔強之風。水溫驟降，我們必須著厚重防寒衣。海況極差，姊姊要我們持續划水。左右左右，雙掌合攏之勢用力，竭力划了幾下後，常常浪板前進了幾公尺，但還是馬上被湧起的浪頭擊打，重回原點。

「挺住，用力向前，」姊姊打氣：「不要放棄！」

趴回浪板上，腹肌用力，挺胸上舉，左右臂再度施力，一呼一吸，手臂划槳般一收一放。猛然，一個浪頭襲來，我雙手抓住浪板上身抬舉，大浪穿過人板間的空隙；稍能停喘，我又拚命往前划。

不知划了幾百下，不知越過多少次滔滔襲來的大浪，翻板、潛越，大浪狠狠賞巴掌。當我終於前行數百公尺，來到浪濤稍歇的外海區時，累得不省人事；唯一耳聽之聲只有遠處岸上姊姊喊：「不要放棄！」

東北季風放送的大浪期，兩隻菜鳥的新手功課就是賣力划水，沉著面對海浪的襲擊，鹽粒磨人，狂風刺骨，無情的大浪隨時滅頂。

那年冬天，米潘潘跟我瘋了衝浪魔。上課下課都不斷討論著動作修正。午休趴在桌上睡覺時，浪頭一波波連綿湧入我夢的海域。

後來，我們從禱告山一路奔下水芋田，奔過壯麗番龍眼樹，路過國小雜貨店，直逼部落灘頭前，就會順手攜張衝浪板，太空船噴射器加速度下，一躍，我們縱身直接入海衝浪。

半年淬鍊後，米潘潘跟我早已是衝浪好手。

那年冬天之後米潘潘的跑速，莫名爆發了，障礙了許久的十一秒五，不知道為什麼也就突破。神父說海浪讓身體更柔軟像風，協調了米潘潘的柔軟度，進化後的他能緊緊釘在浪板中央，海浪如弓，將他拉成一支隨時會射出的箭。姊姊則用專業術語解釋，衝浪接近於水中增強式訓練，對肌肉爆發力及加速跑都大有幫助，尤其擴張了胸腔的呼吸肌群。

「但我還要更強，要能跑入全國前三名！」米潘潘說。

接下來進入了飛魚季節，有時候吹不溫不慍的 kazazakana 風。

那一天，月亮來的第十四天，礁岩露出水面很勻稱，蘭嶼人說的 yapiya o kakawan（礁石很善良）的日子，意指風和日麗。下午我們就在港灣外礁岩處集合，過美好的海邊生活。

我跟姊姊跳水自潛當人魚。

米潘潘在我們上方衝著一道道柔順的海浪。

神父呢，划著自製的 totola，礁岩區上方與大魚角力時，他總為魚兒祈禱 macyanod ka mo katowan（願你的靈魂順我意）。

我一直自潛往下去看小丑魚，那是我的祕密時光。你知道嗎，小丑魚出生時是無性的。一窩小丑魚只有體型最大的是雌性。她死後，次大的魚會在兩週內變性。看新媽媽依偎著橙、紅、玫瑰色交錯的奶嘴海葵時，我總想起米潘潘喊小奶奶的口吻。

那晚，我們又出海，肌體在海風體貼下涼颼颼吹。廣袤太平洋上，四人讓船、板在星夜下隨意漂流。無比美麗的南十字星封印下，感恩，這是上主賜給我們最美好的一夜。有一搭沒一搭，平靜中綿延無限幸福之感，話語僅是泡沫浪花：

——神父，你為什麼還是要自己製作拚板舟呢？機動船不是一次出海就可捕獲兩百條飛魚？

——划拚板舟，才能重回人跟祖先的古老關系；就算只拿兩三條飛魚，那種悸動，才是生命真正的回饋。

——米潘潘啊，你到底想要跑多快？

——台灣有一種鳥，叫大冠鳩，時速能飛到二百三十公里。我也想要躍上大武山頂。

——神父，你怎麼會來到島上？

——小奶奶，這裡有最璀璨的天空的眼睛啊。全世界，只有瑞士星空比得上。看著同一片夜空，我知道自己並沒有離家。

船舷搖晃，月光沿波痕浪漫。我們的島真的很美麗嗎？真是大島人眼中的世外桃源？還是，這只是一座沒有電先有核廢、沒有汽車先有飛機的異地。

我猶記童年時蘭嶼的純樸美好。

那時，舉目望去，村落仍有大半房子深入地面，低矮屋簷戴著黑氈瀝青的帽子。穿丁字褲走在路上是正常的。

下雨了，路上島民常常手舉著姑婆芋葉。

總會有惡意的大島人把糖果灑在地上，把銅板丟進海岸，孩子們就會湧上拿取。沒有多少外地人的純樸的從前，席・古馬洛擺了二塊板模在上部落的十字路口，飲料招牌歪斜寫：「愛你們外人請上來歡迎」。

——姊姊，你為何來到島上啊？

姊姊安靜無話。

人長大了，是不是都不喜歡說往事？年齡大了更害羞？看著姊姊不語的眼。或像米潘潘一樣，默默聽別人談論他跑步得冠軍才更神氣？

昏昏沉沉那一刻，當月光直落，打入海水的明媚夜，華光溫潤了整座海洋，那一刻，我不知是睡著了？

我見到她了，一隻鸚鵡螺在我下方十公尺處浮游，閃亮亮珍珠光澤，月光撥弦的海洋樂曲中緩緩地上升，彷彿有神祕托盤將她神聖高舉。

一時間，我想要去抓她，占有她。但她背對著我，不疾不徐用她那明白一切的大眼看我，慢慢游離我視線之外。倒沒有失落，只是若能帶上岸，就能贈給米潘潘項鍊貝殼了。

——姊姊，你會想自己的兒子嗎？

米潘潘一問出這句話，我立即驚醒，完蛋，神父跟我張大嘴。他怎麼會無意把姊姊的私事問出口，那是綾野姊姊要我們特別保守的祕密。

姊姊的臉上好像飄來一朵烏雲；沉默了幾秒鐘，卻又見到清朗的月光海。

「謝謝神父，教我那麼多達悟知識，」姊姊說，「也感謝神父來到蘭嶼，讓孩子都有了依靠。」

幾年前，姊姊在衝浪巡迴賽途中有了日本浪人的私生子，不想成為破壞家庭的第三者，最後，她輾轉孤單單流浪到蘭嶼。

說著說著，姊姊表情愈發認真。大概是回憶起衝浪選手的歲月，她轉過頭鄭重對米潘潘說，如果真想要所突破，就必須去大島訓練！依照她過去專業的知識，本島各樣的身體測試儀器跟動作分析系統，才能夠精準算出他現階段的運動參數，確實調整他的步幅、跑姿。

那年夏天過後，米潘潘轉學到北部的體育學院先修班，我跟著到一間原民班陪讀。只為讓米潘潘跑出好成績，保送好大學。我們都是第一次離島生活，雀躍又呆頭，像易捕的蝴蝶魚。

住在頂樓加蓋的違建裡，但都市只有永遠弄不清入口跟出口的濕淋淋小巷弄，用鐵窗搞自閉的斑駁舊公寓。捷運的地下動線，比黑夜裡的底棲礁岩還複雜。在城市邊緣，很容易碰上一座郊山，有了山腳，但不會知道海灣在哪；有起點，但沒有奔跑的終點。

沒有涼台，沒法發呆看太平洋洶湧整夜。

我們在這裡吃東西也不習慣。都市人喜歡豆腐鯊，吃曼波魚，稱讚清蒸美味膠質佳。但，這些都是我們不吃的魚，達悟人不射獵大型鯨、鯊、豚，夏本馬力歌歌常說，捕大魚給長輩吃就是詛咒他們去死；但，這只是禁忌的反面詞——長輩不希望子孫冒凶險跟大魚搏鬥。曼波魚很美啊，划衝浪板經過時，我最喜歡看牠們仰躺海面的模樣，愛曬太陽的都是善良的孩子。

有一次我跟米潘潘迷路在捷運地下街，來回錯過好幾站了。米潘潘說，我們跑回去吧。兩個達悟人在台北秋夜裡迷惘狂奔，兩頭鯨在中山北路上震動成炫風拍岸。

米潘潘每天糾結在碼錶數字裡。他的跑程課表很無趣，要不是持續增強式負重訓練，就是深跳、大步跨越跳、欄跳，每天跳台與木箱上單調操作，跟隻青蛙沒兩樣。沒辦法，講求科學式訓練的教練說，米潘潘的起跑加速太慢了；通常起跑蹬離踏板後，二十公尺處會達到最快步頻，只好重複訓練爆發力。

我倒是到處自得其樂。畢竟我真有原住民身分，又喜歡外邦人的華文，勉強還是可撈上公立大學。我在班上也交了很多好友。像布農族的達海，高大似台灣黑熊，上課常自己在座位上揉山羌腹皮，林口附近郊山也成了他夜晚散步的動物園。還有賽夏族的豆小羞，她邀我十二月要去南庄矮人祭，體驗靈魂出竅。矮人？出神狀態？多虧來北部認識這些好朋友，我才認識了「原住民族」。

但我還是最喜歡跟阿美族的馬耀出去玩。同樣都是海洋民族，跟 Amis 一起常常就是舉行同胞盛宴的「港覺」；國農鮮奶搭保力達，哼美麗的稻穗唱東清村三號，一起一起的歡唱比一個人的歌唱來得更美好這樣。有時馬耀會邀我跟他們一起去上工，我也不缺錢，神父給了我基本供應；但馬耀帶我認識了男模、作家、拔釘公主，還有天啊神聖的木師。木師就是 sayho（師傅），阿門！後來我也爽快叫他 saye（師耶），他是工班的模主，就是老闆。saye 對我很不錯，大部分的日子都是滿工。偶爾忙時，還要我們去別的工地幫忙，阿美語叫 mala-paliw，換工的意思。

saye 會拜託我去處理建築底層的板模。有種結構叫筏式基礎，用鋼筋打進很深的地下，再用船筏一樣大的基礎板連結樑柱結構。saye 一直讚美我是潛水高手；拆板模時，水全流進來，而且木板模一拆掉，就會全面漂動撞擊。但潛水高手無論釘子如何扎過來，板模如何撞，都能在泥水漿中愜意游動。雖然這種錢真難賺，而 saye 只要涼涼在上面喊聲就行。

有一次我拉了米潘潘，要他趁訓練空檔一起去小賺酒錢。那是在信義區高樓的建案。走出電梯那一刻，我真看呆了，101 貼近我鼻尖高聳入雲，四週霓虹看板，W Hotel、Bellavita 百貨，雖然還是比不上珊瑚礁岩的五顏六色；但繁華的時尚中心，我們「就這樣」來到了時髦的東京？只是，那一刻我腳下堆滿了雜亂的鋼筋板模，每一腳踩的都是泥水濘。城裡的光害嚴重，太難看到天空的眼睛了。

米潘潘酷酷地轉頭問我：「這裡會下雪嗎？」

年末，米潘潘高三最重要的一場比賽，第八名。冬季濕雨，在體育學院的小巨蛋裡，高級柔軟的人工跑道，他從沒有過這樣舒適的比賽環境。但他從來沒有跑得這麼爛。

「都市人怎麼會跑得比野人還要快呢？」賽後他只說了這句話。

第一學期結束後，冬天，我們回到小島。雖然很快就跟上姊姊，回到激烈的衝浪運動裡。但島上的氛圍已經慢慢轉變。

在kasyaman（飛魚迎接月），正舉辦祝福羊群節，席馬布蘭駕駛機動船在海上大聲播放流行歌，隨手把酒瓶丟到海中，一個叔叔生氣說：「abo rana o makaniaw？（沒有禁忌的問題了嗎？）」。

大家似乎都可為所欲為了？有人在棄穢地上蓋民宿。都要飛魚季了，仍有族人帶著觀光客下海潛水，打撈底棲魚種。月升他們去棋盤腳樹林裡夜觀，說要看角鴞。那麼多的惡臭都是為了鈔票？超商來了之後，夏本馬力歌歌再也無法在雜貨店賒帳；賒帳是島上人數十年來心照不宣的感情。雖然，貨幣早已進來好多年了。

paneneb（二月），一年一度的mey vanwa（招飛魚祭）開始了。前三日，馬力歌歌家族漁團團員，包括神父及我們兩位都共宿一屋，製竹血筒、編帆布、削好曬魚架。招飛魚祭當日清晨，眾人著盛裝，攜小公豬、雞來到部落灘頭。夏本馬力歌歌以刀割雞頸，將血灌入八芝蘭竹竹管中。神父戴金箔著銀帽，走到眾人的面前，說：

acme kamo a apapaz no aryis a miyaganegez do evek namen

（但願你們如潮水浮游生物，在我們的沿海生生不息）

每年聽到歐洲腔的達悟語祝福，我都為古老祭儀感動不已。三歲時，神父攜米潘潘的小手來到小島，帶來我一輩子最珍貴的朋友。禮成後，神父將禮刀遞給米潘潘。轉換瞬間，一手沒接好，金屬製品落空掉到地上。空蕩蕩的敲擊聲，所有熟悉禁忌吉凶的長輩都轉頭停下了動作。

回北部沒多久，米潘潘就腿後肌拉傷了；教練說，他只想著衝刺，爆發力讓股四頭肌發達完善，但忽略了快速向心與離心肌肉收縮轉換時，還是要有健壯的腿後肌支持。

米潘潘好像失去跑步的意志了。有一次他不知哪聽來的小道消息，說他媽媽是中壢人，他一下午就把龍岡區的每一條小巷子都跑完了，到處問是否有吳姓的天主教人家。那是我知道他最後一次放盡力氣往前奔。

有次我安慰他：「一定是城裡聽不到海浪起伏，打亂了你奔跑的節奏。」米潘潘只答：「去東京也不過幾萬塊。開機動船捕魚不過是想讓家人過更好的生活而已。」

他頭上那支倔強犄角已落，終點線再沒有一隻搏鬥的公羊等著他。他不只跟我去上工，或做些什麼賺錢我也不知。最後一學期，幾次比賽他都慘敗。

我並不知道我能為他做什麼，或許不說開來是我真正的逃避。但聽到他只保送到私立大學的那晚，我在住處等他，米潘潘第一次喝得像中年失志的族人。像海葵等待小丑魚的祕密時光，我坐在家裡黃燈下。

對峙半小時後，他終於開口：「你難道不知道嗎？我當初會跑得那麼快，就是為了逃避老師的謾罵，村裡孩子的譏笑；他們笑我是假達悟人，是大島來的壞種。」

再對峙半小時後他又說：「你不也一樣逃避，你只能一直往下潛水，潛得越深就逃避越遠。你這個同樣無父無母的孩子。你要不是原住民，上得了公立大學嗎？現在你還不是只有做工的朋友？」

說實在，我從小就是個遲鈍的孩子。米潘潘至少還有媽媽在東京，聽到他這樣說的那一刻，我才感受到自卑，我第一次從心底感受到被歧視。

真歧視，是身邊的人也瞧不起你。

我只答：「mo na jasinkid o wawa（你的眼睛裡沒有海洋了）？」

我打電話給姊姊，半小時通話，沒幾個字說出口，通話的只有嗚咽聲跟海浪聲。

兩天後，姊姊跟綾野在工地接我們下班。

回到租屋處，姊姊從行囊拿出新鮮的飛魚乾跟水芋。幾個人坐在客廳聊，靜靜聽熬煮的水滾聲，鍋蓋拿起香氣四溢那一刻，達悟的海洋湧現。

綾野說，姊姊的心意已決，她要回到東京扶養自己的小孩。姊姊說，要勇敢真誠面對自己的人生，望向窗外，窗框旁是她畫給我們的油畫。畫作中米潘潘的大腳正奔跑，跑鞋上的魚眼是焦點所在。

「不要忘了魚眼的方向。」姊姊說。

霎時，我看見公寓窗外波濤洶湧的藍。

但米潘潘沒有撐過那年冬天。我只在公寓樓梯間遇過他幾次。我去找他，有時他在便利商店排班打零工，有時他又回到工地。但大多時候他就是無所事事躲在女人的租屋處或根本找不到人。

我最後一次見到他時，他已在俱樂部做外場了。我說：「不要放棄。不要讓海忘了你？」他答，無論跑再快也跑不過城裡的人，這裡的人有裝備有腦袋。去日本比賽？別傻了，參賽費、旅費在哪裡？我們又真能排名到哪裡？你以為我真聽得懂無氧非乳酸系統或離心收縮期伸展這種鬼術語？我們只是來自太平洋小島上的高山族。善意？那些體貼不過就是聽到你來自蘭嶼時多浪漫延伸個十分鐘。

但台北的東北季風從來也沒比島上還要狂烈⋯⋯。

那晚，他從俱樂部下班走在路上，前面有人搶劫，他飛快追上去，還有誰跑得比他快呢？瞬間，他就追上摺倒其中的一人，提袋散落，裡面有無數疊的現鈔。他拿了，想走又不想走。後面有人追趕上來，他不想走又想走，嚷嚷，叫囂。米潘潘拿了幾百萬現鈔就在路上狂奔，有人追上也被他踹到車流裡。他一直跑一直跑，在大馬路上奔走，也不知道為何就有了無止盡的鹹水從他兩眼湧出。慢慢，後方有警察追了上來。他拐進一個大下坡，他往下直奔，米潘潘準備完全發揮了，百米短跑選手最終衝刺，前方十字路口有個造景環形池，太空船噴射器加速度下，一躍——

碰！水光炸開，如鯨撞入水底。望上去景緻是聖光暈成一片柔軟蕩漾。

抱著提袋，米潘潘怔怔半坐水池中。

那年六月，我返島，受颱風外圍環流影響，我在台東機場滯留了兩晝夜。候機室空蕩蕩，我午晚餐都吃肯德基。全世界大概只有台東市的速食店願意專送機場，這就是離島的宿命，島民的人生有太多都虛耗在候機室的座椅上，慵懶斜坐，空無的等待，為返鄉而無目的閒扯。

米潘潘也沒有真要傷害或搶劫誰。

六月底飛魚終止祭那一天，我回到椰油機場。

我本要下潛到很深很深的海裡去找鸚鵡螺，其實我也不知自己是否有憋氣如此久的能耐。真希望隔著鐵窗，他還能看見天空的眼睛。

神父在機場接我。

他們都不在了，姊姊、米潘潘，只剩我一人。環抱著神父雙腰，他載我前往部落灘頭。海風中一股溫暖羊群的味道，如幼時神父騎打擋車載我一樣。部落泉水仍汨汨流，灌入四方溝渠，綠葉輕拂水芋田，五節芒起舞在更遠視線外。我們途經了國小與商店，最終來到大海面前。

那天的礁岩非常善良。

「小奶奶，達悟人叫海洋 wawa，」神父吸一口煙斗，問：「你知道 wawa 的真義？」

我搖搖頭。

「wawa，是靈魂的青春之水。」神父冥思在一口菸的呼吸裡：「米潘潘暫時休息去了，有天你們都會再回到這片靈魂之海，如 sosoen 年年復返那般。」

神父拿出曬乾後各樣大魚的魚鰭，遞給我。

我便說出想著的事：「神父，我是小奶奶，連結著陸地的 sosoli，也關係著海洋的 sosoen，由山到海是由 nisosoan（水源）串起的，這是你教導給我們的神聖生命之路。我長大了，該由小 soso 出發，去學習孕生更大的生命泉源。」

蹲坐灘頭旁，我們放魚鰭緩緩入水，水流波動，慢慢沖刷浮游。這是我素知的飛魚終止祭儀式。回去吧，你們這些豐碩的大魚，曾來過這裡，餵養我們，赦免我們，今日，是你們重生的日子。回去吧，歸去大海，各自回歸各自的家。

◆**評審意見**

少年小說味，樸實不炫技／鍾文音

這篇小說以成長小說的視角，寫出成長的代價，時間移往，人事已非。小說語言有著少年小說味，但又蘊含世故的無奈風霜，淡淡描繪出達悟族的哀歌，海的族群在現實夾殺裡如何遺忘了海。我、米潘潘、姊姊、神父，生活在小小的海島，海的滋味就是一切。

這篇小說除了帶著輓歌氣息形塑了小說的時空流轉之滄桑外，也融入了詩歌質地，衝浪等海的元素，使小說耐於咀嚼文字背後的深意。不要讓海忘了你，忘了海的你還能回到海的懷抱嗎？小說最後點出這種傷感，緩慢地帶出一些移居大島的破碎之人，邊緣之邊緣。在閱讀時很能喚起對於移居者的同理同情，萌生對於島嶼與海洋的種種失落之殤。小說淡然而節制地帶出某些往事，樸實而不炫技，看似平淡，但處處浸潤著關於故事碎片的吉光片羽，感傷的逝水年華。

決審會議紀錄

★報導文學獎決審會議紀錄

★新詩獎決審會議紀錄

★散文獎決審會議紀錄

★影視小說獎決審會議紀錄

瘂弦

楊渡

顧玉玲

以文學的隱喻，探求報導的真實

白白／紀錄整理

今年時報文學獎報導文學類的徵文共計收件五十八篇（包含東南亞三篇、港澳兩篇、中國大陸八篇、美加兩篇，其他地區一篇），經初複審委員汪詠黛、房慧真、邱祖胤評選後，有十二篇進入決審，分別是〈Germani〉、〈冰山之下〉、〈除了死亡，還剩下什麼？〉、〈流浪日記〉、〈變色豬〉、〈星在他鄉〉、〈一萬八千份簽證〉、〈氂牛吃草的地方〉、〈我們的命運，有辦法自己決定嗎？〉、〈今天不上學〉、〈漢人牧師委身部落——從「埋怨」到「甘甜」〉、〈走進他們的房間〉。

會議於九月廿三日下午二時卅分，於時報大樓會議室舉行，由履彊、楊渡、顧玉玲等三位決審委員組成。決審委員針對十二篇作品進行投票、討論。投票前，首先由決審委員各自陳述評審標準。

評審標準

履彊（以下簡稱履）：我對報導文學的看法就是「報導加文學」、「知性加感性」。首先是一定要有真實事件，其次是作者一定要對其有深度瞭解、接觸，而且要有真實的人事時地物，不是虛構。裡頭要有作者的觀點，可以引申推理去鋪陳。而且這個事件本身對社會是有啟發，文以載道，而不是單純事件報導。我覺得對於報導文學，關懷社會是很重要的。我會去感覺有沒有人道主義，有沒有重大影響值得大家去借鏡、追蹤、關心。

顧玉玲（以下簡稱顧）：我比較關注的是他有沒有獨特的視角，這個視角可能有時候不一定是一般人能看得到。好比說我們寫遊民的時候，如果是從遊民的視角，每天在地下道醒過來看到很多台北市民膝蓋以下的腳匆匆來去，那麼所看到的台北一景就可能跟別人所看到的不一樣。所以我會特別關注作者有沒有一個獨特的視角，也希望他可以有較大的結構性視野。寫作者可以經由查資料、前人的研究，或去訪談對立面，建立出不同的視野。所以如果只是沉浸在那種貼近受訪者的世界，而沒有拉出一個視野，對我來講是不夠。因為我覺得你沒有善盡角色，為事件多提供一點研究。

第二個部分我很看重他有沒有真實田野的貼身觀察。這次作品有的是改寫歷史故事，我覺得也很精采，但終究沒有真正踏足田野，缺少貼身的理解跟觀察，對於我來說就會打折扣。除了貼身觀察之外，我覺得寫作者還要有抽身布局的能耐。寫作終究是為了跟讀者溝通，所以如何去說這個故事，是需要一點布局。作者怎麼重塑這個故事，如何去勾動讀者的好奇心，然後怎麼做ending，不是傳統的起承轉合。報導文學有一部分是真心希望跟讀者溝通，不是喃喃自語。

楊渡（以下簡稱楊）：如我一直重述的報導文學是報導像父親，文學像母親。所以報導裡面要包含第一個是真實性，第二個是要有採訪。如果不是來自於真實而是來自歷史，如裡面有一篇寫得不錯，但是它像是歷史的 rewrite，並沒有採訪到某一些現實的場景。但報導文學不單只有報導而已，它必須有文學。要進入人的生命故事、人的內在矛盾、生命中所曾經遭遇過別人未曾有過的……這種文學的敘述，你可以用散文、用詩、用小說的語言，去刻劃人物，去敘述故事。所以報導文學裡要有報導的真實，但用文學的想像、文學的描述能力，讓整個生命故事、整個你想要敘述的主題顯得動容。通過文學對於細節的描述乃至於用各種隱喻，使得生命浮現，甚至表現世界觀，去隱喻一個時代。

在三位評審陳述評選的標準後，開始進行第一階段的投票，每位圈選四篇不分名次，之後再針對獲得票數的幾篇，逐一進行討論。

■第一輪投票結果：

1票：〈走進他們的房間〉㊣楊

2票：〈漢人牧師委身部落——從「埋怨」到「甘甜」〉㊣顧㊣履

3票：〈除了死亡，還剩下什麼？〉㊣楊㊣顧㊣履

〈犛牛吃草的地方〉㊣楊㊣顧㊣履

〈我們的命運，有辦法自己決定嗎？〉㊣楊㊣顧㊣履

■第一輪投票討論：

一票的討論

〈走進他們的房間〉

楊：這篇有一個問題，作者沒有寫出受訪者具體的經歷、病症以及他到底有什麼問題，他留下一個懸疑。以採訪的真實性，這是有問題的。我選他只是想說也許有人會感到興趣，大家探討一下。但是事實上如果要我選的話，我就會選〈漢人牧師〉。因為這篇的文筆比〈漢人牧師〉好，作者很會講這些人的故事，所以在想要不要給他一個機會。

顧：這篇寫的就是樂生療養院，而且是最早進去的那一批。本來我也有考慮這篇，確實是因為作者留下許多細節，而且他當時做非常大規模、將近一百人的採訪。過去這二十年來，受訪者陸陸續續都過世了，單就這一點，就有一點想選他。但問題就出在如剛剛楊渡所說的，就這麼明顯，臺灣就這麼一個地方，而且最重要的是，樂生療養院到現在都還在抗爭，就上個禮拜我還跟他們在開會。書寫過去留下來的歷史時，要有一個現在的對照，但作者為什麼把它變成純檔案，這使我後來沒有選這篇。不然他真的留下很多很珍貴的第一手資料，是後來再也沒有機會去保留的。這篇最可惜的就是用這種檔案式的紀錄，使我沒有辦法選他。我說過我很看重他們的布局，不做布局卻只是把他文字化，真的是太可惜了。

履：顧玉玲講的就是我的心聲。要串聯起來！我知道他是一個存在的，沒有被遺忘的，但是他中間的連結性不夠強烈。他是用鏡頭那種閃過去的角度，這邊一分鐘、那邊一分鐘，用攝影的技巧。

楊：他是可以寫成長篇小說，他這樣寫太可惜了，浪費題材。

二票的討論

〈漢人牧師委身部落——從「埋怨」到「甘甜」〉

楊：這篇很平實，但寫作技巧不是很好。凸顯偏鄉教育問題，佳作應該是OK。前一、二名我個人比較不行。

履：可以給作者建議的話，他應該寫比較更具體的家庭故事，寫得更細一點，放在輔導過程裡，那一、二個家庭的故事會更立體。寫他對於一個家庭的影響、一個孩子的影響，那樣的話他的故事性會更好。

顧：而且我覺得他跟另外一篇沒有被大家選的〈今天不上學〉是個對照。〈今〉是在講老師面對中輟生，這個老師很有心，文采也不錯，但是他沒有看到問題癥結。老師這麼認真，努力做到「一個也不能少」，要把學生找回來，你就知道他找不回來。學校裡這樣好心的、有良心的老師，就是看不到癥結點，所以也發揮不了好的作用。這個牧師真正進入部落裡，他才看到問題出在結構；那個老師卻一直覺得，那些小孩為什麼都不來？這讓我覺得好悲傷，這兩篇是非常好的對照。

三票的討論

〈除了死亡，還剩下什麼？〉

履： 這篇最讓我感動，讓人看到會流淚，眼眶會濕的，而且這是一個存在的事實。台北 101 是那麼富麗堂皇，背後有多少故事，現在還有多少人去想到？工殤問題各地依然存在，此文是一借鏡，也可以提醒當政者。這篇有血有肉，呈現驚險一瞬間的兄弟情感。文章到最後，也符合玉玲提到的「作者的視角」。作者想告訴我們冠蓋雲集的背後是什麼，文學造詣也好，這篇相當好。

作者在處理現在還存在的勞工問題，把經過事件後得創傷後壓力症候群的工人，而文章主人翁到現在都還繼續在那裡面對生活、面對創傷。他的內文小標題很好，「從身體裡長出紀念碑」，這樣詩意的小標題，我覺得很棒，我極力推崇這篇。

楊： 以報導文學來看，他的觀點很清晰；就文學來論，我覺得他使用隱喻，將他的觀點埋在裡面。例如說他從台北 101 開始寫，到最後，阿勇的命運是在高雄。弟弟死在 101，最後他在高雄輕軌工地裡面，意外受傷就失去了工作，而那個地點是在高雄夢時代。那是一個地標的意義。這在文學創作來講，呈現了一個強而有力的控訴，但他把這分控訴埋在文學裡，收放自如。

第二個就是寫底層生活裡所能夠依賴的，也就是在信仰上能夠依賴的，居然是去點光明燈。他並不是去寄託在一個社會福利制度裡面，沒有，而是自己去點光明燈。他跟他妻子在市場裡賣東西賣到身體都快撐不住，這就是底層真正的生命。那所有的生命是去支撐101、去支撐夢時代。你不覺得這是台灣非常魔幻寫實、非常強烈的反諷嗎？就文學論，他文筆跟他敘述故事的功力，在這幾篇中是最好的；再者，他透過隱喻來對於時代的反諷，作者並不是訴諸於直接的控訴，他通過故事、通過文學、形象、隱喻，然後去呈現出來。然後結尾寫得很好，「只要一碰觸，就會無聲地流出血來」。

履：我覺得剛剛楊渡講得非常好，坦白講報導文學我們看太多了，但是像這樣文學張力很強的很少見。

顧：因為我長期關注工殤問題，所以可能會更苛求一點，覺得這都還不夠。但是平心來看，就這幾篇來講，這篇確實是最出色的。

楊：坦白講就這幾篇來看，我會給他第一名，相對的，〈犛牛吃草的地方〉我會給他第二名。

顧：〈犛牛吃草的地方〉是我的第一名。

楊：他寫生態和整個環境裡，價值怎麼跟自然結合起來，隨著他回歸到最傳統的遊牧生活方式，這裡寫得很好。但是相對來講，就人跟文學來講，我會選這一篇。

〈氂牛吃草的地方〉

顧：這篇確實有非常吸引我的部分。因為講生態、講田野時，他是帶著知識的含金量進場的，這是他最可貴的部分。不像一般的記者只是到現場看一看。因為他了解，所以他的敘述一點都不生硬。作者也沒有故意要太文學，他文筆流暢，觀察細緻，能把當地場景鋪陳在我眼前。所以對我而言，會有知識上的學習，敘事上又很迷人。後面結構上有一些小問題，好比說，他真正在現場很可能是二〇一六年，但要到最後一段時，才會知道二〇二二年他打電話給熊，所以我們就知道之前幾年的事。他快速地在最後那幾段收尾，有點頭重腳輕，ending 不夠好，要不然整個敘事方式我是喜歡的，要是可以有另外一種布局就會更好。

這個作者值得期待，我很期待有這樣專業知識的人能繼續做這樣子的報導文學，因為他們會寫出別人寫不到的。

履：這篇很重要一點就是他的格局很大，他不只討論到青藏高原，也討論到整個地球氣候的問題，有土地觀察、社會觀察、還有弱勢關懷，影像感看起來也有氣勢。他的題材特殊，格局大，知識含金量夠，讀者讀到這一篇不止看到青藏高原，是看到整個地球，看到暖化的問題，看到生態的問題，視野是寬闊的。缺點就是 ending 真的不夠漂亮。我們也不用苛責，反正就給他第二名吧。

楊：過去我們會以為，為了生態全世界都在努力，努力用工業化後的腦袋要去改變過去的生態，最後發現，原來最初的生態系統本身就能維持它內在的平衡。真正的遊牧方式才是對那個生態、那片草原、那個自然是最好的，而生存在當地的人們，本來就是與自然融合在一起。這使我想起，以前有人說要保護山上，我就說你找原住民去，他們就是知道怎麼跟自然相處，他們最了解。其實回到原來生態，對臺灣的山林保護反而會做得更好，但我們卻用漢族的角度自以為是。森林本就是他們生存的所在，他知道怎麼跟他一起呼吸。

這一篇很有意義的地方在於，他把他們跟土地奮鬥的過程寫出來，做了各種努力到最後發現，那些圈地的、那些什麼私有化等等的所有努力，你用資本主義工業化之後的那個腦袋，其實都沒有用的，你還是要回到原來的生態裡面，回到原來藏族的生活環境裡面去。所以他們最傳統生活方式其實是對天地、對自然最好的，最後結尾裡面所寫的無非是這樣。

我會選這篇，是很難得在生態保育報導文學作品裡面，有寫到現場的觀察、有對自然的描述、也有在生態奮鬥過程中的各種手段跟結果。我會給他第二名。

顧：作者在談中國大陸的牧區因過度放牧造成沙化，或者是造成各式各樣的問題，後來大家就怪牧民、怪動物。可是我覺得這一篇是很清楚的。那些高高低低、起起伏伏都是大自然的力量。我很喜歡他後面引出大師兄說或者是熊的話。

楊：他最後那一句講得很好，你必須放那個很長的時間長度，才會真正看到生態的變化。生態不會因為你今天下了什麼藥，明天就變好，那是要有時間的。

履：最後回歸自然。

顧：科學家最終還是要向傳統文化看齊，那個很棒。

〈我們的命運，有辦法自己決定嗎？〉

顧：先說缺點，還是結束得太弱。作者掌握了這麼多資料，也做了現場觀察，但是他沒有抓到癥結的重點，使得觀察有一點弱。這次有幾篇都是從類似課後輔導中心、訓練中心的角度，但是課輔中心那篇還多一些學生的視角，到部落的觀察，也拉高了視野。這一篇很可惜，我認為他沒有掌握學生的真實狀況，可能因為語言無法溝通，只能從他有限的視角來看。有時候你可選擇另一個視角，而其他的視野是可以靠做其他的功課來補足。

履：這一篇呈現的困境，是你看不到微光，你只看得到黑暗。但面對這樣的困境，作者觀點很薄弱。他呈現了人道關懷，就像講到愛心無國界的鄭永發牧師，裡面的疫情、生活習慣等就是一個比較暗黑的描寫，這些場景在很多第三世界國家裡，比比皆是。

楊：我也是這樣覺得。他所描述的題材是過去我們很少看到的，在主題選擇上，他雖然特別，但這不是我們特別關注他的原因。作者有到現場去做了採訪，雖然在採訪上有些不足，不過他讓我回想起俄國的諾貝爾文學獎得主亞歷塞維奇《車諾比的聲音》，他去採訪在車諾比的時候，讓每一個人去敘說屬於他的故事。所以我對這一篇會有期待：他碰到一個人，述說如何變成無國籍的人，陳述國家的問題、自身的處境，再加上場景的描述，以及國家困境如此，寧可當沒有身分的人也不願回去原生國家等等。

可惜的是，他雖然寫到一些人，但也只是點到為止。其實這是一個很棒的主題，也點出了有一千萬人在世界上是無國籍，這些人為什麼選擇做無國籍者？讀者也會自問，這世界上國籍到底代表什麼意義？作者沒有答案。而事實上，這些無國籍者用他的生命，用他的拒絕，用他在這個地球上沒有身分的這種永恆的漂泊，來對命運做無力的對抗。

◆因評審對參選作品意見高度一致，第四十三屆時報文學獎報導文學類得主順利產生，首獎是〈除了死亡，還剩下什麼？〉，優選獎為〈犛牛吃草的地方〉，佳作為〈漢人牧師委身部落——從「埋怨」到「甘甜」〉、〈我們的命運，有辦法自己決定嗎？〉。恭喜所有得獎者。

新詩獎決審會議紀錄

向陽

陳克華

陳育虹

詩如舞蹈，要留白也要飛躍

白白／紀錄整理

第四十三屆時報文學獎新詩類的徵文共計收件四百八十二首（包含來自東南亞十八首、港澳十三首、中國大陸六十七首、美加十三首，其他地區三首），經初審委員董秉哲、林德俊、隱匿評選後，有五十七首進入複審。複審委員為林婉瑜、顏艾琳、嚴忠政，複審結果有廿首進入決審，分別是〈大夜班的護理紀錄〉、〈瀑布〉、〈相反——記兒時摯友〉、〈森林〉、〈從前那麼好〉、〈看見〉、〈形符——灰灰的雨、繽紛的傘你穿過。水窪〉、〈言之鑿鑿〉、〈婚姻的故事〉、〈入山〉、〈弟子歸〉、〈懺悔練習——寫給女兒〉、〈大湖莓記〉、〈海的詞性〉、〈裝潢〉、〈親愛的少年——解剖課裡的青蛙〉、〈外婆腦海的風景〉、〈在農耕的路上〉、〈對摺〉、〈被漫遊的日夢者〉。

會議於十月八日下午二時卅分中國時報會議室舉行，由中國時報人間副刊主編盧美杏主持，首先由向陽、陳克華、陳育虹等三位決審委員推舉主席，主席由向陽擔任，開始各自陳述評審標準，並針對廿首作品進行投票、討論。

陳克華（以下簡稱克）：這次的作品拿到手上看過第一遍，覺得水準非常整齊。好處是評審的結果不會太離譜，壞處就是都很接近。我一直對參加比賽的新詩作品有一點點的不滿，就是如果我們用走路來形容新詩，那詩應該是一種舞蹈，他可以很抽象，可以很寫實，很繁複也可以很簡單。可是在看這些參賽作品時，往往看不到舞蹈的部分，都看到在秀肌肉，就覺得就像鄭愁予老師的詩句一樣，「這時代一如旅人的夢是無驚喜的」，一直沒有看到「驚喜」這兩個字。

時代在變，這些作品在我腦海裡面便有兩個評審的標準：一個是他在嘗試告訴我，詩是什麼？另外一個是他在嘗試告訴我，詩可以是什麼？也就是說，有些是直接把詩的本質表達給你看，有些是他玩一些技巧、意象、形式，然後來告訴你說，我的技藝有多棒。那這個就是俗稱的「得獎腔」。得獎腔也未必不好，可是得獎腔對於評審來講，就會擔心受騙，所以我會比較在意作品的完成度。也就是說，我們看到很多創意、看到很多特殊鍛鍊或是奇異安排的句子或意象，那些當然可能是加分，但是也有可能是扣分的，我會回到「詩是什麼」這件事情來作最後的評斷。這是我個人的評審標準。

陳育虹（以下簡稱虹）：我不曉得我等一下選出來的到底是肌肉還是舞蹈，我想我選的標準是，最先看他的想像力夠不夠，我覺得想像是創作第一個最重要的，不管是畫畫還是音樂。第二個是情感。我覺得情感很重要。不管是任何的創作，沒有情感那是不行的。情感之後我覺得思考很重要，有沒有自己的思考在裡面，有沒有能讓我們回味的思考在裡面，最後當然也是最基本的就是技巧問題。技巧是一種表達能力，有沒有辦法表達出你想要說的、你的情感或是思考、或者想像，那這就是技巧。不論是炫技，或者是克華講的炫肌肉，那很不自然的動作是看得出來的。

向陽（以下簡稱向）：其實兩位已經講得差不多了。我完全認同克華剛剛提到的水準整齊，在這次的決賽作品當中，絕對看得出來。他唯一的缺點大概也是，很難看到比較獨特，或是讓人驚喜的作品。育虹提到想像、情感，另外還有表現技巧，這三者本來在詩裡頭堪稱是整體，他是一個完成的過程。沒有真正的想像力，寫詩就很容易流入平凡，缺乏感情的詩就是假的。假設技巧又不是很好，那就不成為詩。這些作品都已經進入決審，大概都在水準上。那問題就是誰比較傑出？需要共同討論。

在三位評審陳述評選的標準後，開始進行第一階段的投票，每位圈選五首不分名次，之後再針對獲得票數的幾首，逐一進行討論。

■第一輪投票結果：

1票：〈瀑布〉㊟虹、〈森林〉㊟虹、〈弟子歸〉㊟克、〈裝潢〉㊟向、〈親愛的少年——解剖課裡的青蛙〉㊟虹、〈對摺〉㊟克

2票：〈看見〉向克、〈海的詞性〉向虹、〈外婆腦海的風景〉向克

3票：〈大夜班的護理紀錄〉㊐㊓㊗

■第一輪投票討論：

一票的討論

〈瀑布〉

虹：寫得蠻驚悚的一首。他想要描寫的應該是同性的AV錄影，講得非常含糊，雖然提到瀑布啊、河水啊，其實都是室內的，非常隱密的地方，也暗示出是個精品旅館。他在暗示方面做得蠻好。在說跟不說之間，至少讓我看到這些東西，最後他說「桌面的水成為漬的前一刻」，也許就在虛幻當中，會感覺一些真實的或者是美好的東西，不管那是多短暫。這是我選他的原因。

克：這首如果是在一個很隨興場合來讀，可能會有美好的感受，可是放在比賽作品，他會變成有一點點太虛無飄渺、太散、太不知所云、然後意象太跳躍。在決審這個位置，我會稍微保守，我會要求他的內在邏輯性跟連貫性更強烈一點。他有非常精采的句子，如「乘坐者分成兩派：緊抓握桿與高舉雙手」，這是兩種不同的人生態度。可是到最後，好像沒有把這個意有所指的瀑布說明清楚，所以我決定不做那個解讀者。我認為詩如果不能夠直接把我拉進他所要呈現的世界的話，我們沒有那個資格跟理由去介入。也就是說，寫詩的人不應該把詩寫成一個謎題。

〈森林〉

虹：如果說是選三首還是四首，我不會把它包括在內。他彎晦澀的，有環保主題。

克：這篇我有深究過，我不太理解他藉由森林這件事情，一直提非常多殘酷的句子。我被詩裡頭的矛盾元素打敗了，就是說，他如果真正的是要把我們引入那個絕對的自然的森林，那樣回歸原始的話，又同時展現了非常殘酷的叢林法則，那種萬物生存彼此吞食、彼此傷害的世界。育虹看這首詩是環保的立場，我是看到了很殘酷的意象，有點像 Discovery 頻道。最後我放棄這篇的理由，是在最後一段，「無法追溯愛早於呼吸，或愛早於生活」這兩個句子沒辦法跟前面呼應，所以我放棄。

〈弟子歸〉

克：佛教有個經文叫「弟子規」，規範的規。當然，他用一個老師的角色，使用「歸」有他的隱喻在。一開始我當然覺得他寫這個，就是老師在看課堂上的學生的角度，我覺得有點被打動到，因為我自己也在大學教書，譬如說第二段的最後兩句，「自己授課，說給自己聽，一小段的知識、一小段的人生體悟，如寄居蟹般，終會遇到適合的耳朵，久住下來」。我覺得這個蠻有意思的，其實大部分的學生真的就是不適合的耳朵。其實我有被幾段打動，剛剛育虹講到的情感，就是一個老師對於他的教學生涯，對他面前的學生，他有什麼樣子的情感。第三段他講到這個學生，「我想告訴你青春無懼，深夜裡也有陽光，需要的僅僅是，足以瞭解自己的時差」。我覺得這一段寫得很好。因為小朋友就是需要時間，他們終有一天會了解的時候，那就是時差了。最後一段把這首詩稍微提升起來，「人生無非是將旭日一再釣起」，這首詩讀起來有一種，老師對於學生的寬容跟溫柔。

虹：我覺得這就是一首很平穩的詩。我在這邊寫的就是說，比如「請盡情無憂無慮地憨笑，等你到我這年紀，一旦學會了哭，就會發現純真的笑有多不容易」，這種人生的體會其實並不是太深刻，就是我剛說所謂的思考性的東西，他是有點欠缺。最後一段好像太教條了一點。

克：就有點說教。他的缺點就在他有一點點在說教。

虹：對對對，說教性太大。詩其實在於他一種空白，他要留一些給我們讀詩的人來思考。太說教，太白的話，就沒有留白的部分。

〈裝潢〉

向：一首用裝潢來寫人生入老之後，身體要裝修的故事。所以裡頭用的都是裝潢的術語，談的其實都是自己的老態。所以這個裝潢是在寫人生的老境。我選他基本上是說，他把門面，就是我們說房子有一個門面，人也有門面，他把門面用裝潢的方式形式去寫，蠻有一點創意。不過他不在我的前四名之內，我建議可以放棄。

因評審不堅持，故不進入第二輪投票。

〈親愛的少年——解剖課裡的青蛙〉

虹：這首跟〈弟子歸〉做了一下對比，所以我選了這首，也是講課堂。主要的身分是所謂的narrator那隻青蛙。作者用青蛙來寫他自己被解剖，人生如夢，一個輪迴，青蛙講話的對象是那個少年，十幾歲的少年在解剖課上，向少年講說牠當下的感覺，以青蛙的口吻來說死亡，是青蛙的自剖，也是人的自剖，最後當然是死亡，死後他看到「雨已經停。窗外的睡蓮遲遲未開，心懷一場不肯醒來的夢」。他那「跑著跑著栽進了荷塘裡，頃刻間蛙鳴四起，他忘了哭泣」，寫得雖淺，意思還蠻深。

〈對摺〉

因評審不堅持，故不進入第二輪投票。

二票的討論

〈看見〉

克：這次決審作品裡，有幾篇的角色非常清晰。像剛剛育虹講的〈親愛的少年——解剖課裡的青蛙〉，敘述者是青蛙；〈大夜班的護理紀錄〉是護理師。〈看見〉是一個盲人按摩師。我覺得他用一個很散文化的形式不斷鋪陳，盲人按摩師在這個世界上，以觸覺、聽覺為主導的，失去視覺的生活型態裡面，面對著人的身體。他又把人的身體跟我們所居住的環境、生活的島嶼做了些連結。我覺得這個還蠻有意思的。因為目盲所以重新感受人類，看見了有視覺的人類所沒有看到的部分。

我覺得他沒有表現得很好的是，有一點點的刻意，他好像對於這樣一個角色注入了太多的憐憫。後面很好，「島嶼就是一本最大的點字書」，他經由觸覺去感受我們生存的土地。他說「不同的海有不同的湛藍與浪漫，摸起來都柔軟，但浪的褶痕與毛邊並不一樣」，看起來有點弱，但又很敏銳的點出失去視覺的人對事情的敏銳度跟清晰度更高。

向：〈看見〉提出了兩個對照，這個對照是從盲人按摩師對人體的觸摸來表現。這首詩的身體書寫相當不錯。身體的觸摸，還有按摩的部分寫得很動人。當然他也寫出了有關於盲人要讀書的處境，必須要使用點字法，點字法也是一種觸摸，所以又觸及到了書本或者知識。最後一段的確寫得非常的好。對他來講，他看不見島嶼上任何的山跟水，可是透過想像他可以見得到，所以才會有說摸起來還有觸覺，包括想像跟觸覺，「摸起來都柔軟」。

這裡「不同的海有不同的湛藍與浪漫」，其實也有隱喻。就是在這個島嶼上，可能不同的想法、不同的見解，可是他們摸起來都很柔軟，只是他們的「褶痕與毛邊並不一樣」。我覺得這所謂的看見應該是在這裡，看到我們常人所未能見及之處。

虹：因為對我來講，這一篇其實有問題。因為雖然是個盲者，可是他寫的太多是用視覺的，譬如說湛藍。如果是天生的盲人一般應該很難分別深藍、湛藍、淺藍是什麼藍，最後一段雖然寫得很好，但「粼粼波光像銀色風鈴搖晃」，聽覺是可能的，但視覺不太可能，基本上還是一個明眼人在寫詩，盲人應該很難想像粼粼波光。此外太多文青感，「蝴蝶風度翩翩，邀我上山拜訪春天」，如果你是用一個盲人按摩師，他不會想到這麼虛幻的東西；整篇視覺的東西，瓦片啊、月光、星芒啊、星圖浩瀚，這完全是視覺的，「有淡淡的草香」才是令我相信的嗅覺。

〈海的詞性〉

虹：以詩論詩，〈海的詞性〉抓到了詩中更虛的東西。我們都知道實的東西比較好寫，虛總是很難寫的。作者用一種很私密的語法，很多擬人的比喻，完全沒有讓人感覺牽強。我們對於一首詩的判斷，論想像力、情感或同情，或是思維或技巧，這一篇是我認為很完整的一篇。比如說，「夜的容量比海還要大。我讀夜，讀一百萬加侖的海」，這種描寫法好像我至少我還沒有看到過這樣子的描寫。然後寫「珊瑚做為字的肋骨擁有版權的保護」，那就是他談到了文字這方面，「海葵已經伸出觸手修改歷史」，這樣子的比喻我不覺得牽強，反而覺得想像力很豐富。「和魚交流換氣的技巧。海膽、螺貝、海藻、招潮蟹⋯⋯是動詞」，他這個動詞是真的動詞，但點綴了這首詩、點綴了海。寫法非常活，甚至到後面，用植物來形容海洋、海岸，形容詞也用得非常自然。

如果要說有一種為完成一篇創作的刻意，他絕對是有的，不過我覺得，所謂技巧本來就有一些刻意，要有一些策略在裡面。他要講的是生態，我覺得他是蠻成功的一篇作品。

向：這首詩相較於其他詩作，語言相當乾淨，沒有太多繁複的修辭修飾。基本上〈海的詞性〉他觸及到兩個層面，一個是大海，詞性牽涉到書寫。我們在書寫的時候呢，當然就會有動詞、主詞、副詞、形容詞，這一類的詞性。所以他試圖把海跟書寫這兩者連結在一塊。所以一方面是海，可是其實他也是在談詞性。這裡頭用了相當多有關的詞彙，也包括關於一本書。

「我讀字間的浪聲依照你的導航，讀夜色沉積的海港」，這都是在隱喻著文字跟書寫之間的各種多樣，不同的作家、不同的作品、不同的閱讀帶給他的喜悅。到最後，他說「海面，是我的書冊。海的敘事裡，浪有不同的詞性」，也就是說，幾乎每一種書寫，有一個獨立的個性，不同的詞性。我作為讀者，與夜與廣闊的天空還有海、書海，不管是副詞、動詞，最後都能完成一個完整的造句。我覺得他是有備而來的書寫，寫得還不錯。

克：我完全同意兩位評審說的，可是就覺得是為得獎而來的詩。他講到文字、講到閱讀、講到這個詞、講到寫作，我會覺得他真的用力到詞溢乎情的程度。他一直有一個暗示，這是一個睡前的閱讀，但光是只有在睡前閱讀的美好與幸福，要撐起這首詩並不容易，所以把很多比較不相干的東西都拉了進來，就是「詞性」，很知識分子的表達方式，然後明明是名詞，他說是形容詞；明明是名詞，他說是動詞。最後發現在完整造句時，他漏了副詞，這是小小的漏洞。

〈外婆腦海的風景〉

克：一開始有一點難以消化，後來讀了幾遍以後，發現他用了有點像電影的蒙太奇手法講失智老人，他一直讓我想起奧斯卡金像獎的《父親》那部電影，他也很精準的呈現一些失智或記憶喪失的人。譬如說記得去年的肉菜價，卻記不起今天發生的事情諸如此類。這作品裡比較有意思的，是他運用幾個意象，如火車、枯樹、山洞來描寫她活在自己的一個世界裡。一開始看還沒有那麼的被感動，到最後覺得，原來這就類似一個劇本的寫法。

向：這首詩除了題目我不太滿意以外，其他都很好。他是一個劇場形式的鋪排，每一段都是一個場景。所以每一段裡面都會看到意象，非常鮮明的意象，整體的意象集中在火車還有枯樹和山洞。最後的總結，又回到老婆婆不在車廂，成為枯樹跟山洞。他像個導演，這些畫面通過了每一段落，讓我們鮮明的感覺到，一個患有失憶症或者說已經失智的老人的腦海裡可能的風景。

我剛剛說這個題目，其實題目沒有外婆，就可以是所有的老人，裡頭當然也有強調到家族的關係，那些家族的關係最後都坐在樹上，然後從樹上掉到火車裡。這個非常魔幻的寫法，感覺到真實，做為一個老人你承載了整個家庭，到你老掉的時候，發現家族都離開你了，記憶也離開你了，你就徹底的孤獨。

虹：這首就像我們在看的歐洲電影，那種慢鏡頭的感覺。但因為電影是一個全知角度，把他變成文字，最難的就是全知角度了。就像我剛剛講的，這個敘述者如果是青蛙你就要從青蛙的角度看，那你怎麼會一開始就知道外婆腦海裡是什麼風景呢？你怎麼知道她腦海裡面浮現的是一座車站還是機場什麼？這是我的疑問。另外，她有預感：「那棵乾枯到近似燒焦的樹，時間在砍他了。」外婆變成像一個文青了。這就是我講的，當扣到文字時，會變成用力過猛，而難就難在這些細節，它就像寫小說，你寫任何角色的時候，你必須要在角色當中寫。

二票的討論

〈大夜班的護理紀錄〉

克：這首我在勾選的時候，其實是又喜歡，又有一點點退縮。第一個就是這裡面出現的所有名詞，其實不太是醫生使用的，而是護理師他們在做的事情，所以敘述者的角度，已經明顯到讓人幾乎懷疑他是不是一個專業的護理師，這其實是值得鼓勵的，就跟我們以前都在抱怨說，我們看電影裡古人在下圍棋，上面的棋子都是擺錯的，藝術表現裡頭的專業度不夠。這一篇就專業性的細節來講，簡直是太精準的精準，所以這部分是加分。可是它也可能是扣分的，因為每個細節都掐得這麼緊，到後來我讀起來有點累，變成有點重複了，就是說，他把病房或真實的人生，所產生的各種負面的、黑暗的人生情境，都跟護理專業緊密扣合讀起來就是那種低氣壓越來越低、越來越低，如果他在一個這麼清晰的場景的設定裡頭，能跟育虹強調的，詩要有一種留白寬鬆跟飛躍的想像，這部分他是沒有的。

虹：〈海的詞性〉跟這首中，我會有一些考量。因為他非常實際，那另外一首是有帶虛的，我們現在鼓勵寫詩，就是用一些比較新奇的詞彙，不一定文學裡的詞彙，詩也許有一些是語言的實驗，有一些是生命的經驗，兩邊其實都是不能缺的。這首用了很多專業詞彙，讓我們看到除了他在語言的實驗，他很明確的大夜班時間，幾點幾點幾點，是一種時空的交代，地點就是在醫院，時間就在半夜。

這首詩在實戰經驗跟文字的表達能力是相得益彰的。醫療方面護理詞彙用非常多，像克華講的，有一種沉重的感覺，但他的內外還是可以相互映照，並不讓你覺得特別牽強。不管是什麼樣的藝術創作，都有一些人工的思考在內，這篇是有策略的、他有他的方法，〈海的詞性〉也是。讀者感覺到時間、時空的壓縮跟他身心感覺到的壓力，思緒在緊迫的狀態，是很用心的一個作者。

向：簡單的說，他寫著疫情當中一個護理師的大夜班，乾淨俐落。在形式上，用時間序，從十一點四十分一路下來，這個寫法當然在八〇年代就寫過了。形式上面呢，有這個時間序去交代一個護理師的真實生活，相當寫實。在技巧上面，他用了相當多的專業性名詞，很聰明，並且加了相當多的意象，像下著大雨的防護衣，像呻吟這類的，包括最後面談到「為虛弱的表情下方，些許的疑慮翻身」，讓原來專業性名詞有了動作。這個動作又是人的動作，結合得相當不錯。

因評審們自動放棄〈森林〉、〈裝潢〉及〈對摺〉，故共計七首作品進入第二輪投票。

■第二輪投票：（採計分方式，最高以**7**分計，依次遞減）

20票：〈大夜班的護理紀錄〉（向⑦、克⑦、虹⑥）

16票：〈海的詞性〉（向⑤、克④、虹⑦）

12票：〈外婆腦海的風景〉（克④、陳⑥、虹②）

10票：〈弟子歸〉（向②、克⑤、虹③）

9票：〈看見〉（向⑥、克②、虹①）

9票：〈親愛的少年——解剖課裡的青蛙〉（向③、克①、虹⑤）

8票：〈瀑布〉（向①、克③、虹④）

◆經過反覆的推敲琢磨，第四十三屆時報文學獎新詩類的得主終於誕生，首獎是〈大夜班的護理紀錄〉，二獎為〈海的詞性〉，佳作分別為〈外婆腦海的風景〉、〈弟子歸〉。恭喜所有得獎者。

散文獎決審會議紀錄

平路

須文蔚

郝譽翔

萬物皆有情，展現散文新面貌

白白／紀錄整理

第四十三屆時報文學獎散文類徵文共計收件三百七十二篇（包含來自東南亞四篇、港澳十二篇、中國大陸九十八篇、日韓二篇，美加十四篇，其他地區八篇），經初審委員吳妮民、闕天林、羅珊珊評選後，共有五十篇進入複審。複審委員為李欣倫、徐國能、鄧小樺，複審結果有十五篇進入決審，分別是〈啞光〉、〈地下室的白色女孩〉、〈野蝶的沸點〉、〈自助履行指南〉、〈文蟑〉、〈蛛生〉、〈護腰〉、〈舊照〉、〈住在鐵道旁的日子天亮再睡〉、〈天狗〉、〈自由〉、〈霧中遊戲〉、〈求投餵〉、〈扁櫻桃〉、〈妙妙〉。

會議於十月五日下午二時卅分中國時報會議室舉行，由中國時報人間副刊主編盧美杏主持，首先請平路、須文蔚、郝譽翔等三位決審委員推舉主席，主席由須文蔚擔任，開始各自陳述評審標準，再針對十五篇作品進行投票、討論。

評審標準

郝譽翔（以下簡稱郝）：這次水準平均，每一篇都好讀好看，評起來很過癮，也都有一定的水準，所以是個可喜的評審經驗。題材裡有很多書寫都是關於家變，尤其是父母離異、家庭變化等等，也看到許多關於疫情書寫，但更大多數的是描寫身體，這是很有趣的切入點。因為這樣的書寫在九〇年代時應該是個主流，從身體到情慾。可是我覺得在這批散文中，又翻出了身體的幾個新的面向，都很犀利、直接，讓人眼睛為之一亮。總體而言，我覺得這次的散文作品其實是蠻精彩的，我相信接下來的評審應該是會相當愉快。

平路（以下簡稱平）：非常同意剛剛譽翔講的，讀起來很愉悅。這次徵文作品水準平均，很多篇都非常好看，也寫出了某種情懷，抒情的部分都有到位。散文很重要的是就是細膩，由很小的部分看到外面很大的世界。這次特別像是小小的動物：蜘蛛、水母、烏龜、蟑螂，每樣東西都非常地有感情。寫到跟自己的關聯，那個關聯往往是所謂文字的意義，可以揭開一些我們沒有想到的，那樣深刻的印象。作品有背景在大陸，寫得非常真實，好看也深刻，不管是得獎或是發表，希望能讓在台灣的朋友理解那些疫情期間無法碰觸的心酸，包括很多不得不做的選擇，回到散文的主旨，那種哀而不傷，怨而不怒，很抒情的情調，在這次的散文作品都可以看到。

須文蔚（以下簡稱須）：因為這幾年比較有機會參與蠻多散文獎的評審，談性別認同的問題幾乎成為普遍的現象，或者是身心症的問題，這兩大主題就成為散文書寫的主流，所以我一直在反思，就是說文學獎究竟要放大什麼？或是說想要鼓勵什麼樣的言說或表述，來成為這個時代的意義。我當然理解多元的價值幾乎成為某一個時代的風尚，也成為文學書寫的主流。但我總以為文學獎應該會站在這些價值更前端一點去思考，並預示下個階段我們應該更看重什麼。

所以我在這次的評審會比較留意有創意的想像，或是有更刺激或更宏大的，有抱負的書寫。我會比較刻意去迴避剛剛講到的態勢，那種看似邊緣實已成為主流聲音的議題。此外，我會希望能有自己個性的論述。我發現在這次的作品中，有一部分書寫出這個社會正在面臨的衝突：如在疫情的衝擊下，面對各項管制狀態，對於人性的壓抑，我們究竟有沒有反思？這個反思在目前來講，竟然很少見，這有點可惜。而同時，另外也可反思社會階層差距急遽的擴大，已造成年輕一代巨大的壓抑。這個壓抑或許可以用比較幽默的方式反映。類似這樣的主題，或許可反映在生活觀察的唯物裡去放大，並且觀察這種放大會不會帶來自然或是生活觀念的改變。

我們也許可以試著去思考散文的下一步，他會去觸碰到什麼樣更深刻的印象，這大概是我評審時，問自己的一些問題，也是一個整體的觀察。

在三位評審陳述整體感想後，開始進行第一階段的投票，每位圈選四篇不分名次，之後再針對獲得票數的篇章，逐一進行討論。

■第一輪投票結果：

1票：〈啞光〉㊞郝、〈地下室的白色女孩〉㊞郝、〈住在鐵道旁的日子天亮再睡〉㊞須、〈天狗〉㊞平、

〈求投餵〉㊥、〈自助履行指南〉㊐

3票：〈蛛生〉㊐㊥㊓、〈自由〉㊐㊥㊓

■第一輪投票討論：

一票的討論

〈啞光〉

虹：我個人蠻喜歡〈啞光〉這篇散文。首先我覺得他的文字很好，非常細膩流暢，整個娓娓道來，沒有造作，非常自然。他全篇描寫的是一個居住的空間，藉由這個居住的空間來反映一個剛成家的女子的內心世界。這也很能夠點出現代城市人心境，以居住空間來隱喻，藉由啞光的顏色及居住空間感，去辨證說話及人跟人之間的溝通是否成為可能？文裡面有很多金句，譬如「生命總會遇上這樣的人，他希望你活成一行啞句」，以此點出很多人真實生活狀況。我覺得這題材很有意思。最後講到影子、空間，在原為迎接人的居家空間裡，一個人沉浸在偽獨居的安全感，寫得很真實，也蠻有意思，很能呼應都會，尤其是女人的心境，也讓這個空間具有象徵意義。

平：這篇我也蠻喜歡的，就寫出一種情調。那個情調在我們看的時候非常了然及認同感，我可以支持這篇。它讓人很舒適的完全進入他的心境、他的生活，他要說的這種人與人之間非常真摯的溝通並不那麼容易，而我們都很希望能在這種環境、光影之下。我想這也是為什麼清水模建築現代這麼流行。我唯一的疑問是希望文章一開始提及的這個小家庭能交代一下跟她的關聯，覺得好像提了一個這麼重要的頭卻沒有交代，會有點斷片、斷線。因為他這個寫得非常切身，還可以多用幾十個字去描述這樣的切身關係，讓讀者更加清楚。

須：這篇是這裡面所有的作品中，我讀後印象最深刻的。最深刻的原因是，他把啞光這一個從化妝品出來的一個品項名稱，演繹出很多不同層次來說他的生活，看似有光卻又發不出聲，得花錢找人諮商。整體的形象在他淡淡寫來，感覺沒什麼費力卻讓人印象深刻。

〈地下室的白色女孩〉

郝：我好像對女性作品情有獨鍾。這篇算是我最後選進來的作品，但我並沒有這麼堅持。我選他的原因，是我覺得他這篇也算是家變吧，就是父母離異的孩子好像變成一個孤兒，從這個角度去書寫一個孩子的寂寞，然後在學校的空間裡晃蕩，彷彿孤魂野鬼，我覺得這個部分其實蠻精彩的。再從這裡帶出校園霸凌。霸凌這個部分他寫的有點直接，孩子們的暴力其實往往是不加掩飾，所以讀起來特別怵目驚心。最後同學會的收尾我覺得也巒有意思。他的這些環節都巒好，只是彼此扣合之間有點問題，有一點突然。如果可以扣得再漂亮點，這篇散文就會很成功。

須：這篇幾乎可以成為一篇短篇小說或中篇小說結構，寫成散文有很多地方就會交代不清楚，或是太重複。他是多線位的交錯，像多項文本去寫的結構，在一個篇幅不長的散文裡會覺得細節漂亮，但整體結構不夠精緻，這是比較可惜的地方。

平：這篇我有被他感動，沒有選的原因是他的文字有時候不夠準確，太濃重了。散文的文字非常重要，就是你要切到剛剛好。譬如眼淚失重醒在水泥地上，這裡有點太過了。又如「有清晰的火焰反覆被折斷的聲音」，他可以換個字讓我們更感覺到他要我們看到什麼，作者若能將疏落感跟他真正要寫的感覺更清澈、清楚一點的話，會讓讀者更了解他要說什麼。

因評審不堅持，故此篇不進入第二次投票名單。

〈住在鐵道旁的日子天亮再睡〉

須：這一篇我沒有那麼堅持，如果跟〈啞光〉來做比較的話，他剛好就是一個對比。他是屬於我剛剛講的那種比較主流式的討論性別認同困擾的問題。通篇寫得非常詩意，這有時反而會讓讀者困擾。

因評審不堅持，故此篇不進入第二次投票名單。

〈天狗〉

平：這篇很可愛，他以有一種非常爽脆、非常直接的去碰觸一個，可能要用古典文學般的厚書來講徹底的身體跟情感、情跟慾之間的對立。他講的非常直接也非常的到位。曖昧的部分寫得很好，卻又不是用傳統方式來寫，在炮友與異性戀的婚姻這似乎是涇渭分明的兩個世界中，人心不是可以那樣切分的，所以你也看得到那種捨不得。很特別的是說，他是用看起來很直接的文字，但情感的線一直深埋在裡面，讓他有一些很深刻的部分，這是很難做到的，用一個相斥的文字去寫深情，其實是很困難的，可他居然做到了，所以就選了這篇。

郝：其實我很喜歡這一篇，因為他太精彩了。他確實是顛覆了三觀，裡面寫的東西非常有趣，就像平路老師說的，一直在說他們是炮友，可是其實好像是真愛。他在這裡面發展兩條界定愛情的路線。首先是終身伴侶，是你要結婚的；還有情人套路，比如說生日送禮啊或者是一起吃飯，這種是情人套路。但我們會發覺好像拿掉這三點後，感情變得好真摯好純粹好乾淨，所以我覺得這篇挺動人。他寫出了愛情裡面最純淨跟美好的一刻。如果說到金句，這篇散文也是處處是金句，但他就是不著痕跡，所以讀起來非常過癮，相信讀者也愛看。

須：我學生寫這樣的題材蠻多的，他算寫得節制的作者。若拿他來跟〈啞光〉做對照時，那〈天狗〉作為一個形象，他的前後要怎麼樣的去思考跟貫穿，他做到了，就是前面提到的月中兇神，與後面提到月食這件事情。中間他也做到一個結構性的設計，用非常細節白話的描述去談他們那相互沒有約束的約束，沒有情感的情感。

〈求投餵〉

平：這篇的好處是他寫得非常真實。無論是台幹還是當地人，他將中間管理層的委屈映照在那個食物鏈裡面，都在求投餵，而且生活都不容易。他寫得很淡，但將生活寫得很真實很平實。結尾也很不錯，寫到了疫情的真實。很淡然的結局、結尾，一點都不煽情也不故意戲劇化地上下起伏，卻平實的寫出一個台幹心情。他整個的情感、情緒都掌握得很好，也都反映出人的無奈、不容易，人的能夠知足，讀來點滴在心頭。

郝：這一篇散文就像平路老師說的，他寫得很平實，但是很真誠。我覺得那也是散文可貴的地方。這或者是為什麼在讀這批稿件時，會覺得特別的愉快。這分愉快來自於，每一篇文章好像都是真的有話要說的，而且都為我們揭露了生活的某一個面向，〈求投餵〉就是這樣子。從台灣到大陸的年輕人其實很多，可是他們生活的真相、他們的心靈世界到底是如何？這篇散文開了一個很好的窗口，藉由一個很好的切入點，就是「吃」這件事情，從中揭示出一個台幹的心情。沒有太多的抱怨，就是娓娓道來。有感情也有疏離，分寸拿捏得蠻好。最後的結尾很漂亮，就是「彼此食性。不以為飢餓，不以為饜足」。沒有選它只是相較於其他篇，在語言文字、難度、布局上可能更重一些文學的技巧。這一篇擺在文學獎裡有一點吃虧，但是他絕對是一篇好看的文章。

須：我覺得他的文字描述，特別是用水族箱的水母來象徵他自己生活的那種求投餵，或者其實就是套養殺。他把自己的困境透過水母的形象，從頭到尾的貫穿，加上這個疫情的「困」。這個「困」其實寫得很好，細節的描述、文字的能量，我覺得會比剛剛的〈天狗〉要來的好很多。同樣是處理一個非常寫實的題材，這種隱喻或意向、動人的程度，還是會深深觸動我對於書寫的要求。在結構上，他有他的缺陷，因為他就是絮絮叨叨的寫，但他開發了一個在文學獎裡不是那麼普遍會被看到的題材。特別是這幾年因為兩岸情勢，其實有點忽略掉了在那片土地上有幾十萬人台灣人在那裡生活，而且是越來越困難，那種困境透過這篇被看到的話，覺得還蠻有意義的。

〈自助履行指南〉

須：因為譽翔說她偏好女性作者的散文，所以我要挑些男性的。我特別注意到這個作者上過成功嶺，也比較陽剛式的。這幾年評文學獎發現男生不見了，可能主辦單位也有這種感覺，挑來挑去都是女生，所以看到有一個男生寫作就覺得應該要鼓勵他一下。另外是他的主題是我喜歡的。現在年輕詩人在寫喃喃自語式抱怨生活的詩時，都廣受社群媒體上的讀者好評，然後我就發現說我跟他們在不同的生活階層裡。這次文學獎裡若論哪一篇文章能讓我從頭到尾，拿一隻螢光筆畫最多金句的，絕對會是這一篇。

這個作者很有趣，好像整篇在寫莫非定律，開始會覺得他很可憐，到中半段時會覺得又不是讓你來寫條目的、抱怨式的喃喃自語，幸好作者後來有救回來。如果散文可以探索新的題材，或以新的形勢來呈現，這篇也許沒有做到一百分。他如果可以進到最後的決審，至少讓大家可以看得到他的話，我會覺得還蠻刺激的。

郝：其實我也蠻喜歡這篇的，讀起來很愉悅。以前的散文可能就比較傳統的抒情文藝腔、細膩，真的是比較女性化的書寫。可是這次的散文，我不曉得是不是代表現代台灣關於文學書寫的一種質變，甚至已經在暗示或是已經發生了這樣子的一種質變，開始轉向一種犀利而且幽默的批判，可是這個批判並不會讓人覺得憤世嫉俗，而是帶著一種幽默跟嘲諷，讀起來非常痛快，好像短短幾句話就是達到了人心。

這次的作品中有很多這樣子的風格，這很可喜的現象，或許可以救回一些文學的讀者。現在文學讀者流失，可能是以前大家太嚴肅了，現在的作者放下身段開始說人話，這篇就是這樣子。我覺得有趣的地方在用「自助履行」為題，讓人以為在講旅行但他是在說自助餐，用自助餐去做開頭，去旅行這個城市，講城市人的生活，這挺有意思的。因為我沒有挑他是覺得他金句太多，後面又有一點收不回來，最後一段拿掉好像也無所謂，就是又多了一個金句。有一點像在看《一代宗師》，會圈了一堆金句，但收不回來，會有一點審美疲勞。

平：我也蠻喜歡這篇的，他讓我非常身歷其境，那個「禁止撈料濾汁」真的是好可愛，然後吃到飽的白飯配著吃到飽的網路，那些都非常棒。所以真的是很平實的寫出了現在流動的階級，及要求生存的不容易。寫得很適當，沒有過多的渲染，非常平實可是又讓人很有感覺，所以我也可以支持這一篇。

二票的討論

〈蛛生〉

郝：這次進入決審的有好多寫小動物，蟑螂還有兩篇，其實那篇蟑螂寫得也不錯，這次好作品太多了。這就是萬物有情，所以往後的動物抒寫可以往昆蟲的道路邁進。我其實不太知道蜘蛛到底是不是可以當寵物養，這蠻有意思的。但我在讀這篇時是有一個疑惑，就是他整個結構有一點像《夏綠蒂的網》，整個情調非常像。我不知道這個作者有沒有讀過，若把這個疑慮拋除的話，我覺得他整個蜘蛛的描寫非常精采。

首先他的結構，這是一個有備而來的作者，結構切得很漂亮，藉由蜘蛛跟「我」之間有了一個關於「生育」的對話，作者把他拉到一個哲學的層次。文中不斷重複「每個人都有孕在身」，貫穿這整篇文章的核心。可是生育的同時，其實也是自我消耗跟死亡，我覺得這是一個不朽的議題在辯證。《夏綠蒂的網》也在辯證這個議題，所以我真的不知道這個作者是否看過，但撇除這點來看，整篇文章扣得非常漂亮、非常完整，很有意思，也非常溫暖。

平：譽翔講出了所有的優點。這篇文章真的是有備而來，從頭到尾扣緊了關於孕育、關於人跟人之間，包括能夠自己付出的、自己成就的、跟自己預期的都在其中。因為這隻跳跳，他同時想到自身。幾乎畫龍點睛般很漂亮的把前面一段文字結在一個短但非常亮眼的句子裡，經營得非常好。確實這篇跟《夏綠蒂的網》有互相映照的關係，但這篇從頭到尾對文字的節制、對感情慢慢流放出來的速度，那個節奏感，我覺得都掌握得很好，是很厲害的作者。

須：「不孕」是這個時代所遇到相當巨大衝擊的一個部分，「孕育」也變成這個時代很多年輕人在逃避的問題。所以這篇讓我覺得充滿了抒情但背後論證緊實且很有意義。我這年紀看散文常常會要看的是一個「奇觀」，但其實散文除了能帶給人一個角落裡的奇觀外，還能帶給你思索。常常好的散文所帶給你的啟發，是在自然的論述裡產生，就是看了一個故事，不是因為聳動，而是因為在那個情感裡頭帶來了一些啟發。

作者顯然更想要談的就是「愛」，因為我覺得這個社會的衝突，是愛讓我們想要擁有，想要趨向美的結果，然後造成了很多衝突，造成了畏懼不敢去愛、不能去愛、沒有能力去愛。這篇最後看了會很感動，原來他理解的愛是讓人自由，而且可以輕鬆地去享有那個愛，就是愛的那個當下時光的思索。我覺得是這個時代想要的聲音，這一篇寫得真好。

〈自由〉

須：這篇是唯一用簡體字投稿，是上海的一個年輕作者談封城底下的處境，他其實想討論的是，在這種高度管制底下的人們還有能力衝撞嗎？衝撞後家人會不會反而失去了照顧？他也曾經試著要勇敢，但終究是不能勇敢的，所以在整個衝突的討論乃至於到最後跟公安警察間對峙的當中，突然有一個對於自由的渴望跟自由的理解。他所有的描述有點像在鐵幕裡吶喊的感覺，身處困頓中究竟還能怎樣？但作者巧妙地只去談某一個角落侷限的現況，他無力去做更大的控訴。用一個小品展現出生活的一個切片。我覺得這個切片的意義極度重大，台灣作為一個華語界可以容納最多種聲音的地方，這篇文章出現在這個時候的時報文學獎裡，非常值得肯定。

郝：首先大家對寫疫情的文章是非常關注的，因為疫情真的是深深地影響了我們每一個人，尤其是中國大陸。中國大陸的疫情狀況非常特別，像之前方方的《封城日記》就引起了很大的回響跟討論。所以對於疫情的封鎖，我們能怎樣去看待？我覺得寫出疫情的現象是容易的，但要找到一個視角有時候是困難的。所以這篇作者聰明地用烏龜開題，然後從烏龜去扣到他整個看待疫情的核心概念，就是「勿響」。就「勿響」來扣合到中國人社會裡面一種明哲保身的為人處世的價值觀。這個開頭非常漂亮，這讓我們開始有了省思，這個「勿響」到底是代表了什麼？是一種懦弱、逃避、還是另一種反抗的姿態。我們要如何去辯證？在面對國家機器時，個人是無力也是無法對抗的，所以他就提出我的自由只有無語，這真的是很悲哀。這就是現代的英雄對待威權的抵抗，其實也僅此而已，不然就是粉身碎骨。所以這個「勿響」其實是有一種悲劇性的抗議。在買碗小吃都不可得的時候，自由到底是什麼？這一篇雖然是在寫疫情，可是我覺得他更深層的在寫一個威權體制及對於一個是不是中國人的一種普世價值觀的一個反省。

平：兩位講得都好好，真的是說出很多很多這篇散文的好處。這篇散文的難得，就在這個時間，是在中國大陸因疫情而封鎖之後。剛剛須老師用一個切片形容，那個切片切得真的是很漂亮，非常的好。而且他的文字真好，是那種濃淡剛好，真摯、真實地打到心底，非常耐看。雖然一點都沒有特別的文學技巧，或者是特別將一些感情堆了上去，他都沒有，就是寫平常的生活，多麼的真實，同時你我都可以共鳴的一種悲感，一種悲哀的感覺。這篇是疫情裡面我讀過最好看的一篇。

因評審們自動放棄〈地下室的白色女孩〉及〈住在鐵道旁的日子天亮再睡〉，共計六篇作品進入第二輪投票。

■第二輪投票：（採排名次方式，第一名一票依次排序）

3票：〈蛛生〉（平①、須①、郝①）

6票：〈自由〉（平②、須②、郝②）

12票：〈啞光〉（平⑤、須④、郝③）

13票：〈求投餵〉（平③、須⑤、郝⑤）

14票：〈天狗〉（平④、須⑥、郝④）

15票：〈自助履行指南〉（平⑥、須③、郝⑥）

◆經過反覆的推敲琢磨，第四十三屆時報文學獎散文類得主終於誕生，首獎是〈蛛生〉，二獎為〈自由〉，佳作分別為〈啞光〉、〈求投餵〉。恭喜所有得獎者。

影視小說獎決審會議紀錄

林俊頴

鍾文音

蘇偉貞

題材多元豐富，實驗性強

白白／紀錄整理

第四十三屆時報文學獎影視小說類的徵文共計收件三百八十七篇（包含來自東南亞八篇、港澳廿六篇、中國大陸一百零八篇、日韓七篇，美加十八篇，其他地區八篇），經初審委員白樵、黃暐婷、楊隸亞、盧美杏評選後，有五十四篇進入複審。複審委員為王瓊玲、何致和、吳鈞堯，複審結果有十五篇進入決審，分別是〈愛的藝術〉、〈黑色的山羊〉、〈銃天堂〉、〈治病〉、〈消失〉、〈碎片〉、〈秋信〉、〈海上蜉蝣〉、〈女醫的名鞋〉、〈不要讓海忘了你〉、〈守護神〉、〈外出點乩〉、〈羊羊〉、〈空間〉、〈蓮花紅〉。

會議於十月四日下午二時卅分於中國時報會議室舉行，由中國時報人間副刊主編盧美杏主持，首先由林俊頴、鍾文音、蘇偉貞等三位決審委員推舉主席，主席由林俊頴擔任，開始各自陳述評審標準，再針對十五篇作品進行投票、討論。

評審標準

蘇偉貞（以下簡稱蘇）：這次的特色第一是「跨地域」，包括日本、馬來西亞、中美等等都有。第二個是「題材多元」，包含同志、婆媳、醫病、族群等等。第三個是讓我非常驚豔的，是「實驗性非常強」，包含顛覆一些既有概念，及針對空間、神怪等等，甚至連寶可夢也進入書寫題材裡。這些實驗性的筆法、意圖都非常強。讓我覺得，這些特色為全球華人文學獎做了一個蠻好的示範。

鍾文音（以下簡稱鍾）：小說並不等於編劇。不知道是否被影視小說這個名字所影響，有幾篇會突然掉到這樣的框架中，很多人都試圖把他編得完整，卻忘了小說最原萃的部分，並不是去服務影視。影視只是一個被附加而擴增的，甚至是不同的媒材。裡面有一兩篇是我很喜歡的，但或許受到通靈題材影響，可看到好些熟悉的作品，語法相似，很油很滑很順的去推動情節，這確實很影像化，但內心又太文青。因此我傾向先看小說而忽略影視的部分。

此外我覺得兩岸三地或東南亞的作品上，確實有非常不同的面向。我覺得應是語感不同所致，這也是我另外的一個考慮點。

林俊頴（以下簡稱林）：或許我們三人都是科班出身的，會較執意在「小說」這個母體。若外加一個「影視」、「短篇」甚至其他的詞綴，就不能夠讓「影視」反客為主，侵蝕破壞「小說」這個本體。我們期望的是他能夠更顛覆、更豐富。我非常同意偉貞老師講的，整體而言題材多元豐富，讓我覺得參賽者比較放膽去寫一些東西，甚至是實驗性的東西，這是好的方面。

可我長久以來一直覺得，小說文學在面對「影視」這樣一個巨人，實在是已經被擠壓得很慘了。在這種情況下，我對進入到最後的這十五篇小說，以一個老讀者或者是一個較世故的讀者來看，反而會覺得失望、或較不滿足。

我也相當同意文音講的，不能變成到最後是小說來為服務影視。這次的題材雖然豐富，可是感覺生活相當同質化、很規律化，每個人差異並不大，所以借助怪力亂神似乎是唯一的好辦法或者是捷徑。我不會去否認這一塊，可是要把他寫好其實作者本身要花大心力去經營，而不是只走個巧門、捷徑，卻沒有任何的深耕，像撐竿跳或打電動般，一下子就過去了，這樣很可惜。「影視」是可以如此帶過、處理，但在閱讀本身其實是相當冷靜的，反而會禁不起推敲。

在三位評審陳述評選的標準後，開始進行第一階段的投票，每位圈選三篇不分名次，之後再針對獲得票數的幾篇，逐一進行討論。

■第一輪投票結果：

1票：〈愛的藝術〉㊟蘇、〈銃天堂〉㊟蘇、〈不要讓海忘了你〉㊟鍾、〈外出點乩〉㊟林

2票：〈秋信〉㊟林㊟鍾

3票：〈蓮花紅〉㊟蘇㊟林㊟鍾

■第一輪投票討論：

一票的討論

〈愛的藝術〉

蘇：這篇蠻讓我驚豔。作者聰明地運用葛雷的藝術作為他延伸這個世代對同志的書寫、鏡像。小說分為上下兩篇，上篇建構了葛雷的回憶、形象，下篇著重在他複寫或鏡像的概念。這篇動人在他一直不斷地針對要試著完成一個自我畫像來做辯證，他用電視購物的概念來搭建了一個地道隱喻。若直播是一個明道，可讓他站穩看見真人形象，那電話就變成一個只有聲音的建構。在下篇中有兩個就跟他長得一模一樣的人，森和M。我比較不太理解的是最後留下來的是那個M，而不是在小說裡跟他幾乎是一模一樣的森。森是一個鏡像的概念，反射出來他自己，可最後真正留下來的卻是M。我對於他最後一句，非常篤定的「他的畫像就這樣定稿吧」，非常動心。這定稿其實在整篇小說裡是沒可能定稿的，但非常準確地寫出來，甚至就會回想起來，包含葛雷畫像的概念猶如《天才雷普利》那樣，一直有個鏡像的概念在複製。

在同志書寫幾乎沒有太多新意的今天，借重一個名著也好、或借助一個畫像的意象也好，來針對一個同志「我」的鏡像的概念，如文中的水晶、畫像都是可做為鏡像文本的所本。而他一直思辨的那個過程，可看到作者建構了一個關於小說的內容性，這是我選擇這篇的理由。

鍾：其實這一篇是我最能感到閱讀的樂趣及藝術感。但因為他分上下篇，這上下就如電影中「五年後」的字幕。我很不喜歡這種處理方式，就是時間滑過，就五年後了，這種寫法就很影視化。我覺得他三個角色的處理很不錯，有些重疊或相反，跟他越來越像或越來越不像。因為我對於繪畫算蠻了解，我覺得這點他可以處理更細緻，他主要在琢磨三人的關係，在插畫部分不夠深入琢磨。提到《谿山行旅圖》還是很文青式的，他應該把更多同志臉書、直播、購物、商場等同情場這部分再擴寫。這篇很好讀，像〈秋信〉、〈蓮花紅〉就較難讀，有的故意要彎很多圈，直白的部分是我喜歡的，但他的缺點也就在此。總覺得它少了什麼說不出來。總之，是個好看的小說。

林：偉貞說服我蠻多。這一篇其實我很猶豫。純粹站在讀者位置看，十五篇當中，他寫得流利且易讀，所謂同性戀，我雖然已經有代溝，但還是比在座了解多一些。一看到葛雷，首先想到的是王爾德那篇小說，這讓我蠻期待的，你要如何面對男同性戀者對於青春、肉體的執迷？在已有同婚法的現代，你要面對的是什麼？我很期望他能夠把那個深度寫出來。

但我覺得他踩不深，我試著去抓他踩不深的原因到底是什麼？是否因為他太警覺到這是所謂的影視小說，他就想要來替影視服務？如果我是個導演或是個影視工作者，看到這樣子的小說我會心動，會覺得他有可以用的空間，畫面感、戲劇感真的很強，但我總覺得就是含金量少了一些，有些東西太瑣碎化了，這是我所猶豫的。

蘇：我覺得就是把他想成是一個思辨。

林：我可以支持這篇。

蘇：我多說一句，我覺得現在應該不太需要處理同婚的概念了，那就回歸到最原始的，透過一個畫像來探討關於愛的本質。而且他裡頭一直有一個灰色情感地帶的概念，他說現代人只有愛的模仿，他就以模仿畫像來說一個模仿的概念。這可能是這個小說最困難的地方。他的聰明或說是笨就在說他用了一個大家都知道的這種畫像概念來談，但是他願意去嘗試，或許會有新的葛雷的畫像的那種概念出現。

林：其實也不太需要去提《藍色是最溫暖的顏色》，那個替影視服務的那個心情太急切了。

蘇：他生活的味道寫得很好。

林：這是優點。

蘇：是可以把《谿山行旅圖》的那個文青丟掉。

林：寫得有層次。

〈銃天堂〉

蘇：這篇是我選的，不知道為什麼，在看這篇小說我是朝向那個底層的哀傷走去。裡頭有些情節鑾讓我動容的。首先在這個手槍改造場的產業裡頭，他把「槍」跟「銃」這兩字做一個基本的分隔。故事起頭的八家將幫忙「踢車」，與結尾的八家將是一個呼應，這些在來自社會最底層的阿弟仔沒有一個是我們常見的那種中產、或過家常生活的人。不是八家將就是改裝，要不然就是越南妹，他們就共同組合了一個他稱之為天堂的概念。讓我覺得，他這種設計有一種力量在裡頭。

在「槍要清槍管」的概念下，阿弟仔沒有性伴侶只能打手槍，在整個事情爆發後，他為通槍管清槍管似的與越南妹上床，這裡頭充滿了一切的陰錯陽差、似假還真。這些陰差陽錯的構成讓我覺得好悲哀，感覺這些人沒有出路。小說寫得很內斂，並沒有底層的吶喊、抱怨。文末形容八家將的魔法陣可以補血，將世界的卑微寫得很深刻。當然我承認我對手槍的地下產業有點隔閡，但是光是針對那沒有任何的抱怨吶喊，只是為了要活下去，真的讓我動容。

林：容我先講，偉貞老師把他解釋得太好了。但我對這篇還是感到矛盾，因他用「銃」這個字眼。寫台語文的話，手槍在台語就是寫「銃」這個字，但是 tshong-khang 並不是用「銃」字。tshiu-tshing（手槍）作者有考據過 tshing 那個字是「銃」，而不是我們現在寫的「槍」，所以我對他會注意到這麼細節的這點是欣賞的。

我覺得這篇小說是因為臺灣影視有很多關於角頭文化的描述，他也試圖去寫出這樣的味道。我承認對他細述改造手槍的環節是一點都不懂，但我願意相信他是下過功夫或是有做田調。我對他最不滿的是，他寫的是這麼本土味、這麼草莽的內容，但他的語調及整個態度卻是這麼文青、文藝腔。這讓我讀來如坐針氈。倘若有汪笨湖那種「氣口」（khui-khau）的話，會整個加分非常非常多。

鍾：我其實理解兩位說的，我比較如坐針氈的，我太熟悉這塊了。我非常同意他寫的這些劇情及很多台語雙關語，但是後來的拈花微笑太 over。我母親居住的巷子就充滿著八家將、越南妹，作者有抓到那些生活味。我非常認同兩位評審說的，哲學不是硬套上去的，他們的哀傷是作者的哀傷，而不是人物的哀傷，這是我沒辦法投入的原因。還有我們底層為什麼都要跟越南妹結合，而菲律賓阿三我也覺得很奇怪。裡頭故意引用台語中的低俗用字來形容性器官這些都讓我覺得太電視化。他要嘛像少年 Pi 的那種整個貫穿，最後的文青介入是很大的敗筆，有點可惜。

林：我覺得他「氣口」（khui-khau）克服不了這一關。

鍾：他的「氣口」（khui-khau）就只有講髒話而已，人物也是刻板，其實他們世界也有他們自己行善的氛圍。

〈不要讓海忘了你〉

鍾：這篇是哀歌式的寫法。我喜歡他寫人的本質，來到本島後，海的特質退化。也許就如偉貞說的，底層的生活有打動了偉貞的哀傷。而這裡的退化使我也感到一種哀傷。但他的缺點也很明顯，因為這種有點帶著少年小說味道，相較於（秋信），因為文體差異性太大，少年小說容易使文學性變弱。對於俊頴提及的假原住民我也有點認同。他寫人倒退成為一個城市邊緣的這個部分不錯，但對於本島的那個海只是符號化，這比較可惜。我喜歡他的點就是人是從一個海洋倒退到一個海，同樣是島可是他的生命力一直在倒退。

蘇：這篇會很容易引起好感，就是有向上向善的人物，如畫般勾勒出的島上各種植物、生物，架構成蘭嶼美麗的人文風情。這篇其實也有點文青味，句子有影視感。他經營了一個孤兒的概念：衝浪姊姊最後為了私生子回去；孤兒米潘潘被神父收養。看上去是寫蘭嶼的離散，後來退化成一個城市邊緣人。

這些年來關於蘭嶼人在城市裡打工的報導或小說並不少見，最後以像是在蘭嶼跳岩的方式，跳入都市大海而死的概念，當然是感傷的。同樣都是邊緣人，我選擇〈銃天堂〉。他一直經營海的那個概念是蠻美的，但終究還是覺得有刻意經營的線索，浪費了蘭嶼的素材。

林：這次寫原住民的有兩篇，另外一篇是〈守護神〉。在這兩篇中，偉貞老師有抓到一個很重要的點，就是通俗。我不會去排斥刻意寫通俗的東西，但要把通俗的東西寫好，其實是相當困難的，不要把他想得那麼簡單。這篇的好處二位都講了，在我看來，〈守護神〉是很明顯受甘耀明的色彩影響而生，這篇我會覺得比〈守護神〉要好上一個檔次。

但我總覺得這整篇就是在一個通俗的架構上設計出來的，他在某方面蠻取巧，設計成我是個從木島被帶到蘭嶼的臺灣人來避開自己的坑。他設計架構算是完整。放在影視小說的規格去思考的話，我可以支持。但誠如兩位所說，是非常非常文青的設計。

〈外出點乩〉

林：這篇的設計有趣，雖然我服兵役已經是三十年前的事情了，可是我並不覺得兵營裡頭有技術犯規或凸槌的地方。這篇最大的好處就是他的設計，一路走來，貫徹始終的走完。這篇我不堅持。

蘇：他的形式當然是有點誇大，這個土地的神明我覺得他們真的集體在起乩，整個國家都是。但他前面這一段真的讓人看不下去，前面好長一個段落，讓我覺得怎麼回事啊？當然看完會知道他在幹嘛。

鍾：我覺得為什麼要這樣子安排？他開那些玩笑並不好笑。

二票的討論

〈秋信〉

鍾：〈秋信〉也是一開始閱讀非常障礙，因為他都故意弄很多虛無的美，必須要看到很後面，才能去呼應他整個世界的華麗跟動物園的隱喻。動物園的鹿野跟那個動物園是我非常喜歡的情調，我很小心的閱讀。現在寫日本題材的非常多，但用詞上卻不是那麼準確。這篇最成功的就是氛圍抓得很好，裡面有一些我喜歡的情調，但也有很多太虛無化的部分是我沒辦法接受。他也故意用很多日本字。

林：這篇很明顯作者是有專業訓練。我先講他的好處，在這十五篇裡，這篇就是很有小說的架式，氣派擺得十足。很有趣的一點在〈秋信〉很顯然是偽裝成日治時代的日本人來寫小說。如果說小說裡的虛構是他最大的特權，那偽裝一下其實也不為過，若真能把小說寫好，能讓讀者進入那個狀況也算是成功。可是這篇小說其實充滿很多不確定性，讓人懷疑他是不是有在呼應日治時期的某個作者，或者是有日本作者來臺旅遊寫的東西，來跟他的文本有所呼應。可是這樣一個偽日本人寫出來的日治時代小說，裡頭有蠻多的漏洞跟弊病。將學術化的名詞放到純文學的小說裡難道不覺得很怪嗎？就好像石頭跑進你的鞋子裡頭一樣。

我同意文音，對通篇醞釀的氣氛覺得是成功的，可是這個氣氛，又讓人忍不住要去懷疑、質疑，為什麼要這樣子營造？所為何來？我反覆看不出人物間到底有什麼脈絡，還有太多情節上的漏洞，但他很聰明也很高明的用小說技巧上氣氛的渲染來完全遮蓋住問題。這篇唯一的好就在他是這十五篇裡文采很棒的一篇，也是這樣的好文采把他其他的東西都遮掩住。我覺得我們當評審的沒有辦法在這方面買單，這是我對他的意見。

蘇：誠如兩位所說，他整個的氛圍是他最大的功力展現。但是我看到後面，這篇卻是我最討厭的一篇。我還在這裡頭寫了「考慮」兩字，我一方面很討厭他，但另外一方面卻總會去承認他那種散文式的筆法所營造的氣氛。當然俊頴所說的，他其實指向一個寫作的真誠，這個作家操作了幾個意象，用一封信當成伏筆，以花園經營來表達島上生活，對待傭人的方式及定義，甚至我非常非常討厭那為了博覽會去獵高砂豹的處理。我不談什麼正不正確，這看似充滿人文同情的日本人在臺記憶，就是一個反臺灣的操作，而且是站在高位上來看待臺灣的種種，再加上巨蟒吞噬、「日本姓」及外遇等等，真的讓我非常不舒服。

同樣是寫小說，〈愛的藝術〉有寫出來一種轉換、思辨或者是現代性，這篇在寫當時的日本，他的鋪陳呈現出一個表面上的優雅，卻虛偽。我不喜歡那種自艾自憐。

鍾：他應該是故意表現日治時代日本人對臺灣的另外一種鄙視，這篇比較大的問題還是在人物的銜接上，他運用的元素是動物園，所以他寫出一種當時博覽會的新公園那種畫面，他運用那個點來重新還原那個時代的獵殺。我覺得他抓的那個點很好，我們被質疑、被獵殺、被吞噬，愛上本省人就是要殉情等等，他抓到某種時代的狀態。他其實是個隱喻吧，動物園就是這個島，這個島就是一個動物園，我們是被觀看的、被獵殺的、被使用的。如果他回到那個點，這個小說是有意義的。但太多氛圍渲染使之真實性並未貼近生活，人物都是虛幻飄渺沒有血肉。這就是這篇比較大的問題，但文字很好。

林：我覺得在面對殖民地這個問題上，我們跟香港其實是一樣的，但直到現在臺灣一直沒有很誠實、很誠懇、很嚴肅去面對自己被殖民的這件事，甚至將之美化了，而且完全是去歷史脈絡的美化。我覺得作者還是要讓讀者知道自己所站的位置，到底為什麼這樣子寫，而不是單純落到一個氛圍而已。這篇作者是一個可以寫小說的人。寫小說還是要有個核心，有自己的思辨，這是非常非常重要的。小說不只是純粹在賣弄文字而已。

三票的討論

〈蓮花紅〉

鍾：這篇讓我想到《血觀音》，那個概念一樣，他們很喜歡把本土的東西弄得很俗，惡醜。我是說那個概念，那個蓮花死亡時候開出一張臉。

蘇：看這篇是真的覺得蠻殘忍的，裡頭常有打個擦邊球似的場景出現，好像逼出了人性善惡的邊緣。他經營一種很瀕臨到某一種東西，很像有什麼東西隱藏在裡頭那個部分。裡頭唯一，他經營出來比較有感情的是朋友得了癌症，在那裡就感覺到這人不是像他那種焦慮的，什麼種種不堪的那種事情、殘忍的事情。就這異國很多的情節，最後慢慢地組合起來一個故事。但我覺得打馬共跟打道場觀念呼應是有點對不上，那個馬共的概念在這邊是為什麼，在看的時候覺得很多情節好像比較散漫。但如果一直著重在蓮花的概念裡頭又會覺得單一，所以這個部分我沒有太多判斷。裡頭埋著一些鑾懸的伏筆豐富了整篇，整個內心的那種轉折，是我覺得在這些小說裡頭，對人物的內在鑾飽滿的一篇。

鍾：我覺得這篇最好的就是偉貞說的那種飽滿，可是他有一些部分人物的情節就很文青。抓寶可夢這些點都設計得很好，可是像簡阿姨去看莫內，這讓我感覺現代人寫作似乎不太重視人設的合理性。另外男看護去長照老婦也不合理，這在臺灣是不允許的。而且有很多東西太純情了，很像《七月與安生》，我覺得他們如果真的好好寫一個如剛剛讓我們討論的〈愛的藝術〉，我還覺得可以。可是他裡面很多太想當然爾。

作者是很意識到他在寫小說，所以很多部分的經營都非常用力，而且每個地方都扣得很緊。這是他的長處，至少感覺出他情節比較多，感受到作者企圖心很大。那種馬來跟臺灣，又夾著淡淡同志情，然後童年時的意象抓得很好，水溝出來的屍體，讓我們讀完印象深刻。最近不論看到馬來西亞或香港的作品，都感到他們都在博取我們臺灣評審的一種對異質異他的認同。雙軌跨越的同時，我們不斷的在切換，但這種切換卻讓我覺得，會產生這種作品是因為我們臺灣已經捉襟見肘沒得寫了嗎？有時難免會感覺這類作品做作，為什麼人物一定要這麼多的悲慘經歷、然後孤單、死亡。另外，若與中長篇來比較，短篇小說中出場人物密度這麼高有點不太合理。

林：我對這篇小說感覺是平平。但他在這十五篇裡頭占了一個很大的優勢，就是地域的關係。

可是他為什麼要為主角取這麼奇怪的名字？從現實上面來考量，馬華真的會有人姓藍姓梅嗎？他沒辦法控制住自己文藝腔的毛病。剛剛兩位已經把它的優點講得很具體，氣氛經營、細節、生活上面的描寫確實寫得比較深刻，也比較能夠讓我作為一個讀者耐心的看下去，願意接受他創造出來這樣子的一個小說世界。

第二次投票前，評審們自動放棄〈外出點乩〉。

■第二輪投票：（採計分方式，最高以4分計，依次遞減）

11票：〈蓮花紅〉（林④、鍾④、蘇③）
9票：〈愛的藝術〉（林②、鍾③、蘇④）
5票：〈不要讓海忘了你〉（林③、鍾①、蘇①）
3票：〈銃天堂〉（林①、蘇②）
2票：〈秋信〉（鍾②）

◆經過反覆的推敲琢磨，評審們都同意最高票的〈蓮花紅〉仍有無可忽視的欠缺，三位評審決定第四十三屆時報文學獎影視小說類的首獎從缺，由〈蓮花紅〉與〈愛的藝術〉並列為二獎，佳作為〈不要讓海忘了你〉、〈銃天堂〉。恭喜所有得獎者。

蛛生：第四十三屆時報文學獎得獎作品集 / 盧美杏主編 . -- 一版 . -- 臺北市：時報文化出版企業股份有限公司，2022.12
面；　　公分 . -- (新人間；368)
ISBN 978-626-353-191-8(平裝)

863.3　　111018739

ISBN 978-626-353-191-8
Printed in Taiwan

新人間 368

蛛生：第四十三屆時報文學獎得獎作品集

主編　盧美杏｜**編輯**　謝翠鈺｜**企劃**　鄭家謙｜**封面設計**　楊艷萍｜**美術編輯**　SHRTING WU｜**董事長**　趙政岷｜**出版者**　時報文化出版企業股份有限公司　108019 台北市和平西路三段 240 號 7 樓　**發行專線**—(02)2306-6842　**讀者服務專線**—0800-231-705・(02)2304-7103　**讀者服務傳真**—(02)2304-6858　**郵撥**—19344724 時報文化出版公司　**信箱**—10899 台北華江橋郵局第九九信箱　**時報悅讀網**—http://www.readingtimes.com.tw｜**法律顧問**　理律法律事務所　陳長文律師、李念祖律師｜**印刷**　勁達印刷有限公司｜**一版一刷**　2022 年 12 月 2 日｜**定價**　新台幣 420 元｜缺頁或破損的書，請寄回更換

時報文化出版公司成立於 1975 年，並於 1999 年股票上櫃公開發行，
於 2008 年脫離中時集團非屬旺中，以「尊重智慧與創意的文化事業」為信念。